Irene Dische
Loves
Lieben

Aus dem Englischen von
Reinhard Kaiser und anderen

| Hoffmann und Campe |

2. Auflage 2007
Copyright © 2007 by
Hoffmann und Campe Verlag, Hamburg
www.hoca.de
Satz: Pinkuin Satz und Datentechnik, Berlin
Druck und Bindung: GGP Media GmbH, Pößneck
Printed in Germany
ISBN 978-3455-40012-0

HOFFMANN
UND CAMPE

Ein Unternehmen der
GANSKE VERLAGSGRUPPE

Inhalt

Traurige Enden

Romeo und Julia 9

Die Decke 17

Wie Huseyn gefasst wurde 23

Die Ballade vom schönen Frank 29

Anton wird erwachsen 39

Vaterlandsliebe 49

Ahnenliebe 59

Eine Jungfrau in New York 69

Ballade vom unbekannten Jungen 75

Die Geschichte von Herrn Metzner 99

Scarlattis Reinkarnation in Reno 113

Betreff: Ihr Lieben 121

Intermezzo

Zum Lügen ist es nie zu spät 139

Glückliche Enden

Liebe Mom, lieber Dad 149

Fährnisse der Schönheit 153

Bei Jesus um die Ecke 159

Seozeres Bogart 165

Ein deutscher Abenteurer 185

Umfassend gebildet 193

Heiße Luft 209

Faustina 217

Die Tyrannei des Küchenhundes 229

Moralische Erzählung 249

Keine Frage des Geldes 255

Lokales: Mutterliebe 261

Epilog

Rosa 279

Sad Endings
Traurige Enden

Romeo und Julia

Niemand hinderte Romeo und Julia am Heiraten. Im Gegenteil, alle freuten sich. Romeo war schon achtundzwanzig und Julia achtzehn. In Romeos Frankfurter Wohnung wurde mit den Verwandten, die aus Nürnberg und Teheran angereist waren, ausgelassen gefeiert, dann folgten die Hochzeitsnacht und noch einige Nächte mehr. Romeo und Julia waren zufrieden mit dem Lauf der Welt. Nur die Augenblicke, in denen sie getrennt waren, missfielen ihnen sehr. Wenn Julia nicht in Reichweite war, wurde Romeo von Visionen heimgesucht. Er sah Julia vor sich, ein zierliches Mädchen mit schwerem, schwarz schimmerndem Haar, »wie Lava« (Romeo), und seine Hände halluzinierten, wie sich ihre Haut anfühlte, diese »scheinbar kühle, aber immer warme Haut« (noch einmal Romeo), und in jedem Winkel der Erinnerung suchten seine Augen nach den ihren – diesen braunen Augen, die ihrem noch jugendlich runden Gesicht seinen Schwerpunkt gaben und aus ihr das »schönste Mädchen in der Familie« machten (so die übereinstimmende Meinung der Familie). Wenn er nicht mit ihr sprechen konnte, unterhielt er sich im Kopf mit ihr, und dort antwortete sie immer.

Julia war weniger romantisch, pragmatischer. Wenn sie nicht mit Romeo zusammen war, betrachtete sie das Hochzeitsfoto. In dem Augenblick, als es entstanden war, hatten sie noch ein bisschen Angst gehabt, einander zu umarmen, aber man sah schon, wie vollkommen sie zueinanderpassten. Obwohl Romeo »so groß« war (Julia), fast eins fünfundsiebzig, volle fünfzehn Zentimeter größer als seine Frau, war er schlank und geschmeidig. Majestätisch »wie Seidenfächer« (Julia) klappten seine langen Wimpern vor den scheu dreinblickenden braunen Augen auf und nieder. Sie machte ihm Komplimente, weil er nicht in Testosteron ertrank wie die meisten anderen Jungen. Er war aus dem Iran nach Amerika gegangen, hatte dort fünf Jahre allein gelebt und für sich selbst gesorgt, so gut es bei seiner Unbeholfenheit in praktischen Dingen ging. Er war kaum imstande, eine Glühbirne einzuschrauben. Schließlich jedoch hatte ihn sein Job als Programmierer nach Frankfurt gerufen, und dort hatte er Julia kennengelernt, die bald verkündete, sie werde sich von nun an um ihn kümmern. Jede Minute ohne Romeo erschien ihr als eine schändliche Zeitverschwendung.

Sehnsucht kam allerdings nur selten auf, weil es nun, da sie verheiratet waren, nichts mehr gab, was sie für länger als ein paar Stunden voneinander fernhielt. Und so hatten sie keinen Grund zur Klage. Auch wenn sie sich Mühe gegeben hätten – ihnen wäre keiner eingefallen.

Sie lebten zurückgezogen, bescheiden, hatten noch keinen Wagen, kleideten sich geschmackvoll, aber dezent, als wollten sie nicht bemerkt werden. Romeo hatte nur einen Stolz – eine große Krawattensammlung. Zur Hochzeit schenkte er Julia ein richtiges Kostüm, wie es in Amerika Frauen in leitender Stellung tragen. Mit Büroarbeit kannte sie sich aus und träumte davon, eines Tages eine wichtige Position einzunehmen, vielleicht als Managerin. Sie war nicht in Deutschland geboren, sondern als Kind ins Land gekommen und hatte trotz ihres deutschen Schulabschlusses keine Arbeitserlaubnis. Sie arbeitete dennoch – als Putzfrau – und behauptete, Hausarbeit sei hauptsächlich Management.

Romeo und Julia lebten zweieinhalb Wochen zusammen. Sie gingen zusammen zur Arbeit und richteten sich den Tag so ein, dass sie zusammen nach Hause kamen. Dort half er ihr aus dem neuen Wollmantel, und sie half ihm beim Aufknoten einer seiner fantastischen Krawatten. Sie kümmerte sich um all das, was ihm so schwer von der Hand ging, und er brachte ihr kleine Geschenke mit. Sie aßen immer gemeinsam. Wenn sie nicht zusammen waren, dann warteten sie mit dem Essen, das heißt, sie ließen das Mittagessen ausfallen. Und sie schliefen immer zusammen ein. Doch eines Tages wurde Romeo auf einen Posten in einer Niederlassung seiner Firma in Los Angeles berufen. Jemand hatte dort unerwartet gekündigt, und die Stelle musste so schnell wie möglich neu besetzt werden. Romeo besaß eine Greencard. Niemand zweifelte daran, dass Julia mitkommen würde. Romeo blieben nur wenige Tage, um seine Angelegenheiten in Frankfurt zu regeln. Julias Eltern waren entsetzt. »Warum denn nach Amerika?«, wollten sie wissen. – »Esel haben eben keine Ahnung, wie gut Obstsalat schmeckt«, entgegnete Julia. Sie konnte sehr bissig sein, auch gegenüber ihren Eltern. Romeo beeilte sich zu erklären: In Amerika würde Julia endlich eine Arbeitsgenehmigung bekommen. In Amerika würde sie fließend Englisch sprechen lernen. In Amerika würden sie einen Wagen haben und eine gemeinsame Zukunft, die noch besser war als die Zukunft, die sich ihnen in Frankfurt eröffnete – und außerdem war das Wetter in Amerika alles in allem besser, wärmer.

Julias Eltern seufzten, versprachen, sie würden zu Besuch kommen, und organisierten ein Fest. Ohne auf den Preis zu achten, kauften sie ihnen zum Abschied zwei besonders große, besonders stabile, besonders rote Koffer mit vielen Taschen und komplizierten Reißverschlüssen und machten schüchterne Witze, nun müsse sich ja wohl Julia um die ganze Packerei kümmern, weil Romeo ... Er war eben unbeholfen. Fröhlich machten sich die beiden auf den Weg zum amerikanischen Konsulat, um für Julia ein Visum zu beantragen.

Dort sagte man ihnen, weil Julia keine uneingeschränkte Aufenthaltsgenehmigung für Deutschland besitze und kaum zwei Wochen verheiratet sei, sei sie nicht automatisch berechtigt, Romeo zu begleiten. Bürokratie verbarrikadierte den Weg. Es könnte ein Jahr dauern, bis Julia ein Visum bekäme, vielleicht länger. Da die beiden von Anfang an gesagt hatten, dass sie in Amerika bleiben wollten, verweigerte man Julia am Ende auch das Touristenvisum.

»Trockene Kötel bringt man nicht zum Glänzen«, sagte Julia, als sie das Konsulat verließen. »Abwarten«, beruhigte Romeo sie und geleitete sie durch den Schnee nach Hause. »Du kennst Amerika nicht. Amerika ist ein Land der Ausnahmen. Anders als hier. Wir werden einen gemeinsamen Antrag stellen und alle unsere Gründe aufschreiben, warum wir unbedingt zusammen reisen müssen. Für den eigentlichen, den wahren Grund hat jeder Verständnis.«

So gelang es Romeo, Julias Befürchtungen zu zerstreuen. In dem Antrag auf Ausstellung einer Aufenthaltsgenehmigung für seine Frau brachte er dann sein fließendes Englisch zum Glänzen. Es blieb ihnen nur noch eine Woche, und Romeo kündigte die Wohnung. Sie machten sich einen Spaß daraus, immer neue Zukunftspläne zu entwerfen, während sie gleichzeitig ihre wichtigste Habe in zwei Koffern verstauten, für jeden einen. Sie hatten beschlossen, Amerikaner zu werden. Julia besorgte ein Exemplar des obligatorischen Geschichtstests und fragte Romeo ab. »Welche Farben hat die Nationalflagge?« war einfach. »Wie viele Sterne?« war auch nicht schwer. Als Romeo einen Prospekt zugeschickt bekam, der zeigte, wo seine Firma sie beide in der Nähe von Los Angeles unterbringen wollte, hängte Julia ihn an die inzwischen kahle Wand ihres Wohnzimmers. Voller Stolz ließ Romeo alle Freunde, die vorbeikamen, das »perfekte Firmenapartment« bewundern, spielte den Experten und erklärte jedem, was eine »Wohneinheit mit kontrolliertem Zugang und integrierter Einkaufs-Plaza« war, worin die »Kabel-TV-Grundversorgung« bestand (150 Kanäle) und wie groß ein »King-Bett« war. Eines der Fotos zeigte das Paradies: einen Swimmingpool mit Palmen.

Sie feierten lange und tranken auf ihr neues Zuhause. Am nächsten Tag erwachten sie mit Kopfschmerzen, und Julia mit ihren achtzehn Jahren meinte, jetzt hätten sie das Alter der Mäßigung erreicht. An diesem Nachmittag wartete sie nicht an der Straßenecke, wo sie sich sonst immer trafen. Romeo stürmte allein nach Hause und fand sie zusammengerollt auf dem Sofa, das Gesicht nass und zerknautscht. Sie wollte nicht aufstehen und nichts sagen, aber er bekam das Papier zu fassen, das sie in der geballten Faust hielt, ein Schreiben der amerikanischen Einwanderungsbehörde. Julias Antrag auf Erteilung einer Aufenthaltsgenehmigung war glatt abgelehnt worden.

Romeo nahm Julia in die Arme und versuchte sie zu trösten. »Auch wenn man eine Million Mal ›Halwa‹ sagt, wird einem der Mund davon nicht süß«, sagte sie zu ihm. »Du musst etwas tun. Es kann doch nicht sein, dass eine Sache, bei der es um Leben und Tod geht, von einem Visum abhängt.«

Am nächsten Tag betraten sie das amerikanische Konsulat zum zweiten Mal, und diesmal machte Romeo am

Empfang eine Szene. Er rief, so laut er konnte: »Wir verlangen ein Visum für meine Frau.« Sofort war man bereit, eine Ausnahme zu machen: einen Termin mit dem »zuständigen Beamten« innerhalb von nur zwei Tagen. »Es wird der Konsul selbst sein«, sagte Julia. »Den Amerikanern sind Anfragen in letzter Minute immer am liebsten«, sagte Romeo. Am Tag nach dem Termin ging ihr Flug. Julia hatte noch kein Ticket, weil man ohne Visum keines kaufen konnte. Aber Romeos Ersparnisse reichten. Er rief bei der Fluggesellschaft an und reservierte für sie einen Platz in der Businessclass. Er sagte, den habe sie verdient, was sie erröten ließ.

Inzwischen hatten sie in ihrer Wohnung nur noch eine Matratze und die Koffer. Sie machten den verabredeten Ausflug zum amerikanischen Konsulat. Die Sekretärin kam auf sie zu, und ihre Worte waren wie eine Handvoll Kiesel, die sie ihnen ins Gesicht schleuderte. Leider. Infolge unvorhergesehener Umstände. Der Termin. Abgesagt. Der zuständige Beamte verhindert. Sitzungen. Niemand im Haus. Romeo saß bloß da. Julia fing an zu schluchzen. Zu der Sekretärin sagte sie: »Wenn das Schicksal gegen einen ist, beißt man sich auch an Marmelade die Zähne aus.«

Worauf die Sekretärin wütend wurde und zur zusammenhängenden Rede zurückfand: »Junge Frau, hier geht es nicht um Schicksal, sondern um Visavorschriften.« Doch dann griff die Traurigkeit, die aus den braunen Augen hervorquoll und sich über die kindlichen Wangen ergoss, auch nach dem steinernen Herzen der Sekretärin. Sie musste wegsehen, sonst hätte auch sie angefangen zu weinen. »Bitte, Madam, wecken Sie unser Glück auf«, flehte Julia sie an. Die Sekretärin verschwand und kehrte wenig später lächelnd zurück. Julia flüsterte Romeo triumphierend zu: »Ich habe eine grausame Sekretärin zum Lächeln gebracht!« Diesmal rieselten die Wörter der Sekretärin wie Hochzeitskonfetti auf Romeo und Julia herab. Zufällig. Ein Glücksfall. Der Vizekonsul gerade gekommen. Unerwartet. Hier entlang, bitte. Ein lächelnder Mann hinter einem blanken Schreibtisch. Er reichte Julia ein Papiertaschentuch. »Ich will sehen, was ich für Sie tun kann. Ich melde mich heute Nachmittag.«

Es war das Letzte, was sie von ihm hörten. Alle Versuche, ihn anzurufen, endeten bei einer automatischen Bandansage mit verschiedenen Auswahlmöglichkeiten, von denen keine passte. Am nächsten Morgen kamen Romeos Kollegen, um das Paar abzuholen und die letzten Sachen aus der Wohnung zu räumen. Dass es noch Kleider und einige Dinge gab, die er nicht mitnehmen wollte und die sie untereinander aufteilen sollten, lenkte sie ab. Erst als sie schon im Auto saßen, fragten sie ihn, wo denn Julia sei. Romeo beruhigte sie: »Es hat eine kleine Verzögerung mit ihrem Visum gegeben. Julia hat sich darüber sehr aufgeregt, deshalb habe ich sie zu ihren Eltern gebracht. Da bleibt sie, bis sie nachkommen kann.« Am Flughafen checkte er mit den beiden neuen roten Koffern ein und ging an Bord der Lufthansamaschine nach L. A. Er saß allein, sah sich zwei Filme an, aß alles, was man ihm vorsetzte. Am Tag des Sieges ist niemand müde.

Nach der Ankunft in Los Angeles schlenderte er durch die Passkontrolle und beschleunigte seine Schritte erst auf dem Weg zur Gepäckausgabe. Ruckelnd kamen die beiden roten Koffer in Sicht. Er wuchtete sie auf einen Kofferkuli. Niemand sah ihm dabei zu. Niemand sah, wie er einen der Koffer öffnete und mit der Hand hineinlangte. Niemand sah, wie seine Hand zurückfuhr, wie ihn Übelkeit überkam, wie er sich plötzlich in die eigene Hand biss, wie er zitterte.

Es bemerkte auch niemand, wie er von einem der Koffer die Gepäckbanderole abriss und in die Tasche steckte, wie er ihn zum Laufband zurückschob, als handele es sich um eine Verwechslung. Andere Koffer tauchten auf, aus Seoul, aus Singapur, aus Tokio. Es wurde Abend, bevor jemandem der rote Koffer auffiel, der auf dem Gepäckband immer noch einsam seine Bahn zog. Man nahm ihn herunter und rollte ihn ins Fundbüro. Unterdessen hatte Romeo längst den für ihn reservierten Mietwagen gefunden, war über verschiedene Highways zu seiner neuen Bleibe gefahren, hatte seine Krawatten aus dem Koffer genommen, hatte sie zusammengebunden und um den beheizten Handtuchhalter in seinem Luxusbad geschlungen und hatte es trotz aller Unbeholfenheit ohne Weiteres geschafft, sich zu erhängen.

»Unbekannte Schöne in herrenlosem Koffer« lautete die Schlagzeile am nächsten Tag. Der Leichenbeschauer klassifizierte sie als weiß, jung und weiblichen Geschlechts. Der Tod hatte sie von zwei Seiten in die Zange genommen: in erster Linie durch Quetschung infolge des Gewichts anderer Gepäckstücke. Der Koffer war doch nicht so stabil gewesen. Während des Fluges jedoch musste er zuoberst gelegen haben. Der Tod hatte sich Zeit gelassen und war erst beim Ausladen eingetreten, als sie schon wegen Unterkühlung im Sterben lag. Als einige Tage später auch Romeos Leiche entdeckt wurde, fand man in seiner Manteltasche die fehlende Banderole. Das Rätsel war gelöst, was inzwischen aber niemand mehr wissen wollte, und so bekam es nur noch ein paar Zeilen in einer Lokalzeitung.

Dies ist eine wahre Geschichte, nur die Namen wurden verändert.

Die Decke

Einer der Risse war seit letzten Sonntag breiter geworden. Ein halber Zentimeter in drei Tagen, mal nachrechnen, sagte sich Simone. Sie hatte viel Zeit. Dieser Riss bildete die lange Seite von einem unordentlichen Trapez aus lauter Rissen direkt über ihrem Bett. Sie hatte dem Trapez den Namen von Max gegeben, der vor ein paar Jahren verschwunden war. Sein Gesicht hatte eine ähnliche Form gehabt, aber geliebt hatte sie ihn trotzdem. Ein hässliches Gesicht war ihr lieber als ein hässlicher Körper, und Max war drahtig gewesen. Drahtig und amüsant. Wenn sie ihn an der Decke sah, amüsierte sie sich noch immer.

Max war da oben nicht allein. Die Lampe leistete ihm Gesellschaft – der Kleine Raik, wie Simone sie nannte, weil aus dem mit Gips verkleisterten Loch in der Decke mehrere Kabelenden hervortraten und die Lampe unansehnlich herunterbaumelte, eigentlich bloß ein Kabel mit einer nackten Glühbirne, die ein grelles, dummes Licht verstrahlte. Seit Jahren wollte sie sie herunternehmen und etwas Hübscheres anbringen, aber sie war nie dazu gekommen. Die Decke war sehr hoch, und um die Lampe zu erreichen, brauchte sie eine höhere Leiter. Ein halber Zentimeter in drei Tagen bedeutete, dass sich der Stuck pro Tag um fast zwei Millimeter verschob. Vielleicht war in der Wohnung darüber jemand herumgehopst und hatte den Vorgang beschleunigt. Vielleicht würde er sich jetzt wieder verlangsamen.

Raik, ihr Mann, war groß genug. Er konnte die Lampe erreichen, der sie den Spitznamen Kleiner Raik gegeben hatte. Aber er ließ sich nicht dazu bringen, etwas zu reparieren, das sie repariert haben wollte. Er bastelte gern an irgendwelchen Sachen herum, aber nicht wenn sie ihn darum bat, und sie hatte den Fehler gemacht, ihn zu bitten, und damit nur seinen Unwillen geweckt. Immer glaubte er, sie wolle ihn herumkommandieren. Doch diese Decke war ihre Decke, und dieses Zimmer war ihr Zimmer. In seinem Zimmer war alles in Ordnung. Wenn ihm dort eine Lampe nicht gefiel, wechselte er sie aus. Er wurde wütend, wenn Simone ihm einen Tipp gab, der sein Zimmer betraf. Einmal hatte sie ihm vorgeschlagen, den Schreibtisch nicht vor das Fenster zu stellen, weil sich die Vorhänge dann schlecht öffnen und schließen ließen. Er hatte gesagt: »Mein Zimmer geht dich nichts an«, hatte den Schreibtisch vor das Fenster gestellt und die Vorhänge immer zugelassen.

Das hier war also ihre Decke. Der Anblick weckte in ihr das gleiche angenehme Wiedersehensgefühl, das sie früher beim Anblick ihres Balkongartens gehabt hatte. In dem Jahr, als sie Max kennenlernte und mit ihm ein Leben in einem richtigen Haus mit einem richtig großen Garten plante, hatte sie auf ihrem Balkon nichts gepflanzt. Und im Jahr darauf, als es diesen Plan nicht mehr gab, hatte sie den Balkon gemieden. Blumen machten ihr keine Freude mehr. Jetzt machte ihr die Decke ein bisschen Freude. Drüben am Fenster hatte sie sieben feine Risse, die nach verschiedenen Richtungen auseinanderliefen. Simone nannte die Risse

Laura. Sie erinnerten sie an Lauras Haare, die sie an der Jacke und der Hose ihres Mannes gefunden hatte.

Raik war stolz auf Laura gewesen, weil sie zweiunddreißig Jahre jünger war als er. Er hatte sich ihretwegen aber auch geschämt, weil sie nichts Besonderes war, eine Assistentin in seinem Büro, nicht sonderlich hübsch, mit einer piepsenden Stimme. Sogar die Sekretärinnen machten sich über sie lustig. Deshalb musste Raik die Affäre geheim halten. Aber er war verrückt nach ihr gewesen, und der Altersunterschied machte ihn fast hysterisch vor Glück, denn er bestätigte seine Vermutung, dass er selbst in Wirklichkeit noch gar keine dreiundsechzig, seine Frau aber schon eine alte Jacke war. Einige Monate lang war es ihm gleichgültig gewesen, dass Simone abends oft allein wegging – nach dem Abendessen, denn ein häusliches Leben hatten sie noch geführt. »Du Ärmste, deine Augenbrauen werden langsam grau«, sagte er über dem Nachtisch, bevor er ins Bad ging und sein Gebiss bürstete, was er nur tat, wenn er Laura besuchen wollte. Beim Weggehen rief er dann: »Ich gehe noch mal ins Büro.« Simone konnte seine Heimlichtuerei kaum übersehen. Eines Tages nahm er einige Notenhefte seiner Mutter aus dem Bücherschrank und verließ mit ihnen das Haus. Zu diesem Zeitpunkt wusste Simone schon von Laura und stellte sich vor, Raik habe sie überredet, Gesangsunterricht zu nehmen, so wie er zwanzig Jahre früher auch sie überredet hatte. Raiks Mutter war Gesangslehrerin gewesen, und er konnte so sachkundig über Lieder sprechen wie sonst kaum jemand. Wenn das Trapez namens Max weiter in diesem Tempo absackte, zwei Millimeter am Tag, würde es bald seinen Halt verlieren. Es würde abstürzen. Wie schwer mochte ein Brocken Stuck von dieser Größe sein?

Laura hatte sich bald wieder von Raik zurückgezogen und einen Liebhaber in ihrem Alter genommen. Raik war deprimiert gewesen, war aber darüber hinweggekommen, indem er sein Zimmer renovierte und außerdem darauf bestand, dass seine Frau ihm nun treu war und jedes Mal, wenn sie aus dem Haus ging, genau erklärte, wohin sie wollte. Er fand es nicht fair, dass sie eine Affäre hatte, wenn er keine hatte. Er wolle wieder glücklich verheiratet sein, verkündete er.

Sie hatte sowieso gerade mit Alfonso Schluss gemacht. Alfonso war noch herrischer als Raik gewesen – aber drahtig. Raik nahm mit seinem Körper jetzt den ganzen Platz ein.

Simone sah nach der Decke über der Tür. Dort war sie sauber, nicht verunstaltet. Keine Risse, nichts. Ein reiner Tisch. So wünschte sich Simone ihr Leben. Sie war fünfundvierzig und hatte sich schon mehrere Spritzen geben lassen, um die tiefe Falte zwischen ihren Augen zum Verschwinden zu bringen. Die Falte war aber immer wiedergekommen – eine Hieroglyphe für Traurigkeit.

Eines Tages werde ich vielleicht wieder richtig glücklich sein, dachte sie. Hoffentlich, bevor mir Max auf den Kopf fällt. Man konnte wirklich nicht vorhersagen, wie lange es noch dauern würde. Dazu hätte sie sein Gewicht herausfinden und sich verschiedene physikalische Gesetze klarmachen müssen. Natürlich konnte sie auch einen Maler kommen lassen, damit er die Decke in Ordnung brachte. Ihr fiel die Freude ein. Mit Max war sie überglücklich gewesen. Er hatte natürlich gewollt, dass sie Raik verließ und für immer mit ihm zusammenlebte. Raik war in Tränen ausgebrochen, als sie es ihm sagte, und sie hatte den Plan sofort fallen gelassen. Sie hatte Max die Wahrheit gesagt: dass sie ihn liebte, wie sie noch nie einen Mann geliebt hatte. Dass sie es aber nicht übers Herz brachte, einen Menschen so unglücklich zu machen, nicht einmal ihren Ehemann. Max hatte ihr nicht geglaubt und die Höchststrafe verhängt – er hatte kein Wort mehr mit ihr gesprochen.

Ein Maler würde wahrscheinlich wollen, dass die Möbel

aus dem Zimmer geräumt wurden. Er würde eine Woche brauchen, um die Stuckdecke in Ordnung zu bringen. Für 18 Euro die Stunde. Und dann würde er noch zwei Tage anhängen müssen, um die schmutzigen Wände neu zu streichen. Ihr Glück mit Max war von kurzer Dauer gewesen. Aber es war eine Suche wert, und vielleicht ließ es sich wiederfinden. Das machte alles in allem 18 mal 7 mal 8 Euro – also zusammen ...? Auch bei Alfonso hatte sie das Glück gesucht, aber er war nicht der Richtige. Sie hatte ihm wehgetan, aber es hatte ihr nicht viel ausgemacht, denn sie hatte bemerkt, dass es auch ihm nichts ausgemacht hätte, ihr wehzutun – sie hatte bloß eher damit angefangen. Keine Chance auf Glück. Falls sie es je wiederfand, würde sie es nicht mehr loslassen. Raik war fast fertig. Er stöhnte laut. Er ackerte.

Am Ende tat es immer weh. Er vergrub sein Gesicht an ihrem Hals, und seine Schulter versperrte ihr die Sicht auf die Decke. Er war schwer und roch ein bisschen ranzig. Er tat ihr leid, weil er so ein Rüpel war. Jeden Sonntag und jeden Mittwoch kam er zu ihr, die Vaseline in der Hand. Sie mochte es nicht, wenn er sie küsste oder aufwärmte, weil es zwecklos war und weil sie die Sache nicht unnötig in die Länge ziehen wollte. Ihm war es recht so. Er reichte ihr die Vaseline, zog sich schwungvoll aus und machte sich über sie her. Danach begann für sie dann die stille Zeit mit der Decke. Wenn diese Phase dem Ende zuging, wurde sie immer ungeheuer traurig. Raik tat ihr leid, weil er so ein schlechter Liebhaber war und weil er so dick war und eine Glatze hatte. Wenn sein Stöhnen richtig laut wurde, begann sie leise zu weinen. Ihr liefen jedes Mal die Tränen über die Wangen, während er die Zielgerade herunterdonnerte.

Nachher brauchte er immer ein paar Minuten, blieb auf ihr liegen und schnappte nach Luft. Er begrub ihr Gesicht in seiner Achselhöhle, deshalb hielt sie die Augen so lange geschlossen. Schließlich richtete er sich ein wenig auf, wischte ihr mit seiner schweren Hand die Tränen aus dem Gesicht und rollte zur Seite. Sie sah nicht zu ihm hinüber. Sie verabschiedete sich von der Decke. Er stand auf, sammelte seine Kleider ein und wollte nach nebenan, in sein Zimmer. »Da sind wir nun zwanzig Jahre verheiratet und ficken noch immer, was das Zeug hält«, sagte er stolz. »Zwei Mal die Woche. Ich wette, von meinen Kollegen bringt das keiner.«

Wie Huseyn gefasst wurde

Nachdem er Dr. Smith so getroffen hatte, wie der es verdiente, nämlich sauber ins Herz, mit einer einzigen Kugel aus kürzester Entfernung (zwei Zentimeter – er war kein geübter Schütze), nachdem er vor Schreck über den Knall ein paar Schritte zurückgetaumelt war und dann die Leiche untersucht hatte (eine Schweinerei auf dem Linoleumboden der Praxis), nachdem er kurz die Kasse durchwühlt und geplündert und ein paar Medikamente zusammengerafft hatte (alles, um die Polizei in die Irre zu führen), nachdem er die Tür der Praxis geöffnet und wieder geschlossen hatte und hinter das Lenkrad seines kleinen Flitzers geglitten war, griff er voller Zärtlichkeit nach dem Objekt, dem augenblicklich seine ganze Zuneigung gehörte, einem neuen, aufklappbaren Handy mit Farbdisplay, und wählte die Nummer der Polizei.

Es war Jahre – Jahrzehnte – her, seit er zum letzten Mal jemanden erschossen hatte. Also hatte er sich aus diesem Anlass eine neue Pistole und ein neues Handy zugelegt. Das Handy war teuer gewesen, mit eleganten kleinen Tasten, und er wollte es behalten. Die Pistole dagegen musste er wegwerfen. Deshalb war sie auch nur aus zweiter Hand (einer seiner Söhne hatte sie geklaut). Er betrachtete die Pistole mit betrübter Miene, während er es bei der Polizei läuten ließ.

Als er dann sprechen konnte, klang seine Stimme aufgeregt. Verständlicherweise. Er erklärte ihnen, sein Wagen habe schlappgemacht, in einer düsteren Seitenstraße, die fünf Meilen entfernt auf der anderen Seite der Stadt lag, und als er AAA, den Autoclub, angerufen habe, da hätten sie ihn in einer Warteschleife hängen lassen (durchaus wahrscheinlich). Er verlangte, sie sollten sofort jemanden vorbeischicken, da die Gegend gefährlich war (er wusste, sie würden mindestens zwei Stunden brauchen). Dann warf er die Pistole durch das offene Wagenfenster in ein Gebüsch, ließ das Handy in seinen Schoß plumpsen und betätigte den Zündschlüssel mit einem Schwung, als würde er ein neues, besseres Leben anschalten. Er hielt sich an die Geschwindigkeitsbegrenzung, während er seinem Rendezvous entgegenfuhr – entweder mit der Polizei oder mit der American Automobile Association oder mit keiner von beiden. Wahrscheinlich würde er noch mal anrufen müssen.

Sein Alibi war solide wie ein Ziegenknie.

Selbst wenn die Polizei ihn mit Dr. Smith, der seine Tochter unerlaubterweise gebumst hatte, in Verbindung bringen würde, selbst wenn sämtlichen fünf Angehörigen von Dr. Smiths Familie und sämtlichen zweiundsechzig Mitgliedern von Huseyns Familie sofort klar war, wer den Mord begangen hatte, würde die Polizei doch wissen, dass er unschuldig war. Er war ja nicht dort gewesen, er hatte fünf Meilen entfernt in einem kaputten Auto auf die Polizei gewartet.

Huseyn stimmte einen Triumphgesang an. »Lo, lo, lo«, sang er, »ich habe diesen Esel in einen Stall befördert, wo das

Heu anders schmeckt, als er es gewohnt war.« Er sang immer lauter und lauter, und seine Stimmung stieg von Block zu Block. Er probte die Ansprache, die er vor der versammelten Familie halten und in der er sich vor allem an Nuri, seinen ältesten Sohn, wenden würde, den Automechaniker. Ach, ihr Lieben! Die Sünde des Blutes ist getilgt, die Ehre des Clans ist wiederhergestellt, und dem Mädchen soll seine Schandtat verziehen werden, es ist im Schoß der Familie wieder willkommen. Eigentlich, so würde er fortfahren, wäre das ja eine Aufgabe für einen jüngeren Mann gewesen, einen Bruder, aber es war doch so heikel und habe so viel Leidenschaft aufgewühlt, dass er, das Oberhaupt des Clans, gemeint habe, es sei besser, wenn kein Hitzkopf, sondern ein älterer Mann seine Zeit und seine Kraft aufwenden und sich mit seinen älteren, weiseren Gedanken um die Sache kümmern würde. Kurz, seine Wahl sei auf ihn selbst gefallen. In der Fabrik arbeite er ja schon lange nicht mehr, er sei auch schon längst nicht mehr so stark wie Nuri und nicht so gut im Umgang mit technischem Kram und Pistolen – aber er sei eben schlau. Und diesmal sogar ungeheuer schlau!

Seine Stimmung stieg noch immer, während er »Lo, lo, lo« sang. Hatte er sie nicht beide gerettet – seine Tochter vor diesem widerwärtigen Fremden und seinen Sohn ebenfalls? Nuri saß wegen tätlicher Beleidigung in Haft, weil er versucht hatte, seiner Schwester Vernunft einzubläuen, nachdem sie beschlossen hatte, Dr. Smith zu heiraten. Nuri hatte Verantwortungsgefühl – und wenn er erst wieder frei wäre, hätte er es noch mal versucht. Der Clan hatte die Ehe mit einem Außenstehenden, der obendrein noch Christ war, natürlich verboten. Das kam davon, wenn man die Mädchen studieren ließ. Keine Aufsicht. Ein Vetter hatte sie in der Schlange vor einem Kino gesehen, zusammen mit einem blonden Mann. Er stand hinter ihr und hatte die Arme um sie gelegt. Seine Hände waren nur ein paar Zentimeter von ihren Brüsten entfernt gewesen, und bestimmt hatten diese Hände in diesem Augenblick die Wärme ihres Körpers gespürt. Sie hatte den Kopf nach hinten gelegt gegen seine Brust, als wäre er ihr Lieblingskissen. Sie hatte gemerkt, dass sie gesehen worden war, und am nächsten Tag angerufen und von Dr. Smith erzählt. Sie hatte geklungen, als sei sie stolz auf ihn. Seine Eltern, die Smiths, akzeptierten sie voll und ganz und würden sie sogar »Tochter« nennen. Huseyn hatte sie zum Abendessen eingeladen, sie allein. In Bluejeans war sie die Treppe zur Wohnung der Familie heraufgetänzelt, mit wippendem schwarzem Haar und Glanz in den Augen. Sie benutzte neuerdings kein Make-up mehr und sah deshalb noch jünger aus, als sie war. Nachdem sie die versammelten Verwandten geküsst hatte, hatten Huseyn und die Jungen sie zu ihrem Zimmer geleitet und eingesperrt. Sie hatte mit ihrem Handy die Polizei angerufen – und ausnahmsweise waren sie mal schnell gewesen. Die Beamten hatten sie aus dem Zimmer befreit, hatten sie ihren Eltern gestohlen und zu Dr. Smith zurückgebracht. Wie sich herausstellte, war er schon ihr Mann. Nach seinem Autounfall, nachdem Nuri sich die Bremsen seines Wagens vorgenommen hatte, nachdem Dr. Smith überlebt und seinen Verdacht zu Protokoll gegeben hatte, hatte das Paar Polizeischutz bekommen.

Das war alles schrecklich falsch. Aber er, der Vater, hatte alles wieder wunderbar richtig gemacht.

Und Huseyns Erregung wuchs weiter und weiter, während er sich seine Tat noch einmal in Erinnerung rief und wie der Doktor ihn angesehen hatte, als er abdrückte. Huseyn wandte sich an Dr. Smith, der nun kein Abendessen mehr vor sich hatte. »Du Schurke, du hast bekommen, was du verdienst! Vielleicht hätte ich weniger Angst haben sollen. Ich hätte mir mehr Zeit nehmen können. Ich hätte dich so töten können, dass du mehr davon mitbekommst als nur diesen Bruchteil von einer Sekunde. So viel Rücksicht hast du gar nicht verdient. Ich hätte dich fesseln und dir die Sache erklären und dich ein bisschen zwirbeln sollen. Das hätte mir Spaß gemacht. Aber nein, es hat mir auch so Spaß gemacht. Spaß genug. Dieser Anruf bei der Polizei war meine Idee, eine gute Idee. Mit einem einzigen Schuss und einem einzigen Anruf habe ich die Familie gerettet. Lo, lo, lo.« Und er sang weiter, während er fuhr.

In der schmalen Straße, die er der Polizei genannt hatte, stellte er seinen Wagen so hin, dass es nach einer Panne aussah – wie Nuri ihm geraten hatte, als er ihn im Gefängnis besucht hatte. Huseyn schraubte ein Rad ab und versuchte es zu ersetzen. In diesen Dingen war er nicht besonders geschickt. Sonst half ihm immer Nuri oder einer der Vettern, der auch Automechaniker war. In dieser Familie half jeder jedem. Dieses natürliche Gleichgewicht hatte Dr. Smith durcheinandergebracht.

Die Polizei kam. Die Beamten waren sehr höflich. Einer streckte ihm die Hände entgegen, als wollte er ihn begrüßen. Aber er legte ihm Handschellen an, verschnürte ihn wie ein Huhn auf dem Markt und erklärte ihm dabei seine Rechte. Huseyn hörte sich protestieren. Es klang wie ein Gackern. Einer der Polizisten sah sich das Handy an und lachte. Er hielt es Huseyn unter die Nase und sagte: »Vollidiot. Du hast es nicht abgestellt.« So hatten sie Huseyn gefasst – sie hatten sein Geständnis mit angehört, eine Livesendung aus seinem neuen Handy.

Dr. Smith blieb am Leben. Seine Frau nicht. Eine Woche nachdem ihr Bruder seine Haftstrafe wegen Tätlichkeit abgesessen hatte, schlich er seiner Schwester bis in einen Supermarkt nach und schoss auf sie. Er zielte ihr ins Gesicht. Jetzt sitzt er in der Todeszelle. So verlor Huseyn beide Kinder. Diese Geschichte ist so alt wie die Berge. Trotzdem ist ihre Moral noch immer nicht zu haben.

Die Ballade vom schönen Frank

Jedes Mal wenn Frank jemanden kennenlernte, stellte er sich die Frage: Wie kann dieser Mensch mir nützen? Meistens war die Antwort klar. Männer konnten ihn bewundern, ihn hofieren, ihn zum Essen einladen, ihm ihre Autos leihen und ihre geräumigen Stadtwohnungen oder ihre Landhäuser überlassen. Frauen ebenso. Er suchte die Gesellschaft reicher Männer und unkonventioneller reicher Frauen und schaffte es tatsächlich ins mittlere Alter, ohne dass er je Miete und Autoversicherung gezahlt und Quittungen für das Finanzamt sortiert hätte und ohne eine Ehe eingegangen zu sein – denn dieses Kompliment wollte er keiner Frau machen. In unseren modernen Zeiten lebte er wie ein Fürst. Wie gelang ihm das?, werden Sie fragen. Worin bestand sein Geheimnis? Wünscht sich nicht jeder von uns ein derart behagliches, sorgenfreies Leben?

Frank war schön. Er hatte faustdickes blondes Haar, dolchblaue Augen, ein fein geschnittenes Gesicht, das immer starken Eindruck machte, und einen hochgewachsenen Körper, der aber nicht ungelenk war, sondern geschmeidig, beweglich, gut geölt. Er war Schauspieler. Kein besonders begabter, aber wegen seines guten Aussehens reichte es für Fernsehserien, und die Leute merkten sich ihn. Die Art, wie er damit rechnete, bewundert zu werden, verdiente tatsächlich Bewunderung – er hatte Charisma und gab gerne den Ton an. Der Teufel interessierte sich für diese Mischung und spielte mit dem Gedanken, ihn in die Politik zu schicken. Frank hatte das Zeug, eine Menge Unheil anzurichten. Aber das hatten andere auch. Zuletzt ließ der Teufel Frank dann doch im Privaten sitzen.

Dort kümmerte sich des Teufels Foltermeisterin, die Zeit, um ihn. Sie schickte andere gut aussehende Gesichter, die an Franks Stelle rückten. Mit vierzig war Frank noch immer eine stattliche Erscheinung, aber nicht mehr die stattlichste. Er hatte weiche Zähne. Beim Publikum geriet er nach und nach in Vergessenheit. Wenn ein Produzent die Wahl hatte, nahm er einen anderen.

Franks Stern sank, aber seine Haltung anderen Menschen gegenüber blieb die gleiche. Als sein Geld knapp wurde, stellte er die Frage – Was habe ich davon? – nur umso dringlicher. Mit dreißig traf er schließlich eine strategische Entscheidung und legte sich eine Freundin zu – Agnes. Agnes kam im Leben gut zurecht. Sie war schon fünfunddreißig, aber eine temperamentvolle Brünette mit akademischer Ausbildung, die er bewunderte. Sie arbeitete in der Verwaltung eines Forschungsinstituts. Sie betete den schönen Frank an, weil er so exotisch war und weil er litt – ein Künstler –, und sie war bereit, dafür zu zahlen. Ein schöner Zug von ihm: Frank war kein Lügner, er sagte ihr nie, dass er sie liebte. Aber er lebte mit ihr in ihrer hübschen Wohnung und schätzte ihre Lebhaftigkeit. Er teilte mit ihr die Freude an einer guten Flasche Wein und einem gefüllten Teller. Er liebte teures Essen, und wenn es aufgetragen wurde, nahm er sich unweigerlich zuerst. In seinem Kleiderschrank sah es aus wie in einer Boutique.

Ein paar Jahre später zog ihn ein Produzent noch einmal in die engere Wahl für eine Fernsehserie. Aber nachdem er ihm schon so viel Hoffnung gemacht hatte, dass Frank Agnes von einem neuen Engagement erzählt und begonnen hatte, seine Garderobe zu erneuern, nahm er dann doch einen anderen. Da beschloss Frank, sich selbstständig zu machen. Von nun an wäre er sein eigener Produzent. Agnes sollte sich um den Papierkram und die Finanzen kümmern – auch um das Geld für neue Kronen auf seinen Schneidezähnen, und zwar bevor es mit den Dreharbeiten losging. Bald hatte er fast sämtliche Ersparnisse von Agnes für seinen Film verbraucht. Die letzten tausend Dollar, die er für einen Spezialeffekt benötigte, wollte sie ihm nicht geben. Ihr alter VW musste repariert werden. Als der Film floppte, schob er es auf ihren Geiz. Sie ihrerseits verlangte nie etwas von ihm, denn sie wusste, er würde Nein sagen. Aber sie nahm, was sie kriegen konnte – sie wurde schwanger. Er war furchtbar wütend, aber sein eigenes Kind umbringen wollte er dann doch nicht. Bald waren es dann schon mehrere Kinder. Frank blieb zu Hause, bei den Kindern und einem Kindermädchen, das er umgarnte und mit seinem strahlenden Lächeln verführte, während Agnes arbeitete und Geld verdiente. Als sie es nicht schaffte, an der Uni eine Stelle zu bekommen, die ihrer Qualifikation entsprach, nahm sie eine geringer bezahlte an. Langsam wurde sie unansehnlich, aber ihm machte das nichts aus – ein schöner Zug: Hässlichkeit bei einer Frau war ihm egal, ihn interessierte sein eigenes Aussehen, nicht das von jemand anderem. Anders verhielt sich die Sache, als Agnes auch ihre schlechtere Stelle verlor und die Situation daheim ungemütlich wurde.

Er lernte Barbara kennen, noch nicht unansehnlich, obwohl zehn Jahre älter als er. Sie war finanziell besser ausgestattet und hatte eine geräumige, elegant eingerichtete Wohnung in einer repräsentativen Straße. Frank verließ seine Familie und zog zu Barbara. Sie hatte eine gut dotierte Stelle, und sie hatte Format, sie war Juraprofessorin. Sie fuhr einen teuren Sportwagen. Sie lebten mit Stil. Er brauchte kein Geld zu verdienen, und für all seine Bedürfnisse wurde gesorgt. Liebend gern nahm ihm Barbara lästige Arbeit ab. Sie schrieb sogar Briefe für ihn, weil er mit dem Computer nicht zurechtkam. Sie fand seine Unbeholfenheit reizend. Er brauchte nicht mal mehr eine Armbanduhr zu tragen oder den Kopf zu heben und auf die Uhr im Zimmer zu sehen – er fragte einfach: »Wie spät ist es, Süße?«, und ihr war es ein Vergnügen, ihm den kleinen Dienst zu erweisen. Mal ehrlich: Das ist doch beneidenswert, oder? Aber eines Tages wurde sie dann doch etwas strenger. Sie weigerte sich, einen Brief für ihn zu schreiben, sagte ihm, er solle es selbst versuchen. Zum Glück war seine frühere Freundin Agnes immer noch so barmherzig, einzuspringen. Also zwängte er sich nun, lang und schlaksig, wie er war, in Barbaras schnittiges Auto und besuchte jedes Mal seine Kinder, wenn er Schreibarbeiten für ihre Mutter hatte. Er schob es auf Agnes' Gutmütigkeit, dass sie sich die Zeit nahm und ihm half – nach der Arbeit, auch wenn sie gerade beim Putzen war oder sich um die Nachkommen kümmerte. Als Barbaras teure Waschmaschine kaputtging, brachte Frank auch seine Wäsche zu Agnes, die sie in ihrer alten Maschine wusch, zum Trocknen aufhängte und dann auch noch für ihn bügelte. Als er wieder bei Barbara war, sagte er ihr, Agnes sei großzügig. Er wollte damit sagen: großzügiger als du. Die gute Agnes verlangte nicht mal Unterhalt für die Kinder von ihm. Sie lebte von wenig oder nichts, aber sie beklagte sich nie.

So erreichte er das vierzigste Lebensjahr – und sein blondes Haar war immer noch dicht. Die Furchen auf seiner

Stirn verliehen ihm eine attraktive Nachdenklichkeit, und noch immer trieb ihn die Frage um: Was können die anderen für mich tun? Barbara hatte ihn aus der Ärmlichkeit seines früheren Zuhauses gerettet, doch nun bemerkte er, dass sie knickerig wurde, ein Charakterzug, der ihm, wie er sagte, völlig fremd sei. Sie machte ihm eine Szene, weil er die Kronen seiner Schneidezähne nicht genügend pflegte und sie noch einmal erneuert werden mussten. Sie wollte nicht bezahlen. Er hatte den Verdacht, dass sie Geld vor ihm versteckte. Das ganze Universum durchlief gerade eine wenig glückliche Phase. Die Nahrungskette war verunreinigt. Mikrowellenherde verursachten Krebs. Er war deprimiert und schlief schlecht. Sein Gesicht war unaufgeräumt, und aus dem Haus ging er nur, um Leute zu treffen, die ihm Bewunderung entgegenbrachten. Er erzählte Barbara von seinen »Fans« – ein Wort, das er liebte. Das Leben bestand für ihn eigentlich nur aus den Episoden, in denen ein »Fan« ihm etwas Anerkennendes sagte. Die Schuld an seiner Faulheit gab er seinem Pech, dem Umstand, dass das Filmgeschäft lahmte, und sein Pech machte ihn wütend. Wenn er keine Fans besuchte, wusch er sich auch nicht, weil Waschen die Haut austrocknet. Es ärgerte ihn, als Barbara anfing, sich nach billigerem Wein umzusehen.

Sie schlug vor, er solle sich eine Arbeit suchen. Sie machte ihm eine große Liebeserklärung: Es sei ihr egal, was er täte, von ihr aus könne er als Hausmeister arbeiten, sie würde ihn trotzdem lieben. Er sagte ihr nicht, dass er sie liebte – weil er es nicht tat. Er war noch immer ehrlich. Wütend machte ihn auch die Missachtung seines Künstlertums, die in der Empfehlung gipfelte, er solle sich irgendeinen Job suchen. Er wusste, dass Barbara in aller Ruhe gutes Geld verdiente, indem sie genau das machte, was sie sowieso gerne tat.

Als die verlassene Agnes ihn eines Tages mit der Bitte

um einen Beitrag zum Unterhalt der Kinder überraschte, gab er die Anfrage an Barbara weiter und war empört, als sie es ablehnte, etwas zu zahlen. Er klagte über den leeren Kühlschrank in der Wohnung seiner Kinder, aber sie ließ sich nicht erweichen. Sie sagte: »Such dir eine Arbeit, und mach ihnen den Kühlschrank wieder voll.« Noch einmal sagte er ihr, sie sei geizig – doch nun hatte er es ein Mal zu oft gesagt. Die Klinge seines Tadels war stumpf geworden. Sie hinterließ keinen Schnitt und nicht mal einen Stich, sie ließ Barbara nicht zerknirscht, sondern nur wütend werden, und so ging ihre Beziehung nach und nach in die Brüche. Er fing an, sich nach einer anderen, großzügigeren Frau umzusehen. Die Teufelin Zeit brachte ihn mit Carola zusammen, fünfzehn Jahre älter als er, aber immer noch frisch aussehend, weil sie reich war und sich jede Schönheitskur leisten konnte. Sie war Malerin und tat den ganzen Tag nur das, was ihr Spaß bereitete.

Carolas Mann hatte eine Galerie. In seinen besseren Tagen wäre Frank gar nicht auf die Idee gekommen, sich mit einer verheirateten Frau einzulassen, aber nun, da sich eine ganz bestimmte Falte auf seiner Stirn zu einer tiefen Furche auswuchs und bei jedem Lächeln das zurückweichende Zahnfleisch zum Vorschein kam und auf seinem Hinterkopf eine kahle Stelle wie eine glasige Wunde aufgetaucht war, konnte er es sich nicht mehr leisten, wählerisch zu sein. Er wusch und rasierte sich wieder und kleidete sich elegant. Und er konnte Carola leicht überreden, ihren Mann zu verlassen. Sie war quirlig, intelligent, hingerissen. Sie liebte es, wie er sie umschwärmte, seine Eleganz, das aggressive Selbstvertrauen. Seine schauspielerischen Fähigkeiten reichten aus, den jungen Liebhaber zu geben, und auch ihr vermittelten sie das Gefühl, sie sei jung und verliebt. Sie bezahlte die neuen Kronen, die Möbelpacker und die neue Wohnung. Sie gab der »Hausfrau«, Agnes, einen monatlichen Betrag zur Unterstützung der Kinder, und sie gab Frank eine großzügig bemessene Summe, die er der »Professorin«, Barbara, zukommen lassen sollte, eine Art Pauschale zur Erstattung eines Teils ihrer Auslagen für ihn. Frank belog Barbara, behauptete, das Geld sei sein erstes Honorar für ein Kunstwerk. Frank hatte nämlich herausgefunden, dass es ihm große Freude machte, aus Ton und Holz Plastiken zu modellieren. Sie waren abstrakt, also interessant. Carola mietete ein separates Atelier für ihn und kaufte ihm einen Brennofen. Es entzückte ihn, dass er sich nun Künstler nennen konnte. Das neue Paar hängte nichts an die Wände, was die Aufmerksamkeit von den überall im Haus aufgestellten Plastiken hätte ablenken können. Carola räumte sogar ihre eigenen Bilder zur Seite. Sie schaffte es, im Vorgriff auf die Scheidung die Galerie ihres Mannes zu übernehmen, und dort stellte Frank seine Arbeiten nun aus. Er deutete an, ein neues Haarteil würde einen noch erfolgreicheren Künstler aus ihm machen, aber zu seinem Verdruss liebte sie die kleine kahle Stelle auf seinem Kopf und ließ sich nicht überreden, ihm ein Haartransplantat zu spendieren. Franks Freunde zollten seinen Skulpturen viel Bewunderung, aber jeder hatte eine andere Entschuldigung, warum er kein Geld dafür ausgeben konnte. Stattdessen kauften die Leute weiterhin Carolas Arbeiten, denn die galten als gute Geldanlage. Ihr Geiz verbitterte Frank. Ihm fiel auch auf, dass Carola alle Leute kannte, dass sie im Kopf behielt, was sie machten und wo sie wohnten. Sie war so neugierig, dass es schon aufdringlich wirkte! Er dagegen stellte anderen nie irgendwelche persönlichen Fragen. Er fragte immer nur sich selbst: Was habe ich davon, wenn ich mich mit diesem Menschen einlasse? Als ein Bekannter eine wirklich gute, neue Digitalkamera kaufte, lieh er sie aus, kam zu dem Schluss, dass er sie dringender brauchte als der andere, und weigerte sich, sie zurückzugeben. Er machte Aufnahmen von sich selbst mit verschiedenen Hüten, die er für eine neue Präsentationsmappe verwenden wollte.

Die Lügen schossen ins Kraut. Er log, wenn es um seinen Erfolg ging oder um seine Termine. Bald log er bei allem, was er tat. Er prahlte mit einer Ausstellung seiner Werke in Island – was niemand nachprüfen würde. Eine Woche lang erzählte er den Leuten, die ihn auf dem Handy anriefen, sie hätten ihn gerade beim Baden in einem Geysir erwischt. Die Galerie machte Pleite. Carolas Ehemann triumphierte. Aus lauter Zorn darüber kaufte Carola ihrem Geliebten eine neue, in einer weniger teuren Lage. Als die ebenfalls Pleite machte, ging ihr allmählich das Geld aus. Frank beklagte sich, sie habe sich noch immer nicht scheiden lassen. Doch als Carola ihn fragte, ob er sie heiraten wolle, wich er aus. Heiraten bedeute ihm nichts, sagte er. Aber mit einer verheirateten Frau wolle er nicht herumhängen, das sei demütigend.

Frank merkte es gar nicht, als Carola aufhörte, ihn zu lieben. Klaglos finanzierte sie noch immer ihr gemeinsames Leben, als sie Joe kennenlernte, der als Hausmeister in einem Warenhaus schuftete, um während seiner freien Zeit in einer Kellerwohnung eigenwillige Ölbilder zu malen. Carola liebte die Gemälde des Hausmeisters, bevor sie ihn selbst liebte. Joe war in allem das Gegenteil von Frank. Er war zerstreut, hässlich, hatte weißes Haar und schreckliche Tischmanieren, trug zerknitterte Sachen, machte sich ein Vergnügen daraus, anderen zu helfen, und schämte sich seiner Hausmeistertätigkeit nicht, weil sie ihm das Malen aus reiner Freude an der Sache erlaubte. Carola verliebte sich in den Hausmeister, und eines Tages kam sie abends nicht nach Hause. Nach kürzester Zeit ließ sie sich von ihrem Mann scheiden und heiratete den Hausmeister. Für Frank war es der Schock seines Lebens.

Was soll einer tun, dem das unbeschwerte Leben entglitten ist, das ihm Frau Fortuna in Gestalt vermögender Frauen so lange gegönnt hatte?

Frank hatte kein Geld für die Miete. Er hatte kein Geld für den Künstlerbedarf, den er brauchte, wenn er sich weiter Künstler nennen wollte. Er hatte kein Geld für gute Gesichtscremes. Die Furchen in seinem Gesicht rissen auf, als würden sich dort Erdbeben ereignen. Die neue Zahnprothese war in die Jahre gekommen, und sein Atem nahm einen üblen Geruch an. Zuerst verkaufte er Carolas Kleider und danach die Möbel, um sich von dem Geld etwas zu essen zu besorgen. Die Eifersucht, das Selbstmitleid, die Wut – sie wuchsen. Der Teufel arrangierte eine Begegnung mit Carola, die sich gerade bei ihrem Mann eingehängt hatte und mit ihm und einem Einkaufswagen voll köstlicher Lebensmittel in der Schlange vor der Kasse eines Supermarkts stand. Frank hatte in seinem Wagen nur billiges Dosengemüse und einen Beutel Kartoffeln.

Er nahm eine Ein-Kilogramm-Dose dicke Bohnen zu 99 Cent aus seinem Wagen, trat auf Carola zu und schlug sie ihr mit voller Kraft auf den Hinterkopf. Als sie vor ihm zusammensackte, warf er den Kopf nach hinten und gab ein lang gezogenes, dumpfes Krächzen von sich, wie ein Geier.

Endlich, endlich war er wieder berühmt. »Ex-Schauspieler wird zum Mörder!«, kreischten die Schlagzeilen. Der Supermarkt gelangte zu trauriger Berühmtheit. Jeden Tag erschienen Fotos von Frank und Artikel über ihn in den Zeitungen, und bald war von einem Fernsehfilm die Rede. Seit Jahrzehnten war Frank nicht mehr so glücklich gewesen wie in dieser Zeit. Er ging nicht mehr – er stolzierte herum, und sein Lächeln glitzerte vor lauter Tatendrang. Er führte die Verhandlungen über den Fernsehfilm und bestand darauf, das Drehbuch selbst zu schreiben, mit Hilfe einer Redakteurin. Die war ganz verrückt nach ihm und hatte sich im Stillen von vornherein damit einverstanden erklärt, dass ihr Name auf dem Drehbuch nicht erscheinen würde, obwohl sie es zum größten Teil schrieb – aber es war schließlich seine Geschichte und nicht ihre. Sie kam jeden Tag ins Gefängnis, um mit ihm zu arbeiten. Ihre Lippen waren ganz wund von seinen Küssen.

Dann geschah ein anderer Mord in der Stadt, und das Interesse der Öffentlichkeit wandte sich woandershin. Die Redakteurin wurde entlassen und sah zu, dass sie so schnell wie möglich einen neuen Job bekam. Das Filmprojekt wurde zurückgestellt. Der Aufmerksamkeitsverlust schmerzte Frank sehr, aber immerhin kümmerte sich jetzt der Staat um seine Bedürfnisse, und er musste nicht mehr selbst für sich sorgen. So lebte Frank denn weiter glücklich und zufrieden, und es dauerte nicht lange, da wurde er, wie alle anderen auch, zu Staub.

Anton wird erwachsen

Zuerst war der Krieg nur ein Gesprächsthema, später wurde er für die Familienväter der Stadt zum Bestimmungsort – sie »zogen in den Krieg«. Eine Weile war er ein hartes, knappes Wort des Triumphs, und schließlich, etwa um die Zeit, als die Väter »fielen« und nicht wieder aufstanden, da war der Krieg ein Übeltäter, den man besser nicht beim Namen nannte, der Schuldige an Lebensmittelmangel, Gereiztheit und heulendem Elend. Und dann begann sich Antons Mutter zusehends für das weiß-schokoladenbraune, blauäugige Kaninchen zu interessieren, das sie ihm vor zwei Jahren zu seinem zehnten Geburtstag geschenkt hatte.

Anton hatte das Kaninchen Alice getauft, weil alle wichtigen Personen einen Namen trugen, der mit A begann; Antons Vater hieß Andreas, und Antons Mutter hieß Anna. Nachdem Papa im Krieg gefallen war, nannte Mama Alice nur noch »das Kaninchen«. Es schien sie regelrecht zu ärgern, dass das Kaninchen so fett war, weil an Gras ja nie Mangel herrschte. »*Wir* können leider kein Gras essen«, sagte sie und musterte Alice missmutig.

Je dünner Mama wurde, desto schöner wirkten ihre blauen, traurigen Augen, weil immer weniger Gesicht von den beiden Sternen ablenkte. Beim Anblick ihrer Schönheit krampfte sich Anton sonderbarerweise das Herz zusammen, und dieses Gefühl bekämpfte er, indem er den ganzen Herbst das im Garten hinter dem Haus gehortete Holz hackte. Als sie das letzte Holzscheit verbrannt hatten, schmuste er mit seinem Kaninchen Alice so, wie er es früher als kleiner Junge getan hatte. Er nahm Alice auf den Schoß und vergrub das Gesicht in ihrem Fell. Es war so plüschig und weich, dass Antons Kummer im Nu aufgesogen wurde.

Der Winter hatte dieses Jahr schon früh seinen grimmigen Einzug gehalten. Seit Wochen hatten sie nur noch von alten Kartoffeln und Kohl gelebt, und als sie auf dem Kalender sahen, dass Weihnachten war, gab es im Keller fast keine Vorräte mehr. Mama stellte Anton für den heutigen Abend ein Festmahl in Aussicht. »Wir essen das Kaninchen.«

Anton protestierte nicht. Ihm war aufgefallen, wie oft sich seine Mutter bei der Hausarbeit zum Ausruhen hinsetzen musste. Sie war ganz abgemagert, ein warmer Strich in steifen Kleidern, und ihr dunkles Haar zeigte schon viele weiße Strähnen, obwohl sie erst dreißig war. »Anton, bitte bring das Kaninchen zum Metzger. Er schlachtet es für uns. Mir fehlt einfach die Zeit dazu«, sagte sie, aber Anton vermutete, dass ihr einfach die Kraft dazu fehlte. Es war ein langer Weg, mit einer schweren Bürde, von einem Ende des Dorfes zum anderen.

Anton war zwölf, beinahe schon dreizehn, und er hatte Gerüchte gehört, dass er in wenigen Wochen alt genug für die Armee sein würde; der Krieg verlief nicht eben erfolgreich, und so wie es an Essen und Holz fehlte, fehlte es auch immer mehr an Männern, die Soldaten werden konnten. Früher wurde man mit achtzehn erwachsen. Heute mit dreizehn.

Antons Mutter hatte oft gesagt: »Vielleicht musst du dich schon bald allein durchschlagen«, und selber möglichst wenig gegessen, damit mehr für Anton übrig blieb. Vielleicht hatte sie ja das im Hinterkopf, als sie in den eisigen Garten hinausging, den Stall öffnete und Alice am Specknacken packte, um ihren Plänen fürs Abendessen Nachdruck zu verleihen.

Alice baumelte mit verblüffter, aber zugleich geduldiger Kaninchenmiene in der Luft, bis Mama sie in einen großen braunen Korb stopfte und den Deckel zuklappte. Diesen Korb reichte sie ihrem Sohn mit den Worten: »Der Metzger macht das schon.«

Der Metzger war ein kleiner rundlicher Mann, dessen Figur sich den ganzen Krieg über nicht verändert hatte. Er besaß ein vergnügtes Wesen; im Dorf hieß es, er könne sich das auch leisten. Er hatte keine Familie, die er ernähren musste, nur einen Bruder, der Offizier in der Armee war und ihm aus fremden Ländern Delikatessen schickte.

In den ersten Kriegsjahren hatte er die Metzgerei nur geführt. Inzwischen herrschte er darüber und galt im Dorf als wichtiger Mann. Man erbat sich keine Gefälligkeiten, weil irgendwann einmal der Tag kommen konnte, wo man unbedingt auf einen Gefallen angewiesen war, darum war es besser, ihm gefällig zu sein. Man sagte Guten Tag und schenkte ihm ein paar der letzten Äpfel. Anton rächte sich, indem er beim Fleischkaufen den Türknauf fixierte oder auf seine Füße starrte. Dieser Kunde war stolz darauf, dass er noch nie das Gesicht des Metzgers gesehen hatte. Normalerweise machte er einen großen Bogen um die Metzgerei, nur damit er nicht den runden Schatten erblicken musste, der im Schaufenster hin und her glitt. Heute jedoch führte ihn sein Weg direkt dorthin.

Weil das Kaninchen nicht in der Mitte des Korbs sitzen blieb, sondern in einer Ecke kauerte, ließ sich der Korb schlecht tragen.

Anton schleppte ihn fest an seinen Bauch gepresst und konnte seine Füße nicht mehr sehen. Die Straße war vereist und von Schlaglöchern zernarbt. Er stolperte vor sich hin. Er konnte sich einfach nicht konzentrieren. Er wollte Alice nicht zum Metzger bringen, er wollte nicht, dass sie geschlachtet wurde, und am allerwenigsten wollte er sie zum Abendessen verspeisen. Je näher er der Metzgerei kam, desto klarer ahnte er, welch unermessliches Leid dem Kaninchen bevorstand. Schließlich setzte er sich auf einen großen Stein und öffnete den Korb einen Spalt, um hineinzuspähen.

Das Kaninchen kauerte schwer und warm im Dunkel. Anton schob die Hand in den Korb und streichelte es. Als er das weiche Fell spürte, wurde Antons Gefühl der Verweigerung übermächtig in ihm. Nein, nein, nein, dachte er. Und seine Hände verbündeten sich mit seiner innerlichen Weigerung, öffneten den Korb, hoben das Kaninchen heraus und warfen es mit einem Ruck ins Gebüsch am Straßenrand. Alice stand benommen im Gestrüpp, dachte aber gar nicht daran, davonzuhoppeln. Anton schrie: »Nun hau schon endlich ab, du dumme Sau, na los!«, und fuchtelte wild mit den Händen. Jetzt floh das Kaninchen.

Anton setzte sich wieder auf den Stein, obwohl er sich die Hosen damit dreckig machte, und obwohl man als Mann nicht weinte, brach er doch in Tränen aus. Er weinte, weil er dem Kaninchen das Leben gerettet hatte, und er weinte, weil seine Mutter so jämmerlich mager war und weil er wusste, dass er die zu erwartende Schelte voll und ganz verdient hatte. Antons Geschrei hatte in einem nahe gelegenen Haus einen alten Mann hochgeschreckt, und sein Schluchzen führte jetzt zu weiteren Nachforschungen.

Der alte Mann war der pensionierte Briefträger des Dorfes, der zu Hause gern immer noch seine ehemalige Postuniform trug. Er fühlte sich darin so wohl wie in einem

Schlafanzug. Er erkannte das Kind. »Um Himmels willen, was ist denn los?«, fragte er, als er in Pantoffeln und flatternder grauer Jacke eilig herangeschlurft kam.

»Mein Kaninchen ist mir weggelaufen«, sagte der Junge und schluchzte wegen dieser Lüge noch viel lauter. »Ich sollte es zum Metzger bringen, weil wir sonst nichts mehr zu essen haben.«

Der alte Postbote freute sich über diese kleine Aufgabe. Er tätschelte Antons Kopf und wies ihn an, sitzen zu bleiben, während er sich auf die Suche nach dem Kaninchen machte. Er hatte auch schon eine Idee, wo es stecken könnte. »Man muss sich einfach in das Kaninchen hineinversetzen«, sagte er und stampfte energisch mit dem Pantoffel auf.

Was geht einem Kaninchen durch den Kopf, wenn es nach lebenslangem Exil in einem Stall im Garten plötzlich ins Gebüsch heimkehrt, wo all seine Vorfahren geboren worden waren, lebten und starben?

Alice hatte das Licht der Welt in einem Schuppen erblickt, und bis zu ihrer Flucht waren drei einschneidende Ereignisse prägend für ihr Leben gewesen. Es begann damit, dass sie als winziges, unerfahrenes Kaninchen in die Hände eines kleinen Jungen geriet, der sie gleich so fest an sich drückte, dass sie sich freistrampeln musste, nur um dreimal durch den kleinen Garten gejagt und anschließend erneut halb totgedrückt zu werden. Mit der Zeit behandelte der Junge sie dann etwas sanfter, und Alice gewöhnte sich an ihn und auch an ihren engen Stall draußen vor der Hintertür.

Das zweite wichtige Ereignis verdankte sich Antons Experiment, ihren Speiseplan zur Abwechslung einmal mit Wurst zu bereichern. Die verschluckte Wurst schien selber Hunger zu verspüren, denn sie versuchte das Kaninchen von innen aufzufressen und knabberte seinen Magen an – so zumindest könnte sich Alice ihre wütenden Bauchschmerzen erklärt haben. Aber irgendwie hatte sie es überlebt. Und wahrscheinlich machte sich Alice überhaupt nichts aus Erklärungen. Sie fühlte sich am wohlsten, wenn ihr Kopf ganz leer war.

Das dritte große Ereignis war vor einer halben Stunde eingetreten, als Alice aus der gemütlichen Enge ihres Stalls in einen wild schaukelnden Korb versetzt wurde. Und jetzt hatten der schreiende Junge und der Sturzflug in die Freiheit ihre sonst so friedvolle Seelenlandschaft mit Angst erfüllt.

Die wenigen Minuten, in denen der hilfsbereite Briefträger durchs kalte Gras schlich und wie ein Kaninchen zu denken versuchte, schienen wie eine Ewigkeit. Aber es bedurfte keines ausgeprägten detektivischen Spürsinns, Alice zu finden. Kaum hatte sie den Schock überwunden, sich plötzlich in dieser fremden Umgebung wiederzufinden, hörte sie jemanden kommen, verließ prompt ihr Versteck und hoppelte auf ihn zu. »Na also, mein kleiner Soldat«, sagte der alte Mann und drückte Anton das Kaninchen in die Arme. »Das wird ein Festschmaus zu Weihnachten!«

Die Tränen auf dem Gesicht des Jungen trockneten, und an ihre Stelle trat ein Ausdruck kalter Entschlossenheit. Er setzte das Kaninchen in den Korb zurück, bedankte sich höflich bei dem Briefträger, und nachdem sie sich noch einen schönen Tag gewünscht hatten, setzte das Kind seinen Weg zum Metzger fort, diesmal ziemlich flott.

Als Anton den Metzger zum ersten Mal richtig ansah, fielen ihm die winzigen grauen Augen des wichtigen Mannes auf, die wie Polsternägel in seinem breiten, flachen Gesicht steckten. Die ausgefransten braunen Haare des Metzgers bedeckten den spitzen Schädel nur teilweise, und wenn seine Nase gefehlt hätte, wäre das eigentlich keinem aufgefallen; lebendig wirkten in seinem Gesicht nur die glänzenden, zuckenden Lippen, die in irgendeiner Verbindung mit seinen großen roten Händen zu stehen schienen. Diese Hände waren untätig, als Anton eintrat. Im ganzen Land war das Fleisch rationiert, und jeder durfte nur ein kleines Stück pro Woche kaufen. In letzter Zeit hatte es solche Engpässe gegeben, dass selbst der Metzger um sein Abendessen bangte. Sein Bruder hatte ihm schon seit Wochen kein Paket mehr geschickt, obwohl doch die Feiertage vor der Tür standen.

»Womit kann ich dienen?«, sagte der Metzger zu Anton. Der Junge konzentrierte sich und unterbreitete seinen Vorschlag. Während er sprach, schob er die Hand in den Korb und hielt sich an Alices Fell fest.

»Eine ausgezeichnete Idee!«, meinte der Metzger. »Wirklich! Obwohl«, überlegte er, »ich als Fachmann sagen würde, dass dein Arm keinerlei Ähnlichkeit mit Kaninchenfleisch besitzt. Und wahrscheinlich schmeckt er auch gar nicht wie Kaninchenfleisch.« Nachdenklich betastete er Antons blassen Arm, der auf dem Ladentisch lag. »Ziemlich muskulös und wohlgenährt, das wäre sicher schmackhaft. Wahrscheinlich viel schmackhafter als das Kaninchen. Mir läuft das Wasser im Mund zusammen. Wir könnten deinen linken Arm nehmen. Du bist doch Rechtshänder? Stell deinen Korb hin, dann sehen wir mal.«

Er winkte den Jungen hinter den Ladentisch, legte Antons zitternden Arm auf den feuchten, blutbefleckten Hackklotz und schob den Ärmel bis über die Schulter hoch.

»Aber wie willst du deiner Mutter erklären, wo dein Arm geblieben ist?«, fragte er. Anton war ratlos.

»Na ja«, sinnierte der Metzger, »da hier ja ziemlich schlimme Zustände herrschen, fast so schlimm wie in den Großstädten, könnten wir schwindeln und einfach sagen, dass eine Bombe oder Mine dir den Arm abgerissen hat. Das würde jeder ohne Weiteres glauben. Obwohl ich zuverlässig weiß, dass es der Feind gar nicht bis zu uns schaffen wird. Das hat mir mein Bruder geschrieben. Aber der hat ja keine Ahnung, welche Ängste wir hier ausstehen. Wie verzweifelt wir sind. Und – ach, das war natürlich nur ein Witz.« Der Metzger bekam es plötzlich mit der Angst. So etwas hätte er nie und nimmer sagen dürfen. Zuzugeben, dass der Krieg den Menschen irgendwelche Unannehmlichkeiten bereitete, das war ein klassischer Fall von »Defätismus«. Das konnte ihm Ärger mit der Polizei bescheren. Die hatte ihre Augen und Ohren überall. Es konnte ihn das Leben kosten. Der Metzger befürchtete, Anton könnte das, was er gerade gesagt hatte, wiederholen. Er schwankte zwischen Angst, Gier, Mitleid und Selbstmitleid, und aus dieser Mixtur widersprüchlicher Gefühle braute sich ein schlauer Plan zusammen.

»Du setzt dich hierhin und wartest«, sagte er, »bis ich was richtig Scharfes gefunden habe.«

Er verschwand nach hinten, und der ebenso erschrockene wie entschlossene Anton hörte ihn die Treppe hinunterstapfen. Er war also in den Keller gegangen. Anton hörte, wie der Metzger einen Schrank öffnete und laut seufzte. Der Seufzer klang nicht erleichtert, sondern bedrückt, voller Bedauern. Dann kam er wieder die Treppe herauf. Er trat mit finsterer Miene durch die Hintertür. Er trug eine ganze französische Salami.

»Erzähl deiner Mutter, das sei dein Arm«, meinte er. »Sie wird nicht glauben, dass es das Kaninchen ist. Du musst den Arm aus dem Ärmel ziehen und ganz fest an den Körper pressen, dann wird sie schon glauben, dass dein Arm nicht mehr da ist. Und jetzt scher dich zum Teufel!«

Der Metzger hatte die Wurst vor einigen Jahren aus Paris von seinem Bruder geschickt bekommen und sie die ganze Zeit für einen besonderen Anlass aufgespart. Er hatte sich aufrichtig auf den Moment gefreut, wo er diese herrliche Wurst endlich probieren durfte. Doch jedes Mal, wenn sich ein besonderer Anlass bot – eine Hochzeit oder eine Taufe –, hatte er es nicht übers Herz gebracht, sich von der Wurst zu trennen. Jetzt war sie schon vier Jahre alt und – wie er neulich bemerkt hatte – von einer weißen Schicht überzogen.

Die Wurst war verdorben. Aber nicht so sehr, dass Anton und seine Familie daran sterben würden. Sie bekamen höchstens Bauchschmerzen, doch die Freude über die Wurst würde sie rasch über die Krämpfe hinwegtrösten. Und da sich alles in ihm sträubte, die Wurst einfach wegzuwerfen, war dies ein wunderbarer Kompromiss. Keine wirklich gute Tat, aber auch keine wirklich schlechte. Mehr konnte man in Kriegszeiten nicht erwarten.

Anton brachte Alice wieder heim und erzählte, der Metzger hätte sich geweigert, so ein süßes Tierchen zu töten, weil er ein Herz für Haustiere habe. Die französische Salami sei als Ersatz gedacht. Die Familie aß die Salami scheibchenweise während der nächsten Monate, und niemand kriegte je Bauchschmerzen davon. Sie rochen alle so intensiv nach der scharf gewürzten Salami, dass die anderen Leute richtig neidisch wurden. Als die Salami aufgegessen war und Antons Mutter das Kaninchen wieder mit giftigen Blicken bedachte, kam der Feind, und alle Dorfbewohner, einschließlich des Metzgers, mussten fliehen.

Anton ließ das Kaninchen ohne langes Zögern zurück. Inzwischen war es Frühling geworden. Vielleicht konnte sich Alice ja allein durchschlagen.

Vaterlandsliebe
Eine Krankheit, vier Verläufe

*Nach Auszügen aus den
hippokratischen »Epidemien«*

In New York war der Herbst in diesem Jahr sehr trocken gewesen. Seit dem Spätsommer wehte, so schien es, ständig eine leichte Brise, die sich im September und Oktober ungewöhnlich kühl, im November indessen, da ihre Temperatur gleich blieb, ungewöhnlich warm ausnahm, sodass die Menschen aufhörten zu schimpfen und sich nur noch wunderten. Die Winde gingen träge, und ihrer ganzen Konstitution nach stand die Jahreszeit unter dem Einfluss des Südwinds, als würden die Insel und ihre Satelliten – die Boroughs, die sehr Lange Insel, die anschwellenden Außenbezirke und der gänzlich asphaltierte »Gartenstaat« New Jersey – ein weiteres Mal vom Orient heimgesucht.

Unmittelbar nach dem Angriff war das patriotische Fieber nur vereinzelt aufgetreten, und diese wenigen Fälle verliefen glimpflich, waren auch kaum von Huldigungen an einen korrupten Staatsführer oder von erhöhter Wachsamkeit gegenüber Amerikas Kritikern, Amerikas Feinden, besonders innerhalb des Staatsapparates, begleitet. Im

Laufe des Herbstes jedoch traten aufgeblähte Erwartungen hinsichtlich der Vorzüge Amerikas in Erscheinung – zahlreich, aber nach wie vor ohne fiebrige Emotionen, sodass die Gedanken der Menschen nicht an die Bettstatt dieser Erwartungen gefesselt waren. Sie blieben verschwommen, verstreut, diffus. Sie befielen Kinder ebenso wie Erwachsene, besonders aber Personen, die ein öffentliches Amt versahen, vor allem jene, die an Schreibtischen saßen. Bei jungen Leuten, die noch nie an dieser Krankheit gelitten hatten, nahm sie einen besonders bösartigen Verlauf. Sie bekamen fiebrige Wahnvorstellungen und beschuldigten jene, die nicht befallen waren, sie seien gefährlich. Dabei trat ihnen oft Schaum vor den Mund. Jene wiederum, die tatsächlich keine Symptome zeigten, legten sich zu Bett, weil sie fürchteten, einen Verdacht auf sich zu ziehen, der ihrem weiteren Fortkommen schaden könnte. Es war dies das erste Stadium einer ähnlichen, aber unheilbaren chronischen Krankheit, des Opportunismus.

Fall I Kleonaktides lebte am Breiten Weg nahe dem Haus des Evalkidas. Durch Diäten und unzuträgliche Übungen in Fitness-Studios erschöpft, überkamen ihn Ideen. Er hielt Vorträge über den Domino-Effekt, den die Demokratie im Irak für den übrigen Nahen Osten haben werde, für den Iran, für Syrien, Jordanien und Ägypten. Er saß in Ausschüssen und empfahl chirurgische Eingriffe in das Gefüge des Vorderen Orients. Seine Ideen stießen auf Wohlgefallen, sein Honorar dafür, dass er sie vortrug, verdoppelte sich, und bald gab es im ganzen Land kaum noch ein Komitee, das ihn nicht um Teilnahme an seinen Zusammenkünften ersuchte, und kaum noch ein Schmierblatt, das seine Ansichten nicht druckte. Dennoch hatte Kleonaktides private Probleme.

Geizig war er schon immer gewesen, aber eine bevorstehende Scheidung und eine auf Rache sinnende Frau mit zwei Kindern machten ihn noch geiziger. Er lud andere Frauen zum Essen ein, klagte darüber, dass das Scheitern einer Ehe unbezahlbar sei, und zuletzt stellte sich dann heraus, dass er sein Portemonnaie zu Hause vergessen hatte. In Buchhandlungen, wo man ihn kannte, versuchte er zu feilschen. Es dauerte nicht lange, da erreichte der Geiz auch seine Leistengegend. Er begann, mit Samen zu knausern, verwendete ihn nur noch für sich selbst. Er erklärte es mit seiner Furcht vor weiteren Schwangerschaften, aber die Mädchen durchschauten ihn, und sie hielten es für noch verwerflicher als die geschmacklose Art, wie er sich von ihnen das Abendessen bezahlen ließ. Trotzdem fanden sie sich damit ab, denn die Gesellschaft verehrte ihn, und wo immer er sich zeigte, umflatterten schöne Frauen die Lichtung, in deren Mitte er glänzte. Sie summten seine Ansichten nach, und sie profitierten davon.

Eines Tages begegnete Kleonaktides der Frau des Epikrates, einer Dame, die hoch über ihm stand. Im Derby des Daseins hatte sie ihr Rennpferd schneller und weiter vorangetrieben als er und konnte ihre Ideen nun vom Himmel herab verbreiten, im Fernsehen. Ihre Ansichten vernahm man nicht nur in den Korridoren der Mächtigen, sondern auch in den Küchen des einfachen Volkes – mit einem Wort, sie war seine Göttin. Ihr Haar war so blond wie das seine dunkel. Sie war so schlank wie er dick. Aber die Götter sind auch nur Menschen. Sie begann nach ihm zu fiebern. In einer Sondersendung über einen Jungen namens Tim Junior, der sich freiwillig zum Dienst an seinem Land gemeldet hatte, gab sie Kleonaktides Gelegenheit, Tim Senior, den Vater des Soldaten, vor laufender Kamera zu interviewen. Auf diese Weise saß ihr Geliebter während der besten Sendezeit zu ihrer Rechten. Das Fieber nahm an Heftigkeit noch zu. Sie gab ihr Geld für ihn aus und drängte ihn, sie an die Westküste zur Oscar-Verleihung zu begleiten. Aber es war der Wurm in diesem Treiben. Das Verhältnis begann, Lügen zu gebären, giftige, gedruckte Lügen und heiße Wortgefechte im Fernsehen, vor denen sich die anderen bald, wie vor übel riechendem Stuhl, die Nase zuhielten. Außerdem war der Krieg, für den beide sich starkmachten, kein Erfolg. Kleonaktides schlich sich davon und tauchte ab. Er ließ sie allein im Rampenlicht stehen, wo man sie mit Schimpf überhäufte und demütigte. Er kehrte zu seiner Frau zurück, die ihn nahm, wie er war – fieberfrei und mit leeren Taschen. Er versicherte ihr, er habe nie eine andere geliebt. Aber dann klingelte das Telefon. Es war die Presse, und sie fragte nach dem Bauch der verruchten Dame, den jetzt sein Kind ausfüllte.

Er bestritt es. Er sagte, er habe sie nicht erkannt, nie. Sie nahm dazu im Fernsehen Stellung und wetterte gegen Feiglinge, Memmen, Männer, aber das zog sie nur noch tiefer nach unten. Sie nahm ab, bis die Knochen durch ihre Kleider stachen, und was immer sie da in ihrem Bauch gehabt hatte – es entquoll ihm bald als rosafarbener, schaumiger Schleim, und sie konnte keine Schlinge daraus winden, um ihn zu fangen.

Als der Krieg schließlich keinerlei Rückhalt im Volk mehr hatte – ganz entgegen seiner Prophezeiung war er so gut wie verloren –, da wandelte Kleonaktides seine Überzeugung, ohne dass dies auch nur irgendeine Spur in seiner Vita hinterlassen hätte. Zu einem Rückfall ist es unterdessen nicht gekommen.

Fall II Tim Senior gehörte zur herrschenden Klasse. Er wohnte in einem Betonwürfel im »Gartenstaat« und verdiente seinen Lebensunterhalt als Bauunternehmer. Seine Spezialität war das Trockenlegen von Kellern. Seine stinkreichen Kunden standen unter seiner Knute. Sie kamen bei ihm angekrochen, bettelten um einen Termin und zahlten jeden Betrag, den er verlangte. Bei seinem »Nein« rutschte starken Männern das Herz in die Hose, sein »Ja« ließ sie ihre Geldbörsen zücken, wobei ihre Augen in Dankbarkeit erstrahlten.

Tim Senior war von der natürlichen Überlegenheit des Landes fest überzeugt, denn es gehörte ihm. Es war sein Land. Er hatte dafür gekämpft. Das war die schönste Zeit seines Lebens gewesen, und nun konnte er noch einmal dafür kämpfen, in Gestalt seines Sohnes, Tim Junior. Also machte er ihm Beine. Junior besaß alle Eigenschaften, die ein Anführer braucht. Er arbeitete nur, wenn die kriechenden Klassen ihm ihren Zehnten brachten. Mit sechzehn verlangte er für eine Stunde Rasenmähen fünfundzwanzig Dollar, und wenn man sie ihm verweigerte, dann fuhr seine Nase hoch in die Luft, und er meldete die Neinsager samt ihren Personalien der Polizei, die ihnen dann mit Strafzetteln auf den Leib rückte. Nachdem sich Tim Junior auf diese Weise als Angehöriger der herrschenden Klasse bewährt hatte, freute er sich sehr darauf, sein Land zu verteidigen. Mit Schusswaffen kannte er sich aus, hatte während der Jagdsaison so manche praktische Erfahrung gesammelt, und sein Vater ging mit zum Rekrutierungsbüro. Doch bevor Tim Junior in jenes ferne Land aufbrach, porträtierte ihn noch das Fernsehen – sein Leben in Bildern, vom Kinderwagen bis zum Collegeball. Nie war Tim Senior stolzer gewesen als in dieser Zeit. Nichts, was ihn in seinem Berufsleben je mit Stolz erfüllt hatte, konnte da noch mithalten. Wie ein Götterbildnis hing das Porträt seines Sohnes in den Läden der Stadt. Über Satellitentelefon rief Tim Junior zu Hause an, um »Ich liebe euch« zu sagen, und die Vokale kamen gepresst, als hielte er die Tränen zurück. Er prahlte nicht mit den Taten, die er im Dienst des Vaterlands vollbrachte. Und bei einer von ihnen kam er um. Ein unseliger Zwischenfall, ausgelöst von einem hübschen Teller voller Süßigkeiten, einem alten, gebückten Mann, der ihm den Teller darbot, und einer explodierenden Praline. Der Rums beim ersten Licht des Tages drang nicht bis in den Gartenstaat hinüber, wo auf dem Dach des einzigen Ortes, den Tim Junior je sein Zuhause genannt hatte, die Flagge wehte. Tim Senior setzte sie auf Halbmast, und später nahm er sie ab und legte sie seinem Sohn in den Sarg. Der Flaggenmast indessen ragte weiter aus dem Haus wie ein alter Knochen. Der Präsident meldete sich nicht mal telefonisch. Und die Moderatorin, die Tim Junior vor seinem Weggang für ein Fernsehporträt ausgewählt hatte und die ihn auch posthum noch einmal hatte würdigen wollen, vergaß dann doch, ihn zu erwähnen. Stattdessen sprach sie über ihre Schwangerschaft und den Mann, der sie ihr zugefügt hatte. Da erkannte Tim Senior, dass er sich geirrt hatte. In diesem Fall war die Heilung vollständig, und die Gefahr eines Rückfalls besteht nicht.

Fall III Silenus war einundzwanzig. Er hatte eine schmerzende Last in den Lenden verspürt. Seit einigen Jahren litt er in gewissen Abständen darunter. Und es gab nur eine Möglichkeit, sich dieser Last zu entledigen. Er hatte das Mädchen gesehen, während er für sein Land kämpfte. Sie war der Feind, und ihre Haut war so glatt, dass eine große, kräftige Hand wie die seine sie wahrscheinlich gar nicht würde spüren können. Ihre Augen waren sehr groß und sehr fremd. Die langen schwarzen Wimpern versperrten seinem direkten Blick die Bahn. Außerdem wandte sie in seiner Gegenwart den Kopf ab, die Schlampe. Er wollte sie haben. Jetzt saß er im Gefängnis. Sein Vorgesetzter kam mit zwei anderen herein und sagte: »Du hast eigenmächtig auf meinem Land herumgetrampelt. Du hast den Namen meines Landes in den Schmutz gezogen. Du hast mehr Schaden angerichtet, als die ganze Armee anrichten konnte. Dafür besorge ich es dir mit dieser abgebrochenen Flasche in den Arsch, erst ich, dann mein Freund hier mit den gewaltigen Unterarmen und dann mein anderer Freund, der Schwergewichtsboxer, einer nach dem andern. Und deine Unterhose ziehen wir dir über das Gesicht, so wie du es mit dem Mädchen gemacht hast. Und dann zünden wir dich an. Aber vorher schießen wir deine kleine Schwester tot und deine Mutter und deinen Vater. So wie du es gemacht hast. Okay? Wir haben sie hergebracht. Du kannst dir anhören, wie sie betteln, dass wir sie am Leben lassen sollen. Aber das tun wir nicht. Und dann kommst du an die Reihe. Du hast es nicht anders verdient.« Sie gingen hinaus. Ihm flatterte der Darm vor Angst. Er erinnerte sich, wie er die Tat mit seinen Freunden geplant hatte, wie riesengroß schon die Vorfreude gewesen war. Sie hatten das Mädchen zu Hause aufgesucht, hatten in voller Montur eine Razzia in ihrem Haus veranstaltet, unter dem Vorwand, sie würden nach Waffen suchen. Das Mädchen stand an die Wand gepresst, während sie durch die Zimmer trampelten. Dieses prickelnde Gefühl, zu wissen, dass sie an diesem Abend in ihr sein würden und dass sie es nicht wusste – vor lauter Erregung redeten sie wirr, brüllten einander Befehle zu, die nichts mit ihr zu tun hatten und doch alle mit ihr zu tun hatten, und vor lauter Vergnügen floss ihnen der Schweiß schon in Strömen. Dann verließen sie das Haus, merkten sich den Weg, den sie später, nach Einbruch der Dunkelheit, gehen mussten. Hal, der Blödmann aus Oklahoma, hatte angefangen, Bier zu trinken. Bier im Dienst war verboten, Bier rumpelte im Bauch. Aber es war kalt und schmeckte bittersüß. Er hatte viel getrunken. So viel, dass er sich nicht daran erinnern konnte, was nachher passiert war, und schon gar nicht an das Gefühl, als er in sie eindrang, die irre Freude dabei. Er erinnerte sich an: nichts.

Es war unfair.

Fall IV Die Tochter des Philinus, die auf dem Gelände eines Colleges wohnte, wo sie eine Stelle hatte, war von einer tiefen Sorge erfüllt. Nachts griff diese Sorge nach ihr und brachte sie um ihren Schlaf. Sie wusste, wenn sie sich der falschen Meinung anschloss, war sie erledigt. Wenn sie sich hingegen die richtige zu eigen machte, wäre sie in den Augen der Allgemeinheit ganz oben. Sie war durch einen Kaiserschnitt auf die Welt gekommen. Sie war ehrgeizig. Ihre Wünsche waren heftig, aber einfach. Sie hatte immer gewollt, dass ihre Eltern sie mehr liebten als ihre älteren Schwestern. Hatte man der Mutter nicht ihretwegen ein Loch in den Bauch geschnitten? Sie schreckte vor nichts zurück. Wenn ihre Schwestern keine Lust hatten, ihre Zimmer aufzuräumen, ging sie in dem ihren mit Feuereifer zu Werke. Ihr Vater tanzte gern, also lernte auch sie tanzen. Sie wollte bewundert werden. Aber sie hatte auch ein warmes Herz, und sie strebte nicht nur nach Macht, sondern auch nach Zuneigung, und sie war wirklich charmant. Der Familienhund folgte ihr auf Schritt und Tritt. Er liebte nur sie. Wenn sie für eine Minute das Haus verließ, trauerte er, und nachts wachte er an ihrem Bett. Wenn sie sich im Schlaf bewegte, richtete er sich ängstlich auf.

Männer und Frauen fraßen ihr aus Hand. Schon in jungen Jahren hatte sie damit begonnen, sie fachmännisch zu verwalten. Sie leitete eine Universität, und nie machte sie einen Fehler. Professor R. war einer ihrer Lieblinge, aber er hegte gewisse Ansichten, die er besser für sich behalten hätte. Doch sie blubberten aus ihm hervor wie aus einer alten Senkgrube. Professor R. war wie der stinkende alte Familienhund. Er liebte die Tochter des Philinus und folgte ihr auf Schritt und Tritt, wenigstens in Gedanken. Immerfort versuchte er sie davon zu überzeugen, er habe recht, während doch jeder Amerikaner wusste, dass er unrecht hatte und in gefährlicher Weise verblendet war, wenn er an Unserem Präsidenten herummäkelte.

Krampfhaft fuhren die Hände der Amerikaner nach ihrer Brust, auf die linke Seite, wo nichts ist als Fett, Sehnen, ein bisschen Muskelgewebe und die äußerste Ecke des Herzens. Aber es ist die Stelle, die das moralische Gleichgewicht und die Vaterlandsliebe verkörpert. In einem Anfall von fieberndem Hass brachte Professor R. seine Überzeugungen zu Papier, verglich den Präsidenten mit einem Diktator und sein Land mit einem anderen Land, das früher einmal böse gewesen war.

Professor R. war Rekonvaleszent, 1920 in Breslau geboren, Jude, und seinerzeit hatte er die Dreizehnjährige Epidemie von ihrem Beginn bis zum Ende durchlitten. Inzwischen war er so alt, dass niemand mehr in den Sinn gekommen wäre, man könnte ihn hassen. Die Tochter des Philinus las sein Manuskript mit dicken Tränen in den Augen. Der Augenblick der Krise war da. Sie gab den Brief an die Polizei weiter. In jener Nacht weinte sie sich in den Schlaf.

Am Tag nachdem sie Professor R. denunziert hatte, las sie morgens in der Zeitung über Silenus. Nein, dem Professor R. geschah nichts. Als ihr Fieber abgeklungen war, lud sie ihn zum Abendessen ein, und beide taten, als sei nichts geschehen. Die Krankheit hinterließ weder bei ihm noch bei ihr sichtbare Spuren. Rückfälle dürfte die Tochter des Philinus allerdings noch häufig erleiden.

Prognose Jedes akute Fieber und jede chronische Krankheit weisen unterschiedliche Ausformungen auf. Die Patienten werden in unterschiedlicher Heftigkeit befallen, gemäß ihrer jeweiligen Konstitution nimmt die Erkrankung einen besonderen Verlauf. Der Ausgang lässt sich nicht vorhersagen. Wenn die Bedingungen günstig und die Patienten kräftig sind, kommt es im Allgemeinen nicht zu einem

Rückfall. Solche, die durch konstitutionellen Opportunismus geschwächt sind, bleiben auch für kleinere Infektionen anfällig. Bei ihnen kommt es immer wieder zu Rückfällen dieser oder jener Art – sie holen sich absolut jeden Mist, der gerade umgeht.

Ahnenliebe

Das Gesicht des Kunden war bleich, entweder, so überlegte ich, weil er krank oder weil er reich war – so als stände die Sonne unter ihm. Er hatte eine Menge Geld in seine Ausstattung gesteckt. Vor allem die Schuhe sahen gut aus, Handarbeit – in Deutschland eine Seltenheit, da, wo ich herkomme, üblich. Den cremefarbenen Leinenanzug konnte ich nicht einschätzen, aber an der schmalen Figur saß er gut. Der Kunde war alt, wahrscheinlich über vierzig – Wangen und Schädel rasiert, so glatt wie ein Gletscher, die Augen zwei eisig graue Teiche. Mir fiel auf, dass die Lippen nicht ins Bild passten. Sie waren rosa, mit mädchenhaftem Schwung. Ich wollte trotzdem höflich sein. Man soll Kunden nicht von oben herab behandeln, nie. Gott mag Herablassung nicht.

Nachdem sich der Fahrgast in meinen Wagen geschoben hatte, zog er die Jacke aus. Ich sah, dass er keine Schweißflecken unter den Armen hatte. Er schwitzte nicht.

»Statt mich anzustarren, fahren Sie mich lieber nach Schönefeld, bitte«, befahl er. Aha, ein Chef. Ich ging an die Arbeit. Mein Taxameter war frisiert, sehr raffiniert. Jedes Mal, wenn ich den Knopf unter meinem Sitz drückte, sprang der Eurobetrag um eins höher.

Ein paar von meinen anderen Tricks führte ich dem Fahrgast vor – aus dem fließenden Verkehr ausscheren, sich wieder einordnen, langsamere Autos abdrängen, vorwärtskommen. Als Meisterfahrer hat man es in Deutschland schwer. Vor Fahrkünsten und Reaktionsschnelligkeit haben die Leute keinen Respekt, und Vorschriften zu missachten macht ihnen keinen Spaß. Als ich herkam, musste ich sogar noch mal eine Fahrprüfung machen. Der Beamte erklärte mir, ein usbekischer Führerschein sei mit einem deutschen nicht zu vergleichen und bedeute noch lange nicht, dass man fit genug sei, auch in Deutschland zu fahren. Am Tag meiner Prüfung deutete der Fahrlehrer auf die dünne Schneedecke und sagte: »Sie müssen den Schnee einkalkulieren, wenn Sie bremsen.« Ich war zehn Jahre in einer Gegend Lastwagen gefahren, wo Schnee was anderes ist als ein bisschen Schmiere auf der Straße. Aber ich hielt den Mund. Beamte mögen es nicht, wenn sie spüren, dass man ihnen überlegen ist. Ich nahm eine spezielle Abkürzung zum Flughafen und hoffte, der Kunde würde das zu schätzen wissen. Er fing an zu reden. Ich erwartete ein Kompliment. Stattdessen bekam ich ein Gespräch.

Uns stand eine lange Fahrt bevor, und ich hatte mich auf Plaudern eingestellt. Plaudern gehört zu meinem Beruf. »Sind Sie traurig, dass der Papst tot ist?«, fragte der Gast.

Ich war erschüttert. Doch dann antwortete ich und betonte dabei jede Silbe einzeln. »Ich«, begann ich. »Bin«, fuhr ich fort. »Ein Muslim«, schloss ich.

»Ich bin Christ und trotzdem nicht traurig, dass er gestorben ist«, sagte mein Kunde ohne Zögern.

Seine Antwort freute mich. Er quatschte nicht einfach drauflos, sondern war an einem echten Gedankenaustausch interessiert.

Ich sagte ihm, was ich dachte: »Der Papst war Gott sehr nah. In allen Religionen gibt es eine Handvoll Männer, die Gott sehr nah sind, die anderen sind es nicht. Er war ein guter Mann. Es tut mir leid, dass er tot ist. Aber er ist im Himmel.« Ich benutze immer den Namen Gott, wenn ich mit Fahrgästen über Allah spreche. Es erschreckt sie weniger.

»Erzählen Sie mir bloß nicht, dass Sie an Himmel und Hölle glauben«, sagte mein Kunde.

»Ich *glaube* nicht an Himmel und Hölle, ich *weiß*, dass sie existieren«, entgegnete ich entschieden.

»Erzählen Sie mir davon.«

»Gott hat uns im Auge. Wenn wir gut sind, macht er sich einen Strich in der Plusspalte, und wenn wir böse sind, einen in der Minusspalte. Wir haben das ganze Leben, um diese Plusspalte zu füllen. Bei unserem Tod zieht Gott Bilanz. Er rechnet das Plus gegen das Minus auf, und wenn es mehr Pluspunkte gibt, kommt man in den Himmel. Bei mehr Minuspunkten kommt man in die Hölle. Darum geht es im Leben.«

»Ihrer Meinung nach ist Gott also bloß eine Art Buchhalter?«, fragte mein Kunde, aber ohne Spott in der Stimme. Er hörte mir aufmerksam zu. »Und das Leben ist nichts weiter als eine Prüfung?«

»Ja, das Leben ist eine Prüfung. Und nein – Gott ist selbstverständlich nicht *bloß* ein Buchhalter. Aber er ist *auch* ein Buchhalter. Gott ist alles. Und er liebt uns und gibt uns die Chance, in den Himmel zu kommen.«

Mein Kunde sah aus dem Fenster auf die Straße.

»Haben Sie eine Frau?«, fragte ich.

»Nicht mehr«, antwortete er prompt und sah weiter aus dem Fenster. Ich drückte den Knopf unter meinem Sitz.

»Haben Sie Kinder?«

»Noch nicht«, sagte er und wandte sich mir zu. Ich hatte wieder beide Hände am Lenkrad.

»Ah, dann wissen Sie nicht, was Liebe ist«, sagte ich.

Wir sahen uns durch den Rückspiegel in die Augen. Er erwiderte: »Vielleicht weiß ich tatsächlich nicht, was Liebe ist. Die Frauen sagen mir das jedenfalls. Aber ich glaube nicht, dass mir da viel entgangen ist.«

Ich muss zugeben, dieses Geständnis verwirrte mich.

»Wenn Sie nicht wissen, was Liebe ist, dann können Sie auch nicht wissen, wie Gott Sie liebt.«

»Die Liebe Gottes brauche ich genauso wenig«, sagte mein Kunde mit der Ruhe des tausendjährigen kleinen Gletschers auf dem Berg Antakia.

Wäre er mein Bruder gewesen, hätte ich angehalten und ihm gehörig die Meinung gesagt. Vielleicht hätte ich ihn auch erschossen, so wie ich meine Cousine erschossen habe. Das war einer dieser bedenklichen Minuspunkte, zu denen ich meinen Vater gern um Rat gefragt hätte. Denn eigentlich bin ich, genau wie meine Brüder, der Meinung, dass unsere Cousine die Kugel in den Kopf verdient hat. Aber darum ging es in diesem Gedankenaustausch nicht. Außerdem hatte meine Cousine nicht zu wenig geliebt, wie dieser Kunde, sondern zu viel. Sie hatte den Mann ihrer Nachbarin geliebt, einen Christen. Der war schuld, dass ich sie töten musste, und dann musste auch das vergossene Blut gerächt werden. Also zündete ich, nachdem ich sie erschossen hatte, noch dreizehn Häuser an, die seiner Familie gehörten. Doch dieser Herr hier war mein Kunde, und ich musste ihm Respekt erweisen.

»Sie müssen die Toten um Rat fragen«, sagte ich. »Die werden Ihnen erzählen, was mit der Liebe ist.«

»Soll ich etwa den Papst befragen? Der ist tot.«

»Nein. Der Papst ist Ihnen ja gleichgültig. Sie müssen jemanden befragen, vor dem Sie Respekt haben. Leben Ihre Eltern noch?«

»So halbwegs.«

»Gibt es vielleicht einen toten Großvater?«
»Einen Großvater – ja! Ich habe einen toten Großvater, den ich gern mal das eine oder andere fragen würde.«
»Kannten Sie ihn gut?«
»Ja. Er war ein sehr freundlicher Mann. Er vertrat seine Überzeugungen ebenfalls mit großer Leidenschaft.« Und dann spitzte mein Kunde seine Mädchenlippen zu einem schmalen Lächeln und fügte hinzu: »Außerdem war er sehr berühmt.«
»Berühmt wofür?«, fragte ich.
Statt zu antworten, sah er wieder nach draußen, und ich drückte den Knopf. Das Taxameter machte einen Sprung. Der Kunde betrachtete versonnen einen alten Mercedes, der neben uns fuhr. »Schöner Wagen«, murmelte er. Ich drückte noch einmal.
Ich erzählte meinem Kunden nicht, dass mein Vater in unserer Stadt auch berühmt gewesen war. Er hatte ein Geschäft für Herrenbekleidung gehabt. Leider war er von einem Großhändler betrogen worden, und er hatte alles verloren. Die letzten zwanzig Jahre seines Lebens saß er hinter einer Ladenkasse, die ihm nicht gehörte. Ein Ehrenmann. Ich hatte meinen geliebten toten Vater fragen wollen, wie es mit meinen Chancen steht, in den Himmel zu kommen, denn er ist schon da und kann die Sache besser einschätzen. Es ist nicht leicht, am Leben zu sein, ohne mit hundertprozentiger Sicherheit zu wissen, wo man eigentlich steht. Allah lässt niemanden in seine Listen gucken. Man muss selbst ein Auge auf sich haben und versuchen, im Kopf mitzuzählen. Aber letzten Endes kann man nur raten, oder man muss die Toten befragen. Dafür, dass ich meine Cousine erschossen und die Häuser angezündet habe, hatte ich siebzehn Jahre Gefängnis bekommen. Meine Schwester hat mich freigekauft. Für vierzigtausend Dollar gewährt der Staat Vergebung. Aber meine Familie war ruiniert.

Das konnte nicht richtig sein. Ich ging nach Deutschland, um Geld zu verdienen. Jeden Pfennig schickte ich meiner Schwester. Es dauerte fünf Jahre, bis ich meine Schulden getilgt hatte. Dann war ich zurückgefahren, um meinen Vater zu befragen und herauszufinden, ob es genug war oder ob ich noch mehr tun sollte.

Ich wandte mich wieder meinem Kunden zu: »Man kann mit den Toten tatsächlich sprechen. Es ist nützlich. Ich habe eine weite Reise gemacht, um mit meinem Vater zu reden. Es war schwierig. Nicht wegen der Reise. Sondern weil man bei so einem Gespräch die Hilfe eines Mannes braucht, der Gott nahe ist. Ich kenne so jemanden.«

»Ist er Priester oder Imam?«

»Nein, er ist Geschäftsmann. Er hat mit Import und Export von Teppichen Millionen verdient. Aber er hat einen guten Draht zu Gott. Er führte mich zum Grab meines Vaters und half mir, Verbindung mit ihm aufzunehmen.«

»Und dann?«

»Ich werde es Ihnen erzählen. Aber zuerst erzählen Sie mir von Ihrem Großvater.«

»Mein Großvater stammte aus einer vornehmen Familie. Seine Mutter war Französin. Sein Vater war ein Aristokrat. Er war ein Ehrenmann.«

Ich sah meinen Kunden bewundernd an, als er das sagte. »Ehrenmann«! – mein Lieblingswort. Wir hatten offenbar viel gemeinsam. Vielleicht war er doch kein schlechter Mensch. Er fuhr fort: »Mein Großvater war kein Opportunist. Er hatte Überzeugungen. Er war von Anfang an in der Partei gewesen, lange bevor sie populär wurde. Er glaubte aufrichtig an sie. Er war nicht wie die anderen, die erst später beitraten, als es ihnen etwas nützte. Er wurde zu »lebenslänglich« verurteilt. Und gleich danach verließ ihn seine Frau. Sie war eine richtige Opportunistin – sie wollte nichts mehr mit ihrem Mann zu tun haben, nachdem er seine gesellschaftliche Stellung verloren hatte. Er kam aus dem Gefängnis frei, als ich ein kleiner Junge war, und er war für mich ein sehr lieber Großvater. Er kaufte mir immer Gummibärchen. Er hat es nicht verdient, dass man ihn mit gewöhnlichen Verbrechern in einen Topf wirft.«

Mich wunderte, mit welcher Leidenschaft mein Kunde sprach. Aber ich war mit allem einverstanden, was er sagte.

»Ihr Großvater war also ein guter Mensch. Mit ihm sollten Sie über die Liebe sprechen!«

»Ein guter Mensch? Ich weiß nicht. Ich würde das nicht entscheiden wollen. Ich kann nicht beurteilen, ob er von den Konzentrationslagern wusste. Man hat ihm vorgeworfen, er habe die Leute dorthin geschickt, aber die Frage, ob er das wirklich getan hat oder nicht, interessiert mich eigentlich nicht. Ich kann ihn nur in einem Punkt kritisieren – er kam aus einer Familie, die hoch über den Leuten stand, mit denen er sich dann einließ. Wenn ich je die Chance hätte, noch einmal mit ihm zu sprechen, würde ich ihn fragen, warum er sich mit diesem Abschaum verbrüdert hat. Für mich selbst brauche ich von niemandem einen Rat.«

Ich lenkte den Wagen schweigend. Ich würde den Knopf nicht noch einmal drücken. Mein Fahrgast hatte mich beschämt. Er war ein besserer Mensch als ich, weil er von seinen Vorfahren nichts wollte, so wie ich etwas von meinen wollte, sondern er respektierte sie aus tiefstem Herzen. Wir hatten den Flughafen erreicht, und ich hielt an. Das Taxameter zeigte einen ansehnlichen, aber vertretbaren Betrag. Er würde meinen Kunden nicht überraschen. Stattdessen überraschte mein Kunde mich. Er hatte sein Portemonnaie hervorgezogen und hielt mir einen Schein hin. Als ich mich zu ihm umdrehte und danach griff, zog er ihn zurück. »Sie haben mir noch nicht erzählt, was geschah, als Sie mit Ihrem Vater sprachen«, sagte er, und seine Mädchenlippen lächelten. Er öffnete die Tür und stieg aus. Dann kam er an mein Fenster, beugte sich zu mir herunter, hielt mir den Schein wieder hin, und als ich ihn nehmen wollte, zog er ihn wieder zurück. »Erzählen Sie mir zuerst, was mit Ihrem Vater war.«

Mein Vater. Ich wollte meinen lieben, ehrenwerten Vater über das Leben nach dem Tod befragen. Ich wollte wissen, ob Allah die Tötung meiner Cousine auf die Plus- oder die Minusseite in meiner Bilanz gesetzt hatte. Denn trotz allen Kopfzerbrechens konnte ich es nicht herausfinden, und diese Ungewissheit brachte mein Erdenleben aus dem Gleichgewicht. Der heilige Mann hatte unseren Austausch in Gang gebracht. Ich hatte seine Anweisungen befolgt und mich auf die hart gefrorene usbekische Erde vor dem Grab gelegt. Die Kälte stieg in den Parka, sie kroch mir ins Hemd und in die Hose. Ich schloss die Augen und rief meinen Vater an. Lieber Vater, sprich zu mir. Ich wartete und zitterte heftig dabei. Bald antwortete er mir, in meinem Kopf, leise, aber schroff. »Mein kleines Hündchen, Mohammed, läufst mir immer hinterher«, sagte er. Wie oft hatte ich ihn das früher sagen hören, und jetzt sagte er es sogar noch aus dem Paradies zu mir! »Mein Lieblingshündchen!« Immer hatte er mich sein Hündchen genannt. Er hatte es nett gemeint, aber mir hatte es nicht gefallen.

Ich sprach durch das Fenster zu meinem Kunden. »Als ich meinen Vater sprechen hörte, verlor ich die Nerven. Ich sprang auf, machte kehrt und rannte los, zwanzig Minuten, ohne anzuhalten. Danach hatte ich mich verirrt. Es dauerte Stunden, bis ich den Weg nach Hause fand. So kam es, dass ich mit meinem Vater gar nicht gesprochen habe. Aber ich werde es wieder versuchen. Im nächsten Jahr. Oder im übernächsten. Ich muss Geld sparen für die Reise. Taxifahren ist ein hartes Brot.«

Mein Kunde lächelte mir noch immer durch das Wagenfenster zu. Mit einer Hand zog er seine Geldbörse wieder hervor, und ich dachte, er würde mir einen noch größeren Schein geben. Gespräch ist Dienst, und ich hatte ihn gut bedient. Außerdem hatte ich angedeutet, dass ich das Geld für einen ehrenwerten Zweck brauchte. Doch statt einen größeren Geldschein herauszusuchen oder mir mit der anderen Hand wenigstens den zu geben, den er mir schuldete, stopfte er den, den er in der Hand hielt, zurück in sein Portemonnaie. Und dann schob er das Portemonnaie langsam wieder in die Hosentasche – und dabei war der Ausdruck auf seinem Gesicht so entrückt und so vereist wie der Gipfel des Berges Antakia. Überall hupten Autos. »Wenn Allah einen seiner Söhne glücklich machen will, dann nimmt er ihm sein einziges Maultier und lässt es ihn am nächsten Tag wiederfinden«, sagte er. »Der kleine Verlust wird Sie ungeheuer aufmuntern. Und was mich angeht – mit Plebejern reden ist ein Minuspunkt.« Er wandte mir den Rücken zu. Obwohl er ohne jede Hast davonging, konnte ich nichts machen, denn überall waren Autos und Polizei. Der Rücken seiner cremefarbenen Jacke verhöhnte mich, als wäre er die Sohle seines nackten Fußes.

Eine Jungfrau in New York

Es gibt nicht viele volljährige Jungfrauen in New York. Eine von ihnen teilte eine Zeit lang in einem Fitnessstudio in Midtown Handtücher aus. Sie war Inderin, mit einem Gesicht und einer Figur, wie ihre Kundschaft sie sich so sehnlich wünschte – schlank, aber mit weichen Rundungen, unaufdringlich und trotzdem atemberaubend. Kaum hatte man sich von den großen schwarzen Augen faszinieren lassen, da nahmen einen auch schon ihre samtweiche Haut oder ihre hübsche Nase oder die strahlend weißen Zähne gefangen. Ihr Lächeln war von keinerlei Hintergedanken befleckt, und jeder ihrer Handgriffe war wie eine Zärtlichkeit. Dass die meisten Kunden hässlich waren, machte ihr nichts aus. Als ein älterer Gewichtheber über eine herumliegende Hantel gestolpert war und nur ihr herzlicher Zuspruch ihn davon abgehalten hatte, das Studio zu verklagen, gab ihr der Chef den Spitznamen Angel. Der Name blieb haften.

Natürlich haben auch Engel ein Privatleben. Angel war vierundzwanzig und wohnte mit ihrem Vater zusammen.

Zweimal im Jahr kam ihre Mutter aus Indien zu Besuch. Auch ihre drei Brüder kamen und, über das Jahr verteilt, ihre siebzehn Onkel und Tanten. Ihr Vater war nach Amerika gegangen, um Geld zu verdienen, und Angel hatte ihn begleitet, um ihm den Haushalt zu führen. Sie hatte dann selbst einen Job gefunden. Nach der Arbeit im Fitnessstudio quetschte sie sich in die U-Bahn und beeilte sich, nach Brooklyn zurückzukehren, um einzukaufen und für ihren Vater zu kochen. Ihre Abende verbrachte sie mit Aufräumen und ihre Wochenenden mit Putzen und Wäschewaschen. Ob sie einen Freund habe, fragten die Leute oft. Oh nein, antwortete sie dann und wurde so verlegen, dass ihr der Atem stockte. Natürlich nicht! Und dann fügte sie hinzu: »Das würde mein Vater auch gar nicht erlauben.«

Man kann sich vorstellen, was für eine Stütze diese gute Seele ihrem Vater war. Er musste sich unendlich glücklich schätzen. Angel war wie eine junge Braut, so gutherzig, so folgsam, so ungeheuer hübsch. Eine alte Jungfer zu werden schien ihr vorbestimmt. Aber anscheinend machte es ihr nichts aus. Doch eines Tages – alle bemerkten es sofort – war mit Angel etwas geschehen. Ihre Augen, ihr Lächeln strahlten noch mehr als bisher, und ihre Hände flatterten nach allen Richtungen. Bisher hatte sie ihr Haar in einem festen Knoten getragen, jetzt wogte es schwarz und schimmernd über ihre Schultern. Der Chef schenkte seinen Angestellten im Allgemeinen wenig Beachtung, aber eine derart dramatische Veränderung entging selbst ihm nicht. »Angels Training schlägt ja ganz schön an«, sagte er zu den anderen.

Aber Angel trainierte nicht, Angel hatte sich verliebt. Sie konnte es nicht erklären. Sie hatte mit so was nicht gerechnet – Romantik war für die anderen vorgesehen. Doch diese Liebe, geboren in einem Fastfood-Restaurant während der Mittagspause, stand unter einem schlechten

Stern. Denn Angel war Brahmanin, der junge Mann hingegen ein Sikh, auch wenn er nur bei besonderen Anlässen einen Turban trug. Sobald Angels Familie davon erführe, würden ihre Brüder mit dem nächsten Flugzeug aus Delhi nach New York kommen, würden sie, ob sie wollte oder nicht, zum Flughafen bringen und in ihre Heimat eskortieren, und dort würden sie sie zwingen, binnen weniger Tage zu heiraten – einen Brahmanen, den die Familie für sie aussuchen würde, irgendeinen, der gerade verfügbar war, wahrscheinlich einen alten Witwer. Deshalb musste sie ihre Liebe geheim halten.

Sie hatte noch nie gelogen. Eine Lüge passte einfach nicht zwischen ihre Lippen. Sie teilte sich ihre Zeit so ein, dass sie nicht zu lügen brauchte, und machte sich weiter keine Sorgen. Sie traf ihren Freund nur an Werktagen während der Mittagspause oder für kurze Zeit auf dem Heimweg. Sie hielten sich an den Händen und spazierten herum, und immer wieder kehrten sie zu einer bestimmten Bank im Central Park zurück, die sie bald nur noch »unsere Bank« nannten. Für anderes blieb keine Zeit.

Angel wurde von Tag zu Tag schöner. Ihr Vater merkte es nicht. Ihr Freund war schon dreißig. Er liebe sie, sagte er, und demnächst sollten es seine Eltern erfahren, und sie würden mit ihr einverstanden sein. Er versprach ihr von nun an ein glückliches und zufriedenes gemeinsames Leben. Er habe einen guten Job und eine schöne Wohnung, die auch sie bald ihr Zuhause nennen dürfe. An der Fourth Street in Manhattan. Er beschrieb ihr die Couch, das Doppelbett, den Fernseher, die Stereoanlage, und er lud sie zu sich ein, aber sie lehnte lächelnd ab, es wäre nicht richtig. Er zeigte ihr, wie sie ihr Verlangen nach ihm zum Ausdruck bringen konnte, indem sie seine Hand lange und kräftig drückte. Die Mittagspausen waren kurz. Er gab ihr alle seine Telefonnummern, bei der Arbeit, zu Hause und die Handynummer. Aber der Himmel, nach dem sie sich sehnte, war die Fourth Street.

Die Wochenenden waren tote Zeit. Dabei hätten es Paradiesgärten voller blühender Obstbäume sein können, hätte sie es bloß fertiggebracht, ihrem Vater zu sagen, sie sei mit einer Freundin verabredet. Eines Samstagnachmittags nahm sie diese Lüge tatsächlich in den Mund und spuckte sie aus. Aber der Vater spürte sofort, dass irgendetwas nicht stimmte. Er ging ihr nach. Als er sah, wie sie einen jungen Mann in Bluejeans begrüßte, der im Park offenbar auf sie gewartet hatte, wandte er sich ruckartig ab, als hätte ihm jemand ins Gesicht geschlagen. Während die beiden auf einer Bank saßen und sich umarmten und Angel vor Angst zitterte, weil sie gelogen hatte, wurde ihr Vater in der U-Bahn durchgerüttelt. Während ihr Freund einen roten Lippenstift für sie kaufte und sie sich damit den Mund bemalte und er davon schwärmte, wie gut sie aussehe, und mit ihr ein Hamburger-Restaurant betrat und ihr von der Popmusik erzählte, die er mochte und die er ihr vorspielen würde, wenn sie endlich verheiratet wären, während Angels Entschlossenheit wuchs und die Angst vertrieb, als er sie für einen kurzen Moment mit den Lippen berührte, ihren mit Lippenstift bemalten Mund voller Hamburger und klebrigem Brötchen, klammerte sich ihr Vater an den Hörer seines Telefons und rief die Familie in Indien zu Hilfe. Das junge Paar befragte eine Handleserin. Die gewährte nachmittags einen Sonderpreis von fünf Dollar, aber dafür bestand sie auch auf zwei Sitzungen, für jeden eine. Dem Mädchen sagte sie voraus, mit fünfundzwanzig werde es verheiratet sein und mit dreißig drei hübsche Kinder haben. Dann sagte sie dem jungen Mann, er werde bald heiraten und drei schöne Kinder haben. Er lachte: »Siehst du, alles wird gut!« Angel kam zu dem Schluss, dass Lügen manchmal nützlich waren, und dachte schon über andere Mittel und

Wege nach, wie sie mehr Zeit mit ihrem Freund verbringen konnte. Sie spazierten durch den Park. Plötzlich setzte er sich auf eine Bank und zog sie auf seinen Schoß, sodass sie sich wie ein kleines Kind vorkam und ihr Gesicht an seinem Hals vergrub, wie sie es früher bei ihrem Vater getan hatte. Aber ihr Freund war ein junger Mann und fühlte sich ungewohnt an, und als sie ihm nun so nahe war, entstand in ihrem eigenen Schoß eine so durchdringende, feierliche Schwere, dass ein Schwindel sie erfasste, dass sie zu wanken begann, dass ihr Herz ohne Grund wie wild raste und sie plötzlich nach Luft schnappte. Sie konnte es nicht mehr ertragen und sprang auf. Sie sah sofort, dass er enttäuscht war, und drückte seine Hand, um es wiedergutzumachen. Sie sagte sich, wenn es nötig wäre, könnte sie jederzeit von zu Hause weglaufen. Vielleicht würde ihr Liebster das ja auch vorschlagen. Sie war jetzt bereit dazu. Sie würde lügen und laufen. Unterdessen packten die Brüder in Delhi ihre Sachen, für eine Nacht. Angels Liebster begleitete sie bis zur U-Bahn-Station. Am Montag in der Mittagspause würden sie sich wiedersehen.

Am Sonntag blieb sie morgens zu Hause und versuchte, sich eine neue Lüge für ihren Vater auszudenken. Sie putzte das Haus wie immer. Schließlich sagte sie ihrem Vater, sie wolle einen Spaziergang machen, aber der fuhr sie an: »Erst die Arbeit, dann das Vergnügen – so gehört sich das!« Sie wischte gerade hastig den Boden in der Küche, als ihre drei Brüder eintrafen. Sie nahmen sie in die Mitte und bugsierten sie zu einem Taxi, das vor dem Haus wartete.

Da rebellierte Angel. Sie wand und krümmte sich und riss sich los. Sie jagte durch die Straßen. Die Haarklammern lösten sich, und ihr Haar verwandelte sich in einen Dschungel. Sie erreichte die U-Bahn und fuhr zur Fourth Street. Aber sie wusste die Hausnummer nicht. Von Westen nach Osten hastete sie die Straße entlang und sah auf alle

Klingelschilder. Nachdem sie mehr als eine Stunde gesucht hatte, fand sie ihn. Im ersten Stock. Am Ende eines langen, dunklen Flurs.

Er war zu Hause. Sie hörte laute Popmusik und das Gemurmel seiner geliebten Stimme. Aber es dauerte lange, bis er öffnete. Als er es dann schließlich tat und sie erblickte, machte er ein abweisendes Gesicht. Diesen Ausdruck hatte sie noch nie an ihm gesehen. Furchtbarer Ärger. Er hatte ein Handtuch um die Hüften geschlungen. Sein Oberkörper war sehr behaart. Angel sah an ihm vorbei, in seine fremde Wohnung, von der sie so oft geträumt hatte. Auf dem Sofa saß eine Frau und versteckte ihre nackten Brüste vor der unerwarteten Besucherin.

Angel kehrte zu ihrem Vater und ihren Brüdern zurück. Sie ließ sich von ihnen anschreien und schlagen. Sie protestierte nicht, sie sagte gar nichts. Als die Männer mit ihr fertig waren, kämmte sie sich das Haar und band es zu einem festen Knoten zusammen. Die Nachbarn hörten polternde Schritte die Treppe herunterkommen und lauerten an der Tür, während die Familie, vier Männer und eine Frau, nach unten ging. Die Schritte des Mädchens klackten hell auf den Stufen, ihr Blick war stumpf. Nachmittags bestieg sie ein Flugzeug und kehrte mit ihren Brüdern nach Delhi zurück. Inzwischen hat sie geheiratet, einen verwitweten Brahmanen, und sie ist die Mutter der drei Kinder, die er mit seiner ersten Frau hatte.

Ballade vom unbekannten Jungen

Für Claudio

Der Junge hatte von dem Loch im Zaun gehört. Wenn man dünn genug war. Von den Büschen davor und der spärlichen Beleuchtung am Abend. Selbstverständlich entschied er sich für eine amerikanische Fluggesellschaft. Nachdem ihm das Versteck in der Kammer des Fahrgestells eingefallen war, musste er seinem Stolz mit einem Reim einen Dämpfer verpassen:

> Well, it don't take a genius
> to figure out the fucking obvious.

An dem Morgen, als er den Lohn für einen Monat Arbeit endlich in der Tasche hatte und sich die fünfstündige Bahnfahrt nach Zürich hinunter leisten konnte, lag dichter, alles vertuschender Nebel über der Nordschweiz, sodass er nicht zu warten brauchte, bis es dunkel wurde. Statt in Zürich herumzutrödeln, bestieg er einen anderen Zug und fuhr zum Flughafen. Während der Fahrt wurde er nervös. Er zog die Lederjacke des Maestros aus, krempelte das Innere nach außen und zog sie wieder an. Prüfend betrachtete er sein Spiegelbild im Fenster auf der anderen Seite des Gangs: Das leuchtend rote Futter mit dem italienischen Etikett im Nacken war ziemlich knallig, aber er wollte auf keinen Fall mit dem Maestro verwechselt werden. Außerdem fühlte sich das Wildleder viel weicher an als das Futter; raue Stoffe konnte er nicht leiden.

Der Zug, ordentlich und adrett, machte seinen Weg durch den Nebel. Der Junge konnte sich nicht entspannen. Er summte vor sich hin, trommelte auf den Knien und imitierte mit dem Mund drei verschiedene Schlagzeugklänge (Snare Drum, Tom-Tom, Besen). Die halbwüchsigen Mädchen, die in der Nähe saßen, beobachteten ihn voller Bewunderung. Offenbar glaubten sie, er sei Profi oder würde bald einer werden. Ihnen fiel auf, wie groß er war und wie ihn der Herbst getönt hatte – in Braun und Rosa um die schläfrigen grünen Augen und darüber ein strohblondes Lockengewucher. Älteren Leute fiel seine Schlaksigkeit auf und dass er noch nicht ausgewachsen war, dass auf seiner sommersprossigen Haut noch Pickel zu sehen waren, aber keine Spur von einem Bart. Ihnen war er lästig – jemand, der unbedingt auf sich aufmerksam machen wollte. Die Mädchen fanden es mutig, dass er Lärm machte, wenn ihm danach war, und dass er seine Jacke in der Öffentlichkeit verkehrt herum trug. Von Flirten verstand er nichts und war in diesem Augenblick an Romantik sowieso nicht interessiert. Die Mädchen waren ihm gleichgültig. Er schrieb – im Kopf – eine Ballade über seine Zukunft. Der Maestro hatte ihm Respekt bezeugt, er hatte ihn gebeten, einen Rap-Text aufzuschreiben, damit er ihn in Ruhe lesen könnte. Dem Jungen war die Bitte vollkommen abwegig erschienen und unverdientermaßen schmeichelhaft. Er hatte abgelehnt – höflich natürlich. Aber der Maestro hatte einfach nicht lockergelassen und dem Jungen schließlich sein eigenes Notizbuch mitgegeben.

Die ersten paar Seiten waren schon benutzt, der Maestro hatte sie mit Zitaten in verschiedenen Sprachen, mit Notenzeichen und Taktstrichen vollgekritzelt – und die gezackten Druckbuchstaben, in denen er schrieb, sahen auf dem Papier wie Bergketten aus. Der Junge hatte sie sich genau angesehen. Er bewunderte die Art, wie die Menschen vor dem Computerzeitalter geschrieben hatten. Ohne zu fragen, hatte er auch den teuren Füllfederhalter des Maestros an sich genommen, weil er wie selbstverständlich der Meinung war, beide, der Füller und das Notizbuch, gehörten zusammen. Der Maestro hatte es gesehen und nichts gesagt. Er hatte auch die Jacke nicht zurückgefordert. Allerdings hatte der Junge ihm nicht gesagt, dass er an diesem Abend sein Geld bekommen und den Maestro nie wiedersehen würde.

Der Zug erreichte den Flughafen. Der Junge machte sich auf die Suche nach einem Laden, in dem er eine Farbspraydose kaufen könnte, musste jedoch zu seiner Bestürzung feststellen, dass im ganzen Terminal nirgendwo eine zu bekommen war. Er hielt das für ein schlechtes Omen. Kaum hatte er begonnen, seinen Plan in die Tat umzusetzen, ging schon etwas schief. Er hatte die Zeit in der Luft zum Verzieren der Räder nutzen wollen, sodass sie bei der Landung in New York jedem auffallen mussten und das Flugzeug großes Aufsehen erregen würde. Doch da fiel ihm das Notizbuch des Maestros ein und dass er mit ihm die gleiche Wirkung erzielen konnte.

Er verließ das Flughafengebäude und schlenderte die Straße neben dem Zaun entlang. Schließlich fand er das Loch hinter den Büschen und schob sich hindurch. Über die neblige Rollbahn schlich er zu dem Flugzeug hinüber. Gerade als er sich an dem Fahrwerk hochhangelte, um in die darüber liegende Kammer zu kriechen, hob sich der Nebel, und die Sonne richtete einen Punktstrahler auf ihn, wie er sich mit strampelnden Beinen an den Rädern des Flugzeugs nach oben zog. Er beeilte sich – was er in anderen Lebenslagen nur sehr selten tat. Drinnen dauerte es lange, bis er wieder Luft bekam. Als er sicher war, dass niemand ihn gesehen hatte, richtete er sich ein – die glatte, saubere Kammer war so groß wie der große Sessel in seinem Zimmer zu Hause und mit seinem Rucksack als Polster auch fast so bequem. Er fühlte sich geborgen und reisefertig, war froh und zufrieden und sicher, dass eigentlich niemand etwas gegen seine Anwesenheit hier haben konnte. Er nahm das Notizbuch und den Füller aus dem Rucksack und begann zu schreiben. Er hatte dem Maestro die Wahrheit gesagt: dass er berühmt werden wolle. Der Maestro hatte nicht gelacht und durch nichts angedeutet, dass ihm das nicht plausibel erscheinen würde. Im Gegenteil. Er wollte sich offenbar die Fähigkeiten und die Zukunft des Jungen zunutze machen. Zwischen den Notizen des Maestros und seinen eigenen ließ der Junge eine Seite frei.

> Feelings of unfair treatment I needn't feel
> 'cause crime pays, and its an even deal,
> in most cases you pay with your soul,
> in worse cases your life,
> in most cases one day in the hole,
> in worse cases it's life haphazardly ever after,
> but I've been through basements, sidestreets
> and gutters selling rocks to baseheads,
> and I've seen them suffer, maybe not ethical,
> but in the end it isn't ending lives
> and I keep the upper hand.

Der Junge sprach laut vor sich hin, während er in der Fahrwerkkammer des Flugzeugs saß und schrieb. Er konnte nicht lesen, was er geschrieben hatte, dafür war es in seinem

Versteck zu dunkel. Er musste lauter sprechen, er musste schreien; die Triebwerke der Maschine waren angelaufen. Plötzlich hörte er Schritte ganz in der Nähe. Ihm stockte der Atem. Sie würden ihn schnappen. Aberwitzige Erklärungen und Ausreden schossen ihm durch den Kopf. Gegen die Demütigung würden sie nicht helfen. Er beschloss zu kämpfen, die Männer bewusstlos zu schlagen und in der Maschine zu bleiben. Wenn nötig, würde er sie mit bloßen Händen umbringen.

*

Der Maestro saß in seiner Küche in einem Bauernhaus im schönsten Tal der Schweiz und wartete auf sein Mittagessen. Er wohnte schon lange in diesem Haus, aber es gehörte ihm nicht. Die Schweizer hatten ihm, einem Italiener, die Genehmigung verweigert, das Haus und das zugehörige Stückchen Schweizer Boden zu kaufen, obwohl er eine internationale Berühmtheit war und obwohl er, trotz aller Berühmtheit, für seine Bescheidenheit und seine umgängliche Art bekannt war. Das Dorf hatte ihm erlaubt, das Haus gegen einen hohen Betrag für zehn Jahre zu mieten, und nachher würde er es für die nächsten zehn Jahre noch einmal mieten können. Geld war ihm nicht wichtig, das alte Bauernhaus dagegen sehr. Er wollte für den Rest seines Lebens dort wohnen können, aber er wollte dieses Leben nicht in Zehn-Jahres-Abschnitte einteilen. Er zog andere Einteilungen vor – Opernspielzeiten oder Enkelkinder. Doch er ärgerte sich nicht weiter. Er zahlte und vergaß die Sache. Er war der berühmteste Bewohner des ganzen Tals. Und bald würde der Junge vor der Tür stehen und ihm sein Mittagessen bringen.

Seit fast vier Wochen hatte er den Jungen zu ermuntern versucht, beim Eintreten nicht anzuklopfen. Aber die Haustür war alt, vielleicht vierhundert Jahre alt. Der Maestro war Mitte sechzig. Der Junge war siebzehn. Für ihn waren die Haustür und der Maestro ungefähr gleich alt und gleich imposant. Er klopfte jedes Mal. Und wenn auf sein Klopfen keine Antwort kam, wartete er zitternd in seinem blauen Lieblingspullover, bis er vor lauter Kälte und Verlegenheit ganz rot im Gesicht geworden war, ehe er noch einmal klopfte. Schließlich musste der Maestro aufstehen und sich durch das Haus schleppen, um die Tür zu öffnen. Zusammen betraten sie das Engadiner-Zimmer, wo der Kamin war, wo man essen und trinken und zusammensitzen konnte. Wenn der Junge mit dem Tablett kam, sagte der Maestro jedes Mal: »Hallo, Robert, du weißt doch, du kannst hereinkommen, ohne anzuklopfen. Ich erwarte dich ja.«

»Okay«, sagte Robert und zog den Kopf ein, sodass in seinem Blickfeld nur noch ein Bruchteil von jemandem zu sehen war, der sehr berühmt, allwissend und allmächtig war. Den Blick dieses Mannes zu erwidern hätte bedeutet, sich mit dem Unbekannten einzulassen.

Trotzdem wollte der Junge, dass der Maestro mit seinem Essen und der Art, wie es ihm geliefert wurde, zufrieden war. Nachdem er alles auf dem Esstisch abgestellt und die Suppe, das Hauptgericht, den Nachtisch abgedeckt hatte, kehrte er in den ungeheizten Vorraum zurück, zog die Tür zum Engadiner-Zimmer leise zu und setzte sich auf eine Bank. Dort murmelte er unter allerlei Armschlenkern und Kopfwackeln Rap-Texte vor sich hin. Sein Rappen wurde mit der Zeit immer ausgelassener – ein sonderbares Englisch, er zog die S- und Sch-Laute in die Länge – sch…, tsch…, diss… – und klang dabei ein bisschen wie ein alter Heizkörper mit undichten Ventilen. So kam es dem freundlich lauschenden Maestro jedenfalls vor. Manchmal trommelten die langen weißen Finger des Jungen auf der alten Holzbank, die direkt in der Wand verankert war. Und jedes Mal, wenn der Maestro diesen Lärm hörte, stand er von seinem Essen auf, öffnete die Tür und rief noch einmal: »Robert, komm doch herein, und warte hier drinnen.«

Aber der Junge weigerte sich jedes Mal, in dem warmen Zimmer Platz zu nehmen und mit dem Mann, der dort aß, Konversation zu treiben. Seiner Meinung nach gab es zwischen ihnen keinerlei Gemeinsamkeit, nicht einmal das einfache Menschsein, denn sich selbst rechnete er nicht zu dieser Gattung, sah sich vielmehr irgendwo außerhalb und unterhalb von ihr, während der Maestro auf der anderen Seite irgendwo ganz oben stand.

Es gab viele Leute auf der Welt, die den Jungen um diese Einladung beneidet hätten. Der Maestro war nicht besonders gesellig. Immer hatte er sich nach Zeit zum Alleinsein gesehnt. Dies hatte ihn mehrere Beziehungen zu Frauen gekostet, die er sehr gern gehabt hatte. Er fühlte sich nicht einsam, bloß weil er allein war. Seine Interessen erfüllten ihn, er liebte die Gesellschaft von Gedanken, von Büchern und Musik, auch die der Berge. Menschen konnten ihm lästig werden. Wenn man ihre Gesellschaft leid war – zeitweilig, so wie man alles irgendwann leid wird –, dann konnte man sie nicht einfach zuklappen wie ein Buch oder sich von ihnen abwenden wie von einer Landschaft. Für seine Bekannten hatte er sich eine freundliche Art angeeignet, die ihnen half, darüber hinwegzukommen oder gar nicht mitzubekommen, wie er sie auf Distanz hielt. Viele waren stolz, dass sie ihn wenigstens ein bisschen kannten, und nannten ihn, wenn sie mit ihren Freunden von ihm sprachen, bei seinem Vornamen.

Der Maestro war für all das blind. Von seiner Warte aus konnte er vielleicht nicht einmal erkennen, dass es eine Hackordnung gab. Und sicher ahnte er nichts von den Kümmernissen, deren Ursache sie war. Er kannte die Schrecken nicht, die all jene zu erdulden haben, die in die Fänge der beiden Sklaventreiber Neid und Ehrgeiz geraten sind. Dem Maestro konnten diese beiden nichts anhaben, weil es ihm Freude machte, andere zu bewundern. Er besaß selbst viel Talent und das Temperament, etwas daraus zu machen – hart zu arbeiten, das, was er tat, gern zu tun und klar zu sagen, was er wollte. Außerdem sah er unbestreitbar gut aus. Er sah – nun ja, er sah wie ein Filmstar aus, wie ein schlanker Filmstar mit dunklen Augen, und die perfekte Abstimmung seiner Gesichtszüge genügte diesem höchsten aller Ansprüche. Wenn er lächelte, ging das Licht an. Aber dieses Lächeln richtete sich an niemand Bestimmten.

Er hatte einen großen Teil seines Lebens auf der Bühne verbracht und war an das Kommen und Gehen von Leuten gewöhnt, die er nicht kannte und unmöglich alle kennen konnte, weil ihre Zahl den normalen Appetit auf gesellschaftlichen Umgang von jedem, der kein Politiker war, bei weitem überstieg. Schon in jungen Jahren hatte man ihn auf einen Posten gesetzt, der ihm große Autorität verlieh, beneidenswerte Einkünfte inbegriffen. Aber er machte sich nicht viel aus Geld, gab alles weg, was er nicht brauchte, um ein einfaches, von Materiellem möglichst unbelastetes Leben zu führen. Er war ein Einsiedler und ein König, der in seiner Einsamkeit ein sehr öffentliches Leben führte. So wuchs seine Macht, denn wirklich angewiesen war er nur auf Musik, nicht auf die Gesellschaft und den Beistand von Menschen. Nur wenige wussten viel über ihn, denn von sich selbst sprach er selten.

Kurzum – trotz seiner charmanten Art und trotz seiner Hilfsbereitschaft wirkte er manchmal auf bestürzende Weise abwesend.

Vor kurzem hatte er sich, zumindest für eine Weile, aus dem öffentlichen Leben zurückgezogen, hatte einige Zeit mit seinen Kindern und Enkelkindern verbracht, und dann hatte er seine Einsamkeit noch um mehrere Grade verschärft.

Der Maestro hatte gesundheitliche Probleme. Er fuhr in das auf zweitausend Meter Höhe gelegene Haus in der Schweiz und sagte seinen Kindern, sie bräuchten ihn nicht zu besuchen. Seine Zeit verbrachte er mit Bach, gelegentlich mit Mozart und immer mit den Bergen. Das alte Telefon stellte er in einen Schrank, damit es ihm aus den Augen war, und meistens schob er noch ein Papierknäuel in die Glocke, damit es nicht klingeln konnte. Eine Pension in der Nähe versorgte ihn einmal am Tag mit einer warmen Mahlzeit. Der Küchenjunge brachte sie herüber. Das war Robert. Auf Robert beschränkte sich der Umgang, den der Maestro mit der Menschheit pflegte. Und viel spielte sich bei diesem Umgang nicht ab. Robert kam, murmelte ein paar Worte, wartete und ging wieder. Er war wie ein Rotkehlchen, das einmal am Tag auf dem Fensterbrett erscheint. Anfangs nahm der Maestro allenfalls Notiz von ihm; dann begann er, nach ihm Ausschau zu halten; und schließlich machte er sich Gedanken über ihn. Immer wieder setzte er seine Einsamkeit aufs Spiel, indem er Robert in sein Engadiner-Zimmer einlud. Doch Robert lehnte ab, wochenlang. Eines Tages aber sagte der Maestro: »Also gut, wenn das so ist ...« Schwankend, von seiner Krankheit immer noch geschwächt, kam er in den ungeheizten Vorraum, stellte das schwere Tablett mit dem Essen auf die Bank, setzte sich neben den erstaunten Jungen und sagte schroff: »Erzähl mal, wer du bist.« Und als der Junge nicht antwortete, sagte er: »Oder erzähl mir, wer du sein möchtest.«

Der Junge war so verblüfft, dass er die Wahrheit sagte: »Ein Rap-Star, Herr Maestro.«

*

In der Radkammer des Flugzeugs kauerte der Junge jetzt eher wie ein Dichter als wie ein Kämpfer, die Spitze des Füllfederhalters auf dem Papier, und rührte sich nicht, um die Mechaniker nicht auf sich aufmerksam zu machen. In seiner Angst hielt er den Füller so krampfhaft gepackt, dass sich die Feder durch mehrere Blätter bohrte. Die Mechaniker hörten nichts von dem leisen Knirschen. Der Junge fasste wieder Mut. Er setzte den Füller neu an und schrieb ein paar Zeilen:

> Dripping with gore, life's a carnivore.
> You're just one of his zillion meals,
> his take-out, his schnitzel, his pretzel, his
> dinner special, always delicious,
> always his wish, brain's his favorite dish.
> Wipes his mouth with your karma.

Der Dichter lächelte sich freundlich zu. Er fand den Text gut. Auch dem Maestro würde er gefallen. Die Mechaniker kamen näher. Aus der Radkammer waren ihre Köpfe jetzt zu sehen.

*

Während der vier Wochen, in denen Robert dem Maestro sein Mittagessen gebracht hatte, hatte er nie etwas von sich preisgegeben. Der Maestro hatte sich bei der Pension nach ihm erkundigt und die Auskunft erhalten, der Junge sei ein Misgeld. Der Name sagte dem Maestro etwas. Der Name Misgeld tauchte gelegentlich in der Zeitung auf.

Die Misgelds aus Hamburg waren von ihren vier Kindern ganz hingerissen gewesen und hatten sie nach Lust und Laune mit Aufmerksamkeit überhäuft. Sich selbst hielten sie für brennend interessiert an Kindern – vor allem Dr. Misgeld dachte so. Er blieb auf der Straße stehen, um kleine Kinder zu bewundern – und sich selbst in dieser Rolle, vor allem dann, wenn die zugehörige Mutter hübsch war. Die Kinder der Misgelds wuchsen in einer Mischung aus Überwacht- und Übersehenwerden heran. Zuneigung wurde ihnen in dieser viel beschäftigten Familie reichlich zuteil, denn Zuneigung kostete wenig Kraft. Die drei Mädchen kamen irgendwie durch. Als der einzige Sohn aufhörte, für die Schule zu arbeiten, ermahnten ihn die Eltern, sich mehr anzustrengen, versicherten ihm, er sei intelligenter als die meisten anderen, so begabt wie sie selbst – die Mutter war Architektin, der Vater Herzchirurg –, und wandten sich wieder drängenderen Interessen zu.

Robert war tatsächlich begabt gewesen. Seine Kindergartenzeichnungen hatten im Bekanntenkreis der Eltern Aufsehen erregt.»Robert hat schon den dreidimensionalen Raum verstanden«, frohlockten Vater und Mutter, als er fünf war. Seine Bilder hingen im ganzen Haus und in ihren Büros.

Mit sechs hörte er auf zu zeichnen. Wenn man ihn drängte, zeichnete er Strichmännchen. Seine Eltern gaben der Schule die Schuld, sie ruiniere die Kreativität des Kindes – und ließen seine alten Bilder hängen. Sie fanden ihren Sohn hinreißend, auch dann noch, als er einen Rückschlag nach dem anderen erlebte. Sie freuten sich darüber, dass Robert offenbar kein gewöhnliches Kind war. Er war schüchterner, sensibler als die meisten anderen. Er hatte nur wenige Freunde. Er liebte Museen. Er hasste Aufmerksamkeit. Seine Haut wirkte fast durchsichtig und leuchtete wie rotes Neon, wenn er in Verlegenheit geriet.»Er wird so leicht verlegen!« Allen machte es Spaß, ihn zum Erröten zu bringen.

Als Robert älter wurde, interessierte er sich kurz für Bildhauerei und Töpfern. Er gab das wieder auf, nachdem sich das Wohnzimmer mit seinen Werken gefüllt hatte. Später saß er (»wie alle Kinder heutzutage«) viel vor dem Fernseher oder spielte Computerspiele.»Die Schule schafft es nicht, ihn für irgendwas zu interessieren«, klagten die Eltern. Die Schule war teuer – eine internationale Schule, in der auf Englisch unterrichtet wurde. Es kam ihnen nicht in den Sinn, ihren Sohn auf eine andere Schule zu schicken. Seine Noten waren mittelmäßig, aber er war höflich und zweisprachig. Und er war hübsch – hübscher als seine Schwestern, mit seinen blonden Locken und den dunkelgrünen Augen. Seine Eltern waren stolz, der Junge passte gut zu ihnen.

Die drei älteren Schwestern studierten. Robert war das letzte Kind zu Hause, als er anfing, sich in seiner Freizeit mit seltsamen Dingen zu befassen. Er interessierte sich für Rapmusik, begann Texte zu schreiben – aber seine Eltern interessierten sich nicht dafür, sie wurden blass und hielten sich die Ohren zu, wenn er ihnen seine neuesten Werke vortrug. Der elterlichen Begeisterung entbunden, wuchs sein Interesse. Hamburg war ein kleines Zentrum für diese Kunstrichtung, wenn auch längst nicht so bedeutend wie London oder New York oder auch Berlin. Umso leichter war es, Zugang zur Gemeinde derer zu finden, die sich ganz dem Rap verschrieben hatten. Bis in ihre letzte Nische wollte Robert diese Welt kennenlernen. Abends kam er spät nach Hause, und morgens fand er nicht aus dem Bett, um in die Schule zu gehen. Seine Eltern stellten ihn zur Rede. Ob er Drogen nehme? Er verneinte. Er brauche keine Drogen. Er brauche auch keine Schule. Er werde nach New York gehen und ein Star werden. Sie fragten ihn nicht, ob er mit Drogen handele. Was er tat. Und nicht nur das. In seiner Tasche steckte eine Menge Geld, als er eines Nachts wegen eines bewaffneten Raubüberfalls auf eine Tankstelle festgenommen wurde.

Die teure Schule warf ihn hinaus. Ein hastig hinzugezogener Psychologe empfahl den Misgelds, ihren Sohn in die Schranken geregelter Arbeit zu verweisen. Ein richtiger Job werde ihm guttun, aber nicht in einem Architekturbüro und nicht in einem Krankenhaus bei Leuten aus ihrem Bekanntenkreis. Vielleicht irgendwo auf dem Land. Der Psychologe kannte eine Pension im Engadin. Die Besitzerin sei sehr nett, vielleicht konnte sie eine Aushilfe brauchen. Roberts Schicksal war besiegelt. Seine Mutter brachte ihn hin, ohne ihn nach seiner Meinung zu fragen. Während der zwölfstündigen Autofahrt hörte er nicht auf, sie in den gröbsten Tönen zu beschimpfen – und beim letzten Abendessen in einem hübschen Restaurant, wo er ein Steak für dreißig Franken aß, ging es weiter. Sie ihrerseits war auch zum Schimpfen aufgelegt, und immer wieder fuhr ihre schrille Stimme zwischen seine Beschwerden. Ständig nannte er sie Gecko und sie ihn Arschloch. Sie waren ein lautes Paar, und den anderen Gästen schmeckte es doppelt gut, weil sie sie lächerlich fanden.

Aber insgeheim schien er für diesen Anstoß doch dankbar zu sein. Er gab sich Mühe in seinem Job, erledigte seine Arbeit zuverlässig, aß gemeinsam mit den anderen und war zwar nicht gesprächig, aber doch freundlich – sein Lächeln entzündete sich langsam, aber dann brannte es hell auf seinem blassen Gesicht. Die Besitzerin der Pension übertrug ihm eine verantwortungsvolle Aufgabe: warmes Essen einen schmalen, steilen Pfad entlangzubalancieren, auf dem er nach fünfzehn Minuten zum Haus des Maestros gelangte. Meistens fing er schon unterwegs an zu rappen, und aus dem Gehen wurde ein Latschen, während er mit vorgerecktem Kinn und wackelndem Kopf breitbeinig seines Weges zog. Wenn er die Mahlzeit abgeliefert und sich auf die Bank im Vorraum gesetzt hatte, rappte er weiter. Bis zu dem Tag, an dem der Maestro sein warmes Engadiner-Zimmer verließ und sich zu ihm setzte.

»Ist Ihnen nicht zu kalt hier draußen?«, fragte der Junge. »In Ihrem Zimmer haben Sie es wärmer.«

»Es geht schon«, erwiderte der Maestro leicht gereizt. Er konnte es nicht leiden, wenn andere ihm Ratschläge gaben, die sein Wohlbefinden betrafen. Er nahm das Tablett auf den Schoß und begann zu essen. »Ich verstehe nicht, warum du unbedingt hier draußen sitzen willst«, sagte er. »Aber vielleicht hast du recht. Vielleicht ist es sogar klug von dir, dieses überheizte Zimmer zu meiden.«

»Ich bin überhaupt nicht klug«, sagte Robert bedauernd. »Wenn ich klug wäre, dann wäre ich nicht hier.« Sie lachten – beide mit gesenktem Blick, beide schüchtern.

Sie sprachen nicht weiter. Der Maestro aß langsam. Schlucken können war für ihn keine Selbstverständlichkeit, und seit dem Ausbruch seiner Krankheit hatte er nicht mehr in einem Restaurant gegessen. Aber inzwischen ging es ihm besser. Das Lavieren zwischen Gebrechlichkeit und Gesundheit erforderte Geduld und Abgeschiedenheit. Sich beklagen mochte er nicht und wollte auch nicht, dass andere von seinen Beschwerden etwas mitbekamen. Schließlich beendete er seine Mahlzeit.

»Ich habe in meinem Leben einen einzigen klugen Menschen gekannt. Oder vielmehr einen Menschen, der etwas Kluges zu mir *gesagt* hat ...« Er wartete, ob der Junge neben ihm Interesse zeigte, und als Robert ihn erwartungsvoll ansah, fuhr er fort: »Als ich klein war. Es war mein Großvater.«

Nun wartete Robert. Der Maestro war kein besonders begabter Geschichtenerzähler. Kaum hatte er begonnen, da kam er schon aus dem Tritt, ließ sich von einer Wolke ablenken, die er durch das Fenster neben der Haustür sah: Die Wolke senkte sich auf die in strahlendem Licht daliegenden Berge. Schließlich fragte Robert: »Und was hat Ihr Großvater gesagt?«

»Er hat gesagt: ›Wenn du Angst hast, nimm meine Hand.‹«

*

Der Maestro verfügte über beträchtliche Vorräte an Plätzchen und Pralinen, die er nun auf der Bank zwischen sich und dem Jungen ausbreitete. Er entschuldigte sich kurz, er wolle Tee aufsetzen. Doch vorher streifte er sich einen zweiten Pullover über und brachte dem Jungen seine Wildlederjacke, ließ sie ihm mit einem knappen »Bitte« in den Schoß fallen, ehe er in die Küche ging. Als er mit dem Tee zurückkam, hatte Robert die Jacke angezogen und betrachtete sehnsüchtig die Süßigkeiten. Mit einer schwungvollen Geste griff der Maestro nach einer Praline. Der Junge machte es ihm nach. Er aß langsam, passte sich den kleinen, vorsichtigen Bissen des Maestros an.

»Ist das alles?«, fragte er nach einiger Zeit.

»Wie bitte?«

»Ist das alles, was Ihr Großvater gesagt hat?«

»Ja!«, erwiderte der Maestro. »Reicht das denn nicht? Mein Großvater hat nicht viel gesprochen. Er war auch nicht besonders gesellig. Ich nahm seine Hand.«

»Wovor hatten Sie Angst?«

»Wir machten einen Spaziergang. Wir sind immer zusammen spazieren gegangen. Und ich nahm seine Hand. Ich denke jetzt oft daran.«

»Waren Sie da noch sehr klein?«, fragte der Junge.

»Ja, wahrscheinlich«, erwiderte der Maestro und wunderte sich über die Frage.

Sie blieben im gleichen Rhythmus. Der Junge stimmte jeden Schluck Tee mit den Schlucken des Maestros ab. Eine Zeit lang blieb es still, dann begann der Maestro zu summen. Der Junge beobachtete ihn, und schließlich fragte er mit professioneller Neugier: »Was ist das?«

Der Maestro verstand ihn nicht.

»Was Sie da summen.«

»Ach so.« Er schien irgendwohin zu horchen und erwiderte dann: »Ravel, Klavierkonzert in G-Dur. Erster Satz. Ich

erkenne den Dirigenten nicht – den Solisten auch nicht ...«
Schweigend saß er da, ein aufmerksames Publikum, ehe er endlich zu einem Schluss kam: »Ach, natürlich, es ist Martha. Aber der Dirigent?« Er betrachtete die Praline in seiner Hand. Zeit verging, und der Junge fragte: »Spielt gerade etwas?«
Der Maestro antwortete: »Zweiter Satz. Immer noch Ravel. Und du? Was hörst du gerade?«
Der Junge antwortete mit einigen Schlagzeuggeräuschen und einem schnellen Sprechgesang.

> Badass motherfucka's ... getting ready to disappear ... in a number of years he'll be back ... with more money more prizes than you've ever seen ... you'll all laugh till you cry ... to see what you took to be dead flying high ...
> Higher than you ever dreamt.

Er brach ab, außer Atem. »Das nennt man *free-styling*, wenn man einfach spontan vor sich hin rappt«, erklärte er. »Ich bin ziemlich aus der Übung, es klingt nicht besonders – leider.«
»Für mich ist es trotzdem schwer zu verstehen«, sagte der Maestro.
Der Junge sagte: »Gerade habe ich mir vorgestellt, wie es auf der Welt zuginge, wenn jeder richtig musikalisch wäre, so wie Sie. Die Leute würden sich mit Summen und Singen und Geräuschen verständigen, statt miteinander zu reden. Es gäbe alle möglichen Musikinstrumente für die verschiedensten Situationen. Die kleinen Kinder würden zuerst singen und ein Instrument lernen. Und später, in den höheren Klassen auf der Schule, falls sie wirklich schlau sind, würden sie sprechen lernen und manche vielleicht sogar lesen und ein bisschen schreiben.

Ich wäre dann einer von den ganz wenigen, die wirklich ohne Weiteres sprechen, lesen und schreiben könnten. Für die Leute wäre ich etwas Besonderes, ein Genie, wie Sie.«

*

»Ich war der Zweitjüngste in der Familie«, erzählte der Maestro. »Mein Vater war ein sehr berühmter Musiker. Jeder kannte seinen Namen. Mein ältester Bruder war ein Wunderkind. Auch seinen Namen kannte jeder. Ein Pianist. Meine ältere Schwester war ebenfalls ein Wunderkind, Geigerin, und bald war auch ihr Name allgemein bekannt. Ich war nicht so begabt. Meine Mutter sagte: ›Aber er *hat* Talent. Ich *spüre* es‹, und schlug sich vor die Brust. Eine Sizilianerin. Mein Vater sagte: ›Da spricht die Mutterliebe.‹«

Der Junge machte ein verwundertes Gesicht. Er glaubte kein Wort von alledem. Der Maestro sah seine skeptische Miene, aber sie spornte ihn erst recht an. »Mein Vater glaubte nicht, was meine Mutter sagte. Er wollte, dass ich gut durchs Leben komme. Er machte sich Sorgen, weil ich nicht so begabt war wie die anderen. Er brachte mir Disziplin bei. Selbstdisziplin. Ich musste auswendig lernen – Partituren, Gedichte. Er ließ mich morgens um zwei aufstehen und einen Aufsatz für die Schule fertig schreiben. Manchmal hasste ich ihn dafür. Aber als ich älter wurde, war ich ihm dankbar. Denn er hatte mir beigebracht, wie man hart arbeitet. Hart arbeiten kann man lernen.«

»Aber hart arbeiten kann doch jeder!«, protestierte der Junge, dem die Vorstellung von harter Arbeit Angst machte.

»Als ich anfing, öffentlich aufzutreten, war ich für alle nur der Sohn meines Vaters. Einen eigenen Namen hatte ich nicht«, erwiderte der Maestro. »Anscheinend ist das heute anders. Aber ganz verstanden habe ich es noch immer nicht.« Der Junge sah ihn misstrauisch an. Der Maestro beruhigte ihn: »Ich habe doch gar keine Wahl. Auch heute bin ich noch immer der Sohn meines Vaters, und manchmal glaube ich, was er geleistet hat, werde ich nie schaffen. Und dieses Gefühl gefällt mir.«

»Das verstehe ich nicht.«

»Ich werde immer ein kleiner Bruder sein, wie damals. Ich bin zu dünn, der Krieg ist vorbei, wir haben wenig Geld, mein älterer Bruder ist sehr begabt. Aber dann bin ich auch ein junger Mann in New York, und der ältere Kollege, den ich so sehr verehre, fragt mich nach meiner Meinung über sein Spiel, und ich wage es, ihn zu kritisieren. Unentwegt soll ich Copland spielen. Aber ich kann Copland nicht ausstehen und gebe deshalb eine Stelle auf. Ich bin auch ein jung verheirateter Mann, der mit seiner Frau nicht zurechtkommt. Ich bin verliebt, einmal, zweimal, viele Male. Leute wollen Autogramme, zweitausend Leute stehen auf und applaudieren mir. Aber vor allem bin ich der Sohn meines Vaters.«

»Wie sah Ihr Vater aus?«

»Mein Vater? Er sah sehr gut aus.«

»Und Ihr Großvater?«

»Blond.« Der Maestro verstand nicht, was den Jungen daran interessierte, aber er versuchte, sein Interesse zu befriedigen. »Er war der Vater meiner Mutter. Ein blonder Sizilianer. Er hatte es nicht leicht im Leben. Seine Frau starb sehr jung. Ganz allein zog er vier Kinder auf und machte außerdem Karriere. Ein geistreicher Mann und ein großartiger Lehrer. Seine Studenten liebten ihn. Als ich neulich sehr krank war und nicht mehr wusste, ob ich leben oder sterben würde, habe ich viel an ihn gedacht. Wie wir spazieren gingen. Wir blieben stehen, nahmen uns Eier von den Hühnern im Stall und aßen sie unterwegs, roh. Es war wichtig. Er war ein alter Mann, und ich war ein Kind, aber wir waren zwei Menschen, die einen Spaziergang machten.

Er sagte: ›Nimm meine Hand‹, und ich tat es. Ich bewunderte ihn. Er war kein Musiker. Er war Sprachwissenschaftler. Nimm noch eine Praline.«
Der Junge nahm eine.
»Kannst du einen von deinen Texten singen?«
Der Junge sang nie. Er sprach seine Gesänge. Der Maestro kannte sich mit dieser Art von Englisch nicht aus. Er sah zu, wie der Junge auf die Bank trommelte. Für kurze Zeit setzte die Musik in seinem Kopf aus, und er lauschte aufmerksam den Silben.

*

Der Junge und der Maestro hatten eine Unmenge Pralinen miteinander gegessen. Der Junge erklärte dem Maestro die Bedeutung von Hip-Hop, dass er sowohl eine Lebensform sei als auch eine Ausdrucksform für dieses Leben. Hip-Hop bestehe nicht nur aus Raplyrik und Rapmusik. Auch Graffiti gehörten dazu. Es gehe dabei um ein bestimmtes Verhältnis zu den Dingen, zu anderen Rappern, zum Kapitalismus, zum allgemeinen Verfall. Es gehe um die große Gefahr, die feindliche Rapper für den Rap darstellten, indem sie ihn verkäuflich machten und auf diese Weise zugrunde richteten. Eigentlich dürfe sich Rapmusik gar nicht vermarkten lassen. Der Junge brach ab. Er hätte gern gewusst, was der Maestro von alldem hielt.

»Ich habe gerade ans Meer gedacht«, sagte der Maestro. »An Wellen. Wie jede Welle aus der Ferne heranrollt, auf den Strand kracht und sich im Ozean wieder auflöst. Ein Sturm peitscht viele wilde Wellen hoch, sie können die Geografie des Strandes verändern – aber die meisten hinterlassen keine bleibenden Spuren. Manchmal allerdings spült so eine Welle etwas Wertvolles an den Strand, eine Muschel von vollkommener Schönheit oder irgendetwas Glitzerndes.«

Der Junge blickte verwirrt drein.

»Kein Wunder, dass mir die Berge lieber sind, nicht wahr?«, sagte der Maestro munter.

»Maestro, meinen Sie denn, wir sind bloß Wellen?«, fragte der Junge plötzlich.

Der Maestro sah aus dem Fenster und bemerkte, dass es schon dunkel geworden war. Der Junge hatte aufgehört zu kauen. Der Maestro sagte: »Robert, tu mir einen Gefallen. Schreib mir deine Ballade auf, damit ich sie lesen kann. Mein Englisch ist nicht so gut. Ich verstehe dich kaum, wenn du so schnell sprichst.«

»Ich bin ein Rapper, kein Balladenschreiber«, sagte der Junge.

Der Maestro stand auf und ging hinüber in sein Engadiner-Zimmer. Er rief nach dem Jungen. Robert trat ein.

Es war warm dort drinnen und sehr gemütlich – das knisternde Feuer im Ofen, der Duft der alten Holztäfelung und der Balken und der Blick aus dem Fenster auf das nächste Haus mit seinen erleuchteten Fenstern. Die aufragenden Berge dahinter wirkten nicht bedrohlich, sondern wie ein Schutzwall. Der Maestro suchte nach etwas und summte dabei vor sich hin.

»Was summen Sie jetzt?«, fragte der Junge.

»Den ersten Satz von ›Schwanensee‹«, sagte er. »Hier ist ein Notizbuch für dich. Schreib die Ballade bitte für mich auf. Und sag nicht mehr ›Maestro‹ zu mir, ich hasse das. Du kennst meinen Namen.«

*

Der Junge hatte das Notizbuch angenommen – und damit auch die Aufgabe. In Gedanken hatte er sie sogar noch verschönert. Zeitdruck und kleine Aufträge verabscheute er, deshalb räumte er sich, schon als er das Buch zum ersten Mal in der Hand hielt und nach dem zugehörigen Füller griff, eine Fristverlängerung ein und fasste ein viel größeres Projekt ins Auge – er würde weiter und weiter schreiben, bis das ganze Notizbuch mit seinen Rap-Texten gefüllt war. Wenn es so weit war, würde er wahrscheinlich auch den Durchbruch in Amerika geschafft haben und konnte es dem Maestro zusammen mit einem Zeitungsausschnitt über seinen ersten Auftritt zurückschicken.

Der Junge hatte sich mit gesenktem Kopf vom Maestro verabschiedet, weil er spürte, wie die Schüchternheit zurückkehrte. Aber er ging langsam in die Richtung der Pension zurück, ließ den Abstand zwischen sich und dem Maestro nur widerwillig größer werden. In Wirklichkeit hatte er nie Crack an irgendwelche Baseheads verkauft, weil er gar keine gekannt hatte. Aber die, die es taten, hatte er respektiert. Und lange Zeit hatte er niemanden sonst respektiert. Hinter sich hörte er ein Rufen.

Er drehte sich um und wurde von einer Taschenlampe geblendet. Der Maestro hastete auf ihn zu. Der Junge hatte das Notizbuch vergessen, und der Maestro war ihm nachgelaufen, um es ihm zu geben – der erste rasche Fußmarsch seit Monaten.

Der Junge war geschlendert. Der Maestro keuchte. Er fühlte sich unwohl. Er gab dem Jungen das Notizbuch und den Füller.

Im Schutz der Dunkelheit traute sich der Junge wieder, den Maestro anzusehen, sein prägnantes, während der Krankheit schmal gewordenes Gesicht mit der runden Stirn und der langen Nase, die lebhaften Augen, und plötzlich spürte er ein Gefühl von Nähe und Zärtlichkeit. In diesem Augenblick gelang es ihm, den Maestro zu bewundern, und er nahm sich etwas ganz fest vor – wenn er alt war, wollte er genauso sein wie der Maestro: so perfekt, so klug, so ruhig und so hilfsbereit gegenüber einem jungen Menschen.

Er nahm das Notizbuch und den Füller. »Vielen Dank, Claudio. Hoffentlich haben Sie sich nicht erkältet.«

Diesmal war der Maestro dankbar für die Besorgnis des Jungen. »Bestimmt nicht, Robert. Gute Nacht.« Er wandte sich zum Gehen. Er war zufrieden mit dem, was er getan hatte – dem Jungen war in seiner Lederjacke jetzt wärmer, außerdem hatte er nun ein richtiges Notizbuch und einen Füller und konnte seine Texte aufschreiben.

Robert überlegte auf dem Heimweg, ob er den Ausflug nach New York nicht aufschieben sollte, um den Maestro wiederzusehen. Er freute sich schon auf den nächsten Tag. Beim Abendessen gratulierte ihm die Inhaberin der Pension vor dem gesamten Personal zu seiner guten Arbeit, händigte ihm seinen Lohn aus und sagte, außerdem könne er sich den nächsten Tag freinehmen.

Am nächsten Morgen verschwand er in aller Frühe aus dem Dorf. Ein paar Leute sahen ihn einen Zug der rätischen Bahn besteigen. Wahrscheinlich wollte er nach Zürich, aber niemand dachte sich etwas dabei. Die Inhaberin der Pension wartete bis zum späten Abend, ehe sie seine Eltern anrief, doch die waren gerade auf einer Party. Am nächsten Tag vergaß sie anzurufen, und als es ihr wieder einfiel, war schon Sonntag, und sie glaubte, der Junge müsse inzwischen längst zu Hause sein.

*

Mechaniker inspizierten auf dem Rollfeld des Züricher Flughafens das Fahrgestell eines amerikanischen Flugzeugs und tasteten dabei auch im Inneren der Radkammer herum. Der Junge zog die Beine an, machte sich so klein wie möglich, wagte kaum zu atmen. Köpfe und Hände seiner Verfolger näherten sich seinen Füßen bis auf wenige Zentimeter. Der Lärm der Triebwerke nahm zu. Als er ohrenbetäubend wurde, verschwanden die Mechaniker.

Mit einem Ruck setzte sich die Maschine in Bewegung. Der Junge küsste den Umschlag seines Notizbuches. Er sagte: »Endlich geht es los!!«, und schrieb:

> The engines are revving
> We are heading towards heaven.

Um dieselbe Zeit, da sein Füller diese Zeilen zu Papier brachte, lieferte ein anderer junger Mann dem Maestro sein Mittagessen. Dieser Junge kam aus dem Ort, er kannte sich aus und kam zurecht – gab im Winter Skikurse für Touristen und im Sommer Kletterkurse, erteilte nach der Schule einem geistig behinderten Jungen Privatunterricht und half nachmittags seinem Vater in der Tankstelle. Er wollte Betriebswirtschaft studieren, und seine Freundin stammte aus dem Nachbartal. Ungebeten setzte sich dieser Junge zu dem essenden Maestro an den Tisch. Der Maestro sprach nur ein paar unumgängliche Worte zu ihm, las beim Essen ein Buch und schob ihm dann das Tablett hinüber. Neben ihm lag der blaue Pullover, den Robert unter der Bank liegen gelassen hatte. Der Maestro wollte ihn für Robert aufheben. Er konnte sich nicht vorstellen, was Robert jetzt gerade tat, aber er hoffte, dass er durch sein bloßes Vorhandensein dem Jungen irgendwie helfen konnte, wo immer er gerade war.

> I am bold don't hold no ticket no one sold
> me one and still I'm here bold in the hold
> a little cold, my big man you asked me to
> write it down but all I can think of now's
> the story you told about your own
> big man when you were young and dumb
> life even for you was horrible
> but that old man held your hand and made
> it tolerable.

Der Junge schob das Notizbuch behutsam in seinen Rucksack, den Füller hielt er noch in der Hand. Ihm war schwindlig und sehr, sehr kalt.

*

Acht Stunden später, während der Maestro in seinem Bett lag und schlief und Musik durch seine Träume dröhnte, setzte der Jumbo zur Landung an. In zweitausend Meter Höhe schoben sich die Fahrwerke rumpelnd aus ihren Schächten. Der erfrorene Junge purzelte mit heraus und flog wie Ikarus – Hals über Kopf, von keinem Zuschauer bemerkt – durch den Himmel über Long Island. Dutzende kleiner Blätter umflatterten ihn, als würde er Federn verlieren. Die Sonne ließ seinen blonden Schopf aufleuchten, verwandelte ihn in eine kleine dahinhuschende Sonne. Er war in der Haltung des berühmten Denkers erstarrt, segelte nicht anmutig, sondern kugelte haltlos durch die Luft, und die rote Jacke umflatterte ihn wie Flügel, die nun gebrochen waren. Wenig später landete er in den Dünen, ein gutes Stück hinter der Wasserlinie des Ozeans, wo eine Kindergartengruppe gerade Marshmallows grillte. Es war typisch für ihn, dass er beim Aufprall niemandem wehtat. Ein teurer Füllfederhalter steckte ihm noch in der gefrorenen Faust. Für die Dauer eines Tages wurde er zu einer Zeitungsmeldung von zehn Zeilen. Sein Name war unbekannt.

Die Geschichte von Herrn Metzner

Als die Damen im Altenheim an der Ecke zum ersten Mal von den neuen amerikanischen Theorien über die Schuld der Deutschen hörten, kippten sie vor Lachen fast die Kaffeetassen um. »Was wissen denn die?«, fragten sie rhetorisch. Und sie dachten an Wolf Dieter Metzner, der in ebendieser Minute auf dem Kurfürstendamm stand – in seiner alten Wehrmachtsuniform, das Oberlippenbärtchen bürstenförmig zurechtgestutzt, die Hand zum Hitlergruß erhoben, seine bevorzugte Pose. Niemand störte sich an Herrn Metzner, am wenigsten die amerikanischen Touristen; schließlich bot er ihnen die Möglichkeit, sich zu empören, eine Chance, die man im neuen Deutschland nur noch selten bekommt.

Herr Metzner war vielleicht ein bisschen schrullig, aber er erfreute sich einer geregelten Verdauung und durfte wählen, was er auch tat, nämlich die Christdemokraten, wie die alten Damen wussten. Die Pflegerinnen kümmerten sich darum, dass seine Uniform immer sauber und frisch gebügelt war. Wer würde nicht ein bisschen plemplem, sagten sie, nach dem, was er erlebt hat!? Manche Geschichten zeigen wie Metall Ermüdungserscheinungen, sie verlieren ihre Spannung. Die alten Damen hatten längst aufgehört, Herrn Metzners Geschichte zu erzählen. Sie erzählten sie weder ihren Besuchern noch ihren Ärzten, ja nicht einmal mehr den Nachtschwestern. Sie argwöhnten, dass diese durch die »Gnade der späten Geburt« verwöhnten jungen Leute die eigentliche Bedeutung der Geschichte unmöglich verstehen konnten. Aber nachdem ein Amerikaner – wie hieß er doch gleich, Gold, Goldsoundso, Goldhagel? – angefangen hatte, der Welt die Deutschen zu erklären, erlebte Herrn Metzners Geschichte ein Revival. Jetzt erzählten die alten Damen Herrn Metzners Geschichte jedem, der sie hören wollte, und wenn ihr Publikum am Schluss mit offenem Mund und manchmal ungläubig staunend dasaß, sagten sie triumphierend: »Erzählen Sie das mal diesem Mister Gold, Golddingsbums.« Aber das hat offenbar nie jemand getan, denn er schrieb weiter über Deutschland, ohne Herrn Metzner jemals zu erwähnen.

Wolf Dieter Metzner war Infanterist im deutschen Heer gewesen. 1944 geriet er in russische Kriegsgefangenschaft und wurde nach Sibirien geschickt. So weit nichts Besonderes. In Sibirien verliebte sich der damals 20-jährige Wolf Dieter in eine Dorfbewohnerin namens Tanya. Wolf Dieters kräftige Statur hielt der Auszehrung stand, und trotz seiner unfreiwilligen Hungerkur hungerte ihn doch am meisten nach Zärtlichkeit. Tanya war klein und stämmig, hatte dunkle Augen, hohe Wangenknochen und trug einen dicken, geflochtenen schwarzen Zopf. Sie war Bäuerin, und – »aber« hätten die Sowjets nie gesagt – sie konnte singen wie ein Engel. Sie war den Behörden aufgefallen, als ein hoher Funktionär die Gemeinde besuchte und Tanya im Dorfchor kommunistische Heldenlieder singen hörte. Sie besaß einen hohen Sopran mit dem dunklen Timbre eines Mezzos, eine fantastische Stimmbeherrschung, aber keinerlei Ausbildung: Sie konnte keine Noten lesen.

Als Wolf Dieter 1949 entlassen wurde, hatte sie bereits die Aufforderung erhalten, am Moskauer Konservatorium Musik zu studieren, und er begleitete sie dorthin. Sie heirateten im Rathaus Zimmer 23 und zogen in ein kommunales Wohnhaus nur wenige Blocks von der U-Bahn-Station entfernt. Sie studierte, und er fand Arbeit als Elektriker. Weil er verliebt war und sich große Mühe gab und weil Tanya ständig mit ihm übte, sprach er bald ausgezeichnet Russisch. Sie litten zwar Armut, aber Wolf Dieters Eltern berichteten aus Deutschland, dass seine Landsleute zu Hause noch in viel größerer Armut lebten. Geldnot war für sie einfach eine Tatsache, Armut gehörte zum sozialistischen Lebensplan. Das junge Paar wohnte in einem sechsstöckigen Betonklotz mit dreißig Wohnungen, aus denen man auf identische Betonklötze sah, und dieser Ausblick erstreckte sich über mehrere Kilometer in alle Richtungen.

Jede Wohnung bestand aus mehreren Zimmern, und in jedem Zimmer hauste eine Familie. Hinter jeder geschlossenen Tür gab es Glück und Harmonie oder Unglück und Streit, aber im Allgemeinen störten sich die Leute kaum an Dingen, die ohnehin nicht zu ändern waren, und dazu gehörte die eigene Ehe ebenso wie das vom Nachbarn im Suff vollgekotzte Treppenhaus, die maroden sanitären Verhältnisse oder der Umstand, dass es unter den Nachbarn jemanden gab, der die anderen bespitzelte und jede unbedachte Äußerung bei der Polizei anzeigte. Aufgrund seiner Erfahrungen in Nazideutschland war Wolf Dieter Vorsicht zur zweiten Natur geworden, und weder er noch Tanya empfanden es als besondere Bedrohung, einen Spitzel in ihrer Mitte zu haben. Außerdem wusste jeder, bei wem es sich um den Schnüffler handelte.

Im Fall der Metzners war der Hausspitzel der Genosse

Nikolai Ivanovic. Keiner nannte ihn Kolya oder Kolinka, nein, alle sagten immer nur Genosse Nikolai Ivanovic zu ihm, und hinter seinem Rücken nannten sie ihn »Unser Genosse«. Er war weder groß noch klein, hatte einen Bauch, spinnendürre Arme und Beine, graue Haut, graues Haar und graue Zähne. Diese Beschreibung hätte aber auch auf jeden seiner Nachbarn gepasst. Er war so unauffällig wie ein Brotlaib unter vielen in einer Bäckerei, wenn morgens mal kein Mangel an Graubrot herrschte. Man konnte nichts Positives und nichts Negatives über ihn sagen. Man konnte weder sagen: »Unser Genosse hat wenigstens eine nette Frau«, noch: »Genosse Nikolai Ivanovics Frau ist ein Drachen.« Er hatte nämlich keine Frau. Er hatte keine Familie. Man konnte nicht sagen, dass er eine gute Anstellung hatte, denn er lebte im Ruhestand, man konnte nicht behaupten, dass seine Möbel durchschnittlich oder außergewöhnlich waren oder dass er eine bessere Aussicht auf das nahe gelegene staatseigene Kaufhaus besaß (wie manche vermuteten), denn wenn man bei ihm vorbeischaute, um etwas zu besprechen, stand er so breit im Türrahmen, dass man nicht in sein Zimmer sehen konnte.

Man darf seine Bedeutung nicht überschätzen. Hätte nicht Unser Genosse die Polizei informiert, wäre diese unangenehme Pflicht jemand anderem zugefallen. Unser Genosse machte seine Arbeit zwar sehr gewissenhaft, aber er wäre doch jederzeit ersetzbar gewesen. Man akzeptierte ihn als das lästige Übel, das darin bestand, dass man den Mund halten musste. Man durfte in seiner Hörweite nicht über die Diktatur des Proletariats schimpfen. Man erzählte ihm nicht den neuesten Stalin-Witz. Man ging davon aus, dass er alles hören konnte, was im Haus gesprochen wurde. Und doch passierte es gelegentlich, dass jemand einen Fehler machte, sich noch mehr betrank als sonst und das Falsche sagte oder, wer weiß, vielleicht auch nur das Falsche dachte. In der Nacht hörte man dann schwere Schritte auf dem Treppenabsatz, oder vielleicht schlief man auch tief und fest und hörte nichts. Auf jeden Fall war der Übeltäter am nächsten Morgen verschwunden. Unser Genosse aber bewegte sich leichtfüßig, sein kleiner grauer Körper schien auf einer Wolke der Zufriedenheit zu schweben, auf die ihn das Lob von höherer Stelle versetzt hatte.

So war es, sagten die alten Damen viele Jahre später im Seniorenheim an der Ecke in der deutschen Hauptstadt, als sie im Chor Herrn Metzners Geschichte erzählten. Sie waren zwar nie in Moskau gewesen, aber sie hatten den Krieg in Berlin erlebt und hatten alle ihre einschlägigen Erfahrungen gemacht. Manche hatte das Schicksal oder ihr Pflichtgefühl dazu bestimmt, selbst die Rolle Unseres Genossen zu spielen, und auch das war nicht einfach gewesen, und jetzt waren sie alt. Altsein war das schlimmste Übel von allen.

Doch zurück zu Wolf Dieter und seiner sibirischen Braut. Selbst in Moskau war Tanya etwas Besonderes. Sie hatte eine gewaltige Stimme. Das kam daher, sagten die alten Damen in Berlin, dass sie früher immer über die Weiten der Tundra hinweggeheult hatte. Sie hatte etwas Wölfisches – eine spitze Nase, Schlitzaugen und einen wachsamen Blick. Schon bald sang sie im Moskauer Opernhaus die Partien einer Diva, und eines Abends kam nach der Vorstellung Josef Stalin persönlich hinter die Bühne, küsste ihr mit seinem schnauzbärtigen Mund die Hand und schenkte ihr einen Parfümflakon aus Georgien. Die Metzners stellten den Flakon auf den Tisch, wo sie ihre Mahlzeiten einnahmen, ihre Briefe schrieben und vor dem Zubettgehen ihre Kleider zusammenlegten. Sie erzählten niemandem von dem Flakon aus Georgien, aber trotzdem wusste es bald das ganze Haus. Genosse Nikolai Ivanovic hatte es von einem seiner Vorgesetzten erfahren und versuchte seine Nachbarn mit dieser Neuigkeit zu ködern, denn Neid macht oft unvorsichtig. Jemand könnte zum Beispiel sagen: »Ach, wen interessiert schon das stinkende Parfüm des Genossen Stalin.« Doch wie sich herausstellte, war keiner der Nachbarn neidisch genug, um in diese offensichtliche Falle zu tappen.

Einige Jahre vergingen relativ ruhig. Die Metzners bekamen einen Sohn, Pjotr, den Wolf Dieter heimlich Peter nannte. Tanya war in Russland berühmt, führte aber trotzdem ein normales Leben. Und so bemerkte sie an einem sonnigen Frühlingsmorgen, als sie gerade im Fenster Wäsche aufhängte, dass Genosse Nikolai Ivanovic seine Vorhänge noch nicht aufgezogen hatte. Tanya machte sich Sorgen. »Unser Genosse schläft heute aber lange«, sagte sie zu ihrem Mann, als er abends aus der Fabrik nach Hause kam. »Schau mal, seine Vorhänge sind immer noch zu.« »Lass den Mann doch schlafen, Tanya«, erwiderte Wolf Dieter. »Das geht uns gar nichts an. Von mir aus kann der Genosse Nikolai Ivanovic die ganze nächste Woche im Bett verbringen. Vielleicht hat er gestern Abend zu viel getrunken. Alle Russen trinken zu viel«, sagte er. Nachdem Pjotr auf die Welt gekommen war, hatte Wolf Dieter angefangen, über die Russen zu schimpfen. Mit dem Nachwuchs kam auch das Heimweh. »Unser Nachbar trinkt nicht zu viel«, meinte Tanya. »Er ist ein abscheulicher Mensch.«

Nach dem Essen klopfte sie an der Nachbarstür. Hier wohnten drei Witwen. Der große Krieg fürs Vaterland hatte der jüngsten Tochter den Gatten geraubt, eine Grippe hatte ihr vor langer Zeit den Vater genommen, und bei einem Unfall in der Chemiefabrik war mit ihrem Großvater erst kürzlich auch noch das letzte männliche Familienmitglied umgekommen. Nirgends geht es mit so schonungsloser Offenheit zu wie unter lauter Witwen, die niemandem mehr etwas vorspielen müssen und alle Anstandsregeln vergessen haben. Und ein Mann wie Genosse Nikolai Ivanovic, der nicht von Frauen umgeben war, die ihn beschützten, war ihr natürlicher Feind, der ihnen schon viel schönen Stoff für bösen Klatsch und Tratsch geliefert hatte.

Als Tanya ihnen erzählte, dass der verhasste Genosse den ganzen Tag seine Vorhänge nicht geöffnet hatte, schalteten die Witwen trotzdem bereitwillig das Radio aus und begleiteten Tanya auf ihrem Erkundungsgang durch den Flur. Sie klopften an die Tür des Genossen Nikolai Ivanovic. Er rührte sich nicht. »Er rührt sich nicht!«, riefen sie. Sie klopften erneut. Jetzt hörten sie drinnen ein mattes Stöhnen. »Er stöhnt!«, riefen sie. Man holte Wolf Dieter, um die Tür aufzubrechen. Sie fanden den Genossen im Bett. Er trug einen Schlafanzug, war unrasiert und zu schwach, um zu sprechen oder sich zu bewegen. Tanya brachte ihm einen Teller Suppe, die Witwen brachten ihm ein Glas Wasser. Dann setzten sie den alten Mann im Bett auf und fütterten ihn mit einem Löffel. Schließlich ging es ihm ein wenig besser. Er bedankte sich, versicherte ihnen, er würde sie nicht mehr brauchen, und wünschte allseits eine gute Nacht.

Als sie zu dritt in einem Bett einschliefen, sprachen die Witwen noch darüber, dass nichts im Zimmer Unseres Genossen darauf hindeutete, dass er irgendwelche Vorräte hamsterte. Es roch nicht mal nach einer einzigen Orange. Nichts. »Dann gibt er seinen Judaslohn vom KGB wohl für etwas anderes aus.« Als er Tanya einen Gutenachtkuss gab, bemerkte Wolf Dieter abschließend: »Ich glaube, er spitzelt einfach um der Ehre willen.«

Am nächsten Tag waren die Vorhänge Unseres Genossen aufgezogen so wie immer, und er ging ganz normal seinen Geschäften nach, und Herr Metzner brummelte: »Der überlebt noch mal den Weltuntergang, gemeinsam mit den Kakerlaken.« Das war ein sonderbarer Gedanke und zeigte, dass Herr Metzner nicht ganz richtig im Kopf war, sagten

Herrn Metzners Biographinnen im Altenheim in Berlin. Aber wer ist schon ganz richtig im Kopf, der einfach so eine Russin heiratet? Und freiwillig dort lebt? An dieser Stelle legten die alten Damen gewöhnlich eine Kunstpause ein und verkündeten, ihr Kaffee sei kalt und der Kuchen trocken. Der Zuhörer wurde nach frischem Kaffee geschickt und musste bei seiner Rückkehr stets ausdrücklich fragen, was denn aus Herrn Metzner geworden sei, bevor die Geschichte weitererzählt wurde. Der Russe, sagten die alten Damen, ist an schlechte Behandlung gewöhnt wie ein Tier. Das ist schon seit Jahrhunderten so. Wenn man daran gewöhnt ist, ist es gar nicht so schlimm. Wir hatten Hitler, und es hat uns gestört. Das Leid, das er über uns gebracht hat. Herr Metzner ist in vielem wie ein Russe, er beklagt sich zum Beispiel nicht darüber, was ihm passiert ist, und wir mussten ihm die ganze Geschichte regelrecht aus der Nase ziehen. Er spricht nie über Unseren Genossen. Das übernehmen wir für ihn.

Wo waren wir stehen geblieben? Es war einige Zeit vergangen, in der Genosse Nikolai Ivanovic sich bester Gesundheit zu erfreuen schien, weiterhin seine Nachbarn anschwärzte und dafür reichlich Abneigung erntete. Dann blieben eines Morgens seine Vorhänge wieder zugezogen. Und wieder war es Tanya, die es bemerkte und die anderen verständigte, und wieder brach Wolf Dieter die Tür auf. Und wieder fanden sie Unseren Genossen krank im Bett. Und obwohl sie ihn sehr hassten, flößten sie ihm Wasser und Suppe ein. Aber diesmal besserte sich sein Zustand nicht. Auch am nächsten Morgen blieben die Vorhänge wieder zugezogen. Wolf Dieter ging zur Arbeit, aber Tanya blieb zwischen den Vorstellungen zu Hause und hatte ein Auge auf den Nachbarn. Er war ja schließlich hilflos.

Am dritten Tag seiner Krankheit beschlossen die Witwen von nebenan, dass ihr Feind, der Patient, ein frisch bezogenes Bett brauchte, und sie machten sich die Mühe, seine Laken zu wechseln und von Hand zu waschen und bei sich im Zimmer zum Trocknen aufzuhängen. Jetzt kümmerten sich auch andere Nachbarn im Haus um ihn. Nach der Arbeit erschien einer nach dem anderen in Genosse Nikolai Ivanovics Zimmer und versuchte, ihm nach Kräften zu helfen. Das taten sie für jeden Kranken. Und die Situation dieses Nachbarn war besonders schlimm, weil er allein lebte und nachts niemand bei ihm war. Er kauerte schwitzend und zitternd im Bett und erregte ihr Mitleid.

Sechs Tage vergingen, und Unser Genosse wurde immer schwächer. Am siebten Tag rief er die Hausbewohner an sein Bett. Sie kamen alle, drängten sich in dem kleinen Zimmer und hockten sich auf den Boden. Er saß aufrecht im Bett, mit einem Kissen im Rücken, und wandte sich mit folgenden Worten an sie. »Meine lieben Nachbarn«, sagte er. »Ich muss euch etwas beichten, was euch sicher nicht überraschen wird. In all den Jahren unseres Zusammenlebens hier habe ich euch bespitzelt. Ich habe es auf mich genommen, alle eure Äußerungen und Ansichten über die obersten Behörden aufzuschreiben. Ich glaubte dieses Haus von antisozialistischen Elementen säubern zu müssen. Es freute mich jedes Mal, wenn ich jemanden ertappte und bei der Polizei anzeigen konnte, weil ich mir dann nützlich vorkam. Ich habe so viele wie möglich von euch angezeigt. Und ich wusste, dass ihr mich hasst, und ich habe euren Hass genossen, denn er bewies mir, dass ich recht hatte. Doch jetzt weiß ich, was für ein schlechter Mensch ich gewesen bin. Und ihr habt mir all meine Missetaten – ich zögere nicht, sie so zu nennen – mit so viel Freundlichkeit vergolten. Ihr habt euch um mich gekümmert, um einen armen, kranken, einsamen alten Mann.«

An dieser Stelle unterbrach er seinen Monolog, weil er vor Tränen nicht weitersprechen konnte. Und seine Zuhörer weinten mit. Denn es stimmte, sie hatten ihn abgrundtief gehasst. Und zwar zu Recht. Jetzt tat er ihnen leid, weil er sich so schlecht benommen hatte. Nachdem die Versammelten eine Weile geweint hatten, setzte er seine Ansprache fort. »Ich habe euch heute Abend hierher gebeten, weil ich euch um Verzeihung bitten möchte.« Er wartete. Alle Nachbarn schluchzten laut, als sie ihm nacheinander, so wie sie da auf dem Boden hockten, ihre Verzeihung gewährten. Und er fuhr fort: »Meine Spitzelei gab mir ein gutes Gefühl und brachte mir einen Orden ein, auf den ich sehr stolz war. Ihr findet ihn dort im Geheimfach meines Schranks. Bitte schaut nach. Ja, genau. Ich würde ihn gern dem kleinen Pjotr schenken. Er verdient ihn, weil er überhaupt nichts von Politik versteht. Und er soll diesen Orden als Glücksbringer und Talisman behalten, zur Erinnerung an einen Mann, der sich gebessert hat.«

Man hängte dem kleinen Pjotr den Orden feierlich um den Hals, und der Kranke fuhr fort. »Ich möchte euch um einen Gefallen bitten«, sagte er leise. »Und ich hoffe, ihr werdet ihn mir nicht abschlagen.« Alle beeilten sich, ihm zu versichern: »Nein, nein, natürlich nicht.« »Ich habe nicht mehr lange zu leben«, sagte der alte Mann und löste damit eine neue Welle des Mitgefühls bei seinen Zuhörern aus. »Ich werde sterben, und ein Beauftragter der Partei wird hier erscheinen und dafür sorgen, dass man mich in meine besten Kleider steckt und in würdiger Haltung in den Sarg legt – ach, schon bei dem bloßen Gedanken graut mir. Ich bin ein Feigling.« Seine Stimme brach. Er wurde jetzt ganz heftig. »Ich bin ein schlechter Mensch! Und schlechte Menschen fürchten sich vor dem Tod! Der Gedanke, dass ich auf dem Rücken im Sarg liege, die Hände über dem Bauch gefaltet – entsetzlich. Wenn ich doch im Sarg nur meinen Schlafanzug tragen könnte, genau diesen hier, alt und an den Ärmeln zerrissen, aber bequem. Wenn ich ihn anhätte und auf der Seite läge, den Kopf auf den Händen, so«, er rollte sich zur Demonstration in der Fötushaltung zusammen, »dann würde ich mich jetzt nicht so vor dem Sterben fürchten. Dann wäre der Tod nur ein Nickerchen. Nicht mehr. Ich möchte euch, die ihr zu einem unwürdigen alten Mann so freundlich wart, um Folgendes bitten: Wenn ich gestorben bin, zieht mir diesen Schlafanzug an, und legt mich so in den Sarg, seitlich, als würde ich ein Nickerchen halten. Wenn ihr mir das versprecht, kann ich in Frieden sterben. Meine Dankbarkeit wird aus dem Jenseits über euch leuchten. Und ich werde der zuständigen Behörde einen Brief schicken, dass ihr, meine lieben Nachbarn, euch nach meinem Ableben um meine Leiche kümmern sollt. Wollt ihr mir diesen letzten kleinen Gefallen erweisen?« Natürlich wollten sie und bekräftigten dies mit einem lauten »Ja!« und unter vielen Tränen.

Wenige Tage später starb Genosse Nikolai Ivanovic. Man schaffte einen Sarg in sein Zimmer, und die Nachbarn durften ihn ohne Einmischung der Behörden in den Sarg legen. Tanya kümmerte sich persönlich darum und machte alles genau so, wie es sich der alte Mann gewünscht hatte. Sie wusch ihn, zog ihm seinen alten Schlafanzug an, und dann trugen ihn die Nachbarn zum Sarg hinüber, legten ihn mit hochgezogenen Knien auf die Seite und betteten seinen Kopf auf die Hände. Alle fanden, er sähe so friedlich aus. Eine schöne Leiche. Der kleine Pjotr trug unterm Hemd den Orden um den Hals, erzählte es aber keinem, so wie es ihm seine Eltern befohlen hatten.

Eine Woche nach dem Tod des Genossen Nikolai Ivanovic hörte man mitten in der Nacht im ganzen Haus schwere Schritte, und dann wurde an alle Türen geklopft. Die Polizei war da. Alle Erwachsenen im Haus wurden verhaftet. Und ein Kind, Pjotr, nahmen sie auch mit, nachdem sie ihm das Nachthemd hochgezogen und um seinen Hals den

Orden des Genossen Nikolai Ivanovic entdeckt hatten. Die Sachlage war eindeutig. Genosse Nikolai Ivanovic hatte einen Brief hinterlassen, den ihnen die Polizei laut vorlas. »Ich fürchte mich vor meinen Nachbarn«, hatte er geschrieben. »Sie hassen mich so sehr, dass sie meinen Leichnam wahrscheinlich schänden werden. Sie werden mir Lumpen anziehen und mich krumm und schief in den Sarg legen. Ich wäre nicht überrascht, wenn sie dem jüngsten Kind aus Jux meinen kostbaren Ehrenorden umhängen würden. So abgrundtief ist ihr Hass.«

Der Brief löste bei der Polizei Diskussionen aus. Manche wollten einfach nicht glauben, dass die Hausbewohner so grausam sein konnten, sich noch nach dem Tod an einem Genossen zu rächen. Die Leiche wurde exhumiert, und man stellte fest, dass die Befürchtungen des Genossen nur allzu berechtigt gewesen waren. Wolf Dieter landete im Gefängnis. Tanya Metzner kam auf direkten Befehl Stalins frei und kehrte nach Moskau zurück, wo eine neue, geräumige Wohnung mit Küche und Bad sie erwartete. Ihr kleiner Pjotr schlug sich das Knie auf und starb binnen vierzehn Tagen an einer Wundinfektion. Tanya war voll damit beschäftigt, an der Oper zu singen und Zeitungsartikel zu lesen, die sie als Sängerin der Nation titulierten. Es hieß, sie würde ihre Kollegen am Opernhaus bespitzeln und regelmäßig bei der Polizei anzeigen. Alle hassten sie. Nach dem Ende ihrer Karriere als Sängerin lehrte sie an der Universität und bespitzelte ihre Studenten und die übrigen Professoren. An Wolf Dieter schrieb sie nie.

Wolf Dieter wurde 1960 aus dem Gefängnis entlassen. Er ging direkt nach Berlin, in der eindeutigen Absicht, am Wirtschaftswunder teilzunehmen. Er sprach rasch wieder fließend Deutsch, doch körperlich und seelisch blieb er ein Wrack. Er konnte keiner geregelten Arbeit nachgehen. Seine Brüder und Schwestern, Nichten und Neffen hatten keine Lust, sich um ihn zu kümmern. Deutsche reagieren auf Schwäche nicht so albern sentimental wie die Russen, sagten Wolf Dieter Metzners Biographinnen. Und so kam Herr Metzner schließlich zu uns ins Altenheim. Ein netter Mann, der sich als Hitler verkleidet. Die Zuhörer waren jedes Mal perplex. »Spielt er Hitler, um irgendwelche imaginären Kommunisten zu provozieren? Oder führt er nur einen Modetrend vor?«, fragten sie. »Was soll das überhaupt zum Verständnis der Deutschen beitragen?« »Metzner spielt nicht Hitler. Metzner hält sich für Hitler. Er spinnt. Der springende Punkt ist: Die Russen waren genauso schlimm, das ist alles«, erwiderten sie. »Wie kann man die Deutschen alle in einen Topf werfen und mit keiner Silbe erwähnen, dass die anderen genauso schlimm waren oder noch schlimmer? Ach, der Kaffee hier ist scheußlich, früher war alles besser. Wenn man jung ist, stört einen so manches nicht.«

Scarlattis Reinkarnation in Reno

Konzertpianist sollte nicht jeder werden. Ambrose wollte absolut keiner sein. Er war mehrere Monate der fantastische Mann an der Bühnentür der Shangri-La Lounge in Reno, der hübsche Ambrose. Sein Teint glich dem Herbst in Neuengland, er hatte rostrotes Haar, graue Augen und den Wuchs und die Anmut eines mittelgroßen Ahornbaumes. Ich bekam schon Heimweh, wenn ich ihn bloß ansah. Aber irgendwie waren wir ja alle fremdartige Bäume da draußen in der Wüste im Westen, und unsere Wurzeln konnte man nicht sehen. Wenn sich das so anhört, als sei ich in Ambrose verliebt gewesen, tja, dann ist das ein memmenhafter Gedanke, denn ich hatte überhaupt keine Zeit, um verliebt zu sein; ich war voll und ganz damit beschäftigt, die Kunden mit meinen Liebesdiensten zu unterhalten. Aber bei jeder sich bietenden Gelegenheit beobachtete ich Ambrose bei der Arbeit. Seine Reflexe und sein Timing waren unglaublich – er konnte während des Konzerts Comics lesen und bekam trotzdem genau den Augenblick mit, wo der Auftritt der Shangri-Lala-Band zu Ende war, der Applaus aber noch nicht eingesetzt hatte. Ohne von seinem Comic aufzuschauen, riss er mit der Hand blitzschnell die Tür auf, damit die Künstler hinter die Bühne laufen konnten – was immer einen guten Eindruck machte –, bevor sie zum Applaus vor den Vorhang kamen. Die Shangri-Lala-Band war in Reno berühmt, weil ihre Konzerte jeden Abend im Fernsehen übertragen wurden. Der Bandleader musste nicht Schlange stehen, um im Casinorestaurant einen Tisch zu bekommen. Wenn der Auftritt gut war, lauschte Ambrose voller Bewunderung. Wir wussten, dass er mit den Ohren eines Fachmannes zuhörte. Denn egal, mit wie viel Verve die Bandmitglieder drauflossägten und trommelten oder mit welcher Grandezza der Bandleader mit den Fingern schnippte, ins Mikrofon schmachtete oder in die Tasten hieb, wir wussten, dass Ambrose besser spielte.

Wenn am Ende des Abends die Band zusammengepackt hatte, das Publikum samt meinen Kunden nach Hause gegangen war und die Putzkolonne auf der Bildfläche erschien, um die Überreste der Lustbarkeiten zu beseitigen, dann betrat Ambrose die Bühne, mit geschmeidigen Schritten, stolzer Haltung, die Hände schwebten vor dem Körper, ein Gentleman in Jeans. Er setzte sich beinahe quer an den Flügel; das rechte Knie wies in Richtung Publikum, und der linke Fuß lag auf dem Pedal. Er schloss die Augen, und seine Hände schwebten über den Tasten. Die Putzkolonne, die auf diesen Augenblick nur gewartet hatte, klopfte mit den Besen gegen Tischbeine, die Kellnerinnen klirrten mit Löffeln und Gläsern, und ich klackte mit meinen Stöckelschuhen. Und dann schlug Ambrose' rechter Fuß so lange den Takt auf dem Boden, bis wir unsere Utensilien wieder so gebrauchten, wie Gott es gewollt hatte, und erst jetzt stießen seine Hände endlich auf die Tasten herunter und spielten, dass uns Hören und Sehen verging. Es gibt einfach kein einziges Wort, womit sich seine Musik beschreiben lässt. Sie konnte einen zum Lachen oder zum Weinen bringen, man fühlte sich wie auf einem Trip. Neue Angestellte fragten ihn manchmal, warum er eigentlich nicht vom Klavierspielen lebe. Seine Antwort bestand in einem ratlosen Lächeln, so als sei das eine schwachsinnige Frage.

Zu unserem Etablissement gehörte auch ein kleines Rückgebäude, das direkt am Highway lag. Dort wohnte das Personal, und dorthin verschwanden wir Mädchen mit unseren Kunden. Ambrose bewohnte das Eckapartment gleich neben mir, und durch die Zimmerwände hatte ich einiges über seine Lebensweise erfahren. Er besaß ein Klavier, auf dem er nachmittags, nach dem Frühstück, spielte. Er spielte jede Menge verschiedenes Zeug, und wenn ich mich nicht täusche, auch klassische Sachen. Er bekam nie Besuch, und das Telefon benutzte er nur, wenn jemand bei ihm anrief. Das passierte nur ein oder zwei Mal, und ich habe mich jedes Mal ziemlich erschrocken, weil er sich mit hoher, schriller Stimme meldete: »Ach, du meine Güte! Ambrose ist nicht da, ich glaube, er übt für ein Konzert!« In der Lounge, bevor die Arbeit losging, war er freundlich, doch ohne mehr von sich preiszugeben als sein liebenswürdiges Wesen. Seinen Verdienst vom Vortag verspielte er gern in der halben Stunde, ehe sich die Türen der Lounge öffneten, aber das taten wir schließlich alle, und darum konnten es sich die meisten von uns auch nicht leisten, von hier wieder zu verschwinden. Wir waren mit unseren täglichen Verlusten verheiratet.

Eines Tages stimmte etwas nicht mit Ambrose. Anstatt vor der Arbeit sein Geld zu verspielen, bestellte er sich an der Bar einen Whisky. Er war bleich, und als er das Glas an die Lippen führte, zitterten seine Hände so sehr, dass er die Hälfte des Drinks verschüttete. Während des Auftritts las er nicht, er starrte ins Leere. Anschließend lungerte er nicht wie sonst hinter der Bühne herum, bis die Band und das Publikum nach Hause gegangen waren, sondern stürmte zum Bandleader und bat ihn um einen Vorspieltermin.

Der Bandleader hatte schon gerüchteweise von dem talentierten Mann an der Bühnentür gehört, diesen Gerüchten aber keinerlei Glauben geschenkt. Er war damit einverstanden, sich in Ambrose' Wohnung etwas von ihm vorspielen zu lassen.

Eine Stunde später kehrte der Bandleader ohne Ambrose an die Bar zurück. Er hatte Tränen in den Augen. »Morgen«, verkündete er, »morgen wird Ambrose mit uns auftreten. Er wird berühmt werden, in Reno und in der ganzen Welt.«

Am nächsten Abend trat der Bandleader im Anschluss an eine Nachmittagsprobe vor die Kameras und hielt eine kleine Rede über Amerika als das Land der unbegrenzten Möglichkeiten und unendlichen Überraschungen. Und dann stellte er Ambrose vor, den Mann an der Bühnentür der Shangri-La-Lounge, seine Entdeckung. »Bitte empfangen Sie ihn mit einem Riesenapplaus!«, rief er.

Ich hatte mich bereit erklärt, Ambrose an der Bühnentür zu vertreten, und ich öffnete sie für ihn, damit er durchgehen konnte. Sein Gang hatte sich verändert. Er schlurfte mit gesenktem Blick auf die Bühne. Er trug ein viel zu kleines, blassrosa Jackett, das ihm der Bandleader geborgt hatte, und seine rostroten Haare sträubten sich. Er nahm steif Platz und schob beide Knie unter den Flügel.

Das Orchester begann zu spielen. Ambrose wartete nicht ab, bis sein Einsatz kam. Er brach wie ein Orkan über die Klaviatur herein. Der Bandleader fiel aus allen Wolken und versuchte, genauso rasant zu dirigieren. Ambrose spielte immer schneller, ließ die anderen weit hinter sich. Die Musiker starrten in panischem Entsetzen auf den Bandleader.

Was sie zustande brachten, klang wie der Soundtrack eines alten Kriegsfilms mit Geschützfeuer und Hurramusik.

Die Musiker stiegen einer nach dem anderen aus. Sie setzten fluchend die Instrumente ab, und ihre roten Gesichter passten farblich zu Ambrose' Jackett. Der Dirigent brüllte einen saftigen Fluch und schmiss den Taktstock hin. Die ganze Darbietung hatte keine Minute gedauert.

Aber Ambrose fing gerade erst an. Er schleuderte das rechte Knie unter dem Flügel hervor und ging mit einer schlichten, schönen Melodie auf eine lange musikalische Reise. Nachdem sie durch fremde und bekannte Klänge geführt hatte, in Sackgassen abgezweigt und dann ganz woanders wieder zum Vorschein gekommen war, als es mit einem Wort so schien, als sei er zweimal ins Paradies gereist, nur um nach Hause zurückzueilen, da war er wieder zurück bei seiner ursprünglichen Melodie. Er spielte sie verträumt, und dann hörte er abrupt auf. Er stand auf, klappte den Deckel zu und lief weg. Das Publikum, das mal wieder nicht die blasseste Ahnung hatte, was da wirklich abgelaufen war, applaudierte ihm stehend. Ambrose flüchtete durch die Bühnentür, ohne mich auch nur anzusehen.

Der Bandleader wurde noch am selben Abend gefeuert. Man gebraucht im Fernsehen zur Hauptsendezeit keine vulgären Ausdrücke. Angeblich war er mit einer Pistole hinter Ambrose her. Doch Ambrose kam ihm zuvor. Er rannte über den Highway und voll in ein Auto. Der Fahrer kam dabei auch ums Leben.

Wir hatten einen sehr persönlichen Verlust zu beklagen und behielten die ganze Angelegenheit für uns, weil sie nur uns etwas anging. Wir räumten rasch sein Apartment aus und teilten alles gerecht, und dann informierten wir die Polizei. Sie nahmen einen Verkehrsunfall mit Todesfolge zu Protokoll und schnüffelten dann in dem Etablissement herum. Was sie dort fanden, war vermutlich wesentlich interessanter für sie.

Ich als Ambrose' Nachbarin sollte seine Brieftasche bekommen und der Bandleader das Geld. Die rote Plastikbrieftasche war »Made in Hongkong«, nicht besonders schick, aber sie gefiel mir als Andenken. Als ich sie mir einmal genauer ansah, entdeckte ich ein Geheimfach, in dem ein zusammengefalteter Brief steckte. Er war an Ambrose adressiert und von seinem Vater unterschrieben.

»Lieber Ambrose. Wie ich gehört habe, sollst Du jetzt irgendeine niedrige Arbeit in einer Kasinobar verrichten, und ich hoffe inständig, dass diese Gerüchte jeder Grundlage entbehren. Denn mir ist der Gedanke absolut unerträglich, dass Du Deine Ausbildung verschleuderst, die Jahre am Konservatorium, das Geld und die Hoffnungen, die wir in Dich gesetzt haben, auch wenn Du nicht ehrgeizig bist und aus Bescheidenheit die Geduld aufbringst, Dein Leben hinter der Bühne zu fristen. Aber Geduld ist nur gut für Memmen, und ich fürchte, Du bist nichts weiter als ein Feigling. Wenn Deine Mutter das noch miterleben müsste, würde sie sich halb zu Tode schämen, Dich geboren zu haben.«

Auf dem Brief stand die Adresse des Absenders, und als die Polizei ein paar Wochen später das Shangri-La dichtmachte, beschloss ich, dem Verfasser einen Besuch abzustatten. Er bewohnte ein hübsches Haus in Boston. Ein Dienstmädchen geleitete mich durch weitläufige Zimmerfluchten zu einem alten Mann, der in einem Lehnstuhl döste. Ich sagte: »Ich bringe Ihnen den Brief zurück, den Sie Ihrem Sohn geschrieben haben.« An der Art, wie er mir auf die Lippen starrte und an seinem Ohr herumfummelte, merkte ich, dass er schwerhörig war. Er nahm den Brief und warf einen kurzen Blick darauf, bevor er ihn zusammenknüllte und auf den Boden fallen ließ. Seine Neugier hielt sich in Grenzen, als er mich fragte: »Na, wie ist er denn nun gestorben?«

»Er wurde mit einer Axt gefällt«, sagte ich, »von irgendeinem Idioten, der ihn kaum gekannt hat.«

Betreff: Ihr Lieben

Mrs. Maria Dalton kamen die Millionen Dollar auf ihrem Bankkonto wie eine ungeheure Provokation vor. Es wurde sofort zurückgeschossen, »freundliches Feuer« aus allen Richtungen: Die Leute sprachen sie an. Sie wünschte sich ihr früheres, ruhiges Leben zurück. Andere Menschen in der gleichen Lage wie sie hatten Kontakt zu ihr aufgenommen. Sie hatten ihr Problem im Internet gelöst. Das war eine herrliche Erfindung. Maria wollte ihrem Beispiel folgen. Eine bessere oder überhaupt eine andere Idee, wie sie ihr Geld loswerden konnte, hatte sie nicht. Also setzte sie sich vor ihren Laptop und begann einen Brief:

Betreff: Ihr Lieben

Das würde Aufmerksamkeit wecken, da war sie sich sicher. Den Leuten gefiel es, wenn man sie als liebe Menschen an-ansprach. Ihr selbst gefiel es zwar nicht, aber den anderen ganz bestimmt. Woody kam angetappt und legte den Kopf auf ihren Schoß. Sie kraulte ihn zwischen den Ohren, weil er es so wollte, und schrieb weiter.

Von: Mrs. Maria Jens Rimmer
Ich bin Mrs. Maria J. Rimmer aus der Republik Benin. Ich war mit Jens Rimmer, seligen Angedenkens, verheiratet, der neunundzwanzig Jahre lang in Benin für die Shell Oil Company gearbeitet hat, ehe er im Jahre 2002 in den ersten Tagen seines wohlverdienten Ruhestands verstarb.

Nachdem sie sich mit diesen Worten vorgestellt hatte, tastete sie nach dem weißen Taschentuch in ihrer Schürzentasche. Der Hund sah ihr besorgt zu. Sie suchte seinen Blick. Gegen seine Aufmerksamkeit hatte sie nichts. Sie putzte sich mit dem vertrauten weichen Stoff die Nase. Dann breitete sie das Tuch zum Trocknen über die Lehne ihres Sessels. Das mit Jens Rimmer war eine Lüge. Maria war ihr Leben lang nie verheiratet gewesen. Der Anwalt hatte ihr geraten, das zu behaupten, und in diesem Punkt hatte sie ihm nachgegeben und sich inzwischen auch daran gewöhnt. Schnäuzen musste sie sich, weil ihr beim Lügen vor lauter Unbehagen die Nase zu laufen begann – nicht weil Lügen böse war, sondern weil es Kommunikation bedeutete, schrecklich. Maria war mit Schönheit gesegnet. Selbst in ihrem Alter, mit fast fünzig, war sie unbestreitbar schön, hatte eine große, schlanke Figur, ohne dass sie ihren Körper mit Diäten knechtete. Ihre Hände waren feingliedrig und zart, obwohl sie keine Haushaltshilfe hatte. Ihr schön geschnittenes Gesicht erinnerte an die zauberhaften Züge eines Mannequins, die Nase war schmal, der Mund herzförmig, auch ohne Lippenstift, die Augen waren himmelblau und von langen, dunklen Wimpern umrahmt, die andere Frauen mit Hilfe von Mascara mühsam vorzutäuschen suchten. Das dicke Haar hatte sie immer als Knoten im faltenlosen Nacken getragen. Der Knoten war so weiß geworden wie ihre helle Haut. Maria war so weiß, dass sie vor einer weißen Wand fast unsichtbar war. Aber sie trug bunte Kleidung, vor allem Rosatöne, denn die gefielen ihr, und die Wände ihres Hauses waren grau, der Verputz aus vergangenen Zeiten. Dieses Haus zeigte sein Alter. Maria lächelte sich oft zu, ein mädchenhaftes Lächeln, das gesunde Zähne umspielte. Nur Woody sah es. Aber ihre Stimme kannte er kaum, weil sie ungern sprach. Sie wandte sich wieder dem Computer zu und tippte:

> Wir waren fünfzehn Jahre verheiratet, keine
> Kinder. Er starb nach kurzer Krankheit, die
> nur vier Tage dauerte.

Ihre Nase lief jetzt wie ein Wasserhahn. Wieder griff sie nach dem Taschentuch und lächelte über sich, weil sie so nervös war. Sie hatte gerade entdeckt, dass ihr das Lügen gar nichts ausmachte.

Seit Jahrzehnten benutzte sie immer dasselbe Taschentuch und wusch es ein Mal die Woche im Waschsalon. Auf Anraten ihres Anwalts hatte sie sich auch zu Hause eine erstklassige Waschmaschine und einen Wäschetrockner aufstellen lassen, aber dieser Rat hatte das Fass zum Überlaufen gebracht, und danach hatte sie die Verbindung zu diesem aufdringlichen Herrn, der sich in alles einmischte, beendet, denn die Ausflüge zum Waschsalon hatte sie sehr genossen. Es waren Fixpunkte in ihrem Kalender, der ansonsten einer leer gefegten Straße glich. Sie war allein unterwegs im Leben, begleitet nur vom Schicksal, das sich als unterhaltsamer Reisegefährte erwiesen hatte. Es kommandierte sie herum und hatte sie oft krank gemacht, aber bisweilen, wenn sie es am wenigsten erwartete, brachte es auch angenehme Überraschungen. Zum Beispiel in der Angelegenheit mit diesem verstorbenen Jens Rimmer.

Sie schrieb weiter.

> Seit seinem Tod hatte ich mit der Trinkerkrankheit und Fibromen zu kämpfen. Als er noch lebte, hat mein Mann einen Betrag von 30,5 Millionen US-Dollar bei der Union Bank P.L.C. in Benin hinterlegt. Dies ist der Grund, warum ich Euch schreibe.

Maria zögerte. Es war schwer zu erklären. Wo sollte sie anfangen? In Benin war sie nie gewesen. Sie hatte ihr ganzes Leben in einem kleinen Ort in der Nähe von Weehawken, New Jersey, verbracht. Unter Zuhilfenahme eines dummen Doktors hatte das Schicksal die Geburt ihrer kleinen Schwester verpfuscht, ihre Mutter umgebracht und dem Baby eine schwere geistige Behinderung geschenkt. Ihr Vater hatte sich, so gut er konnte, um sie beide gekümmert, aber nicht um sich selbst, und so war er an der »Trinkerkrankheit« gestorben, wie der Arzt es nannte. Maria hatte die Schule nicht abgeschlossen. Sie war schon sechzehn, kümmerte sich um ihre kleine Schwester, und alles lief bestens. Sie fand sich mit ihrer Lage ab. Mitleid war ihr ein Gräuel. Nachdem der Priester ihr in der Kirche ein paar tröstende Worte gesagt hatte, ging sie nicht mehr zur Messe. Jede Woche brachte die Post einen Scheck, mit dem sie ihre Ausgaben bestreiten konnte, und Laster hatte sie keine, weil sie ihr keine Freude machten. Ein Mal im Monat kam eine Sozialarbeiterin namens Mrs. Smith und kümmerte sich um die Probleme, die sie, Maria, nicht lösen konnte, und dazu gehörte alles, was mit dem Haus zusammenhing, verstopfte Rohrleitungen, das Ausfüllen von Überweisungsformularen und so weiter. Als es durchs Dach zu regnen begann, stellte Maria einen Eimer unter das Loch und wartete, bis Mrs. Smith kam. Sie erwähnte das Loch nicht, aber Mrs. Smith sah den Eimer. Einmal, mitten im Winter, ging die Haustür aus den Angeln. Es war sehr kalt, und Maria begriff, dass sie im Haus einen warmen Mantel und dicke Schuhe anziehen und ihre kleine Schwester in eine Heizdecke wickeln musste. Morgens schaufelte sie den Schnee aus der Diele nach draußen. Alles, was nicht vereisen durfte, stopfte sie in den Kühlschrank. Mrs. Smith war verreist. Nach ein paar Wochen tauchte sie wieder auf und bestellte einen Schreiner, der die Tür reparierte. Maria freute sich, dass es wieder warm war. Vor dem Schlafengehen hörte sie gern Radio. Tagsüber sah sie mit ihrer Schwester fern. Sie kochte gern einfache Gerichte. Sie genoss das Leben. Ihr Alter oder ihre Lebensumstände machten ihr keinen Kummer. Kleine Krankheiten, Besuche beim Zahnarzt, neue Fernseh- und Radiosendungen waren interessante Ereignisse. Der Ausflug zum Waschsalon war eine kostbare Gewohnheit.

Als sie Mitte dreißig war, änderte sich etwas. Eines Morgens, als sie ihren Bademantel und die Lederhausschuhe angezogen, Haferbrei gekocht und auf ein Tablett geladen hatte und mit lauten Schritten, um sie nicht durch ihr plötzliches Auftauchen zu erschrecken, das Zimmer ihrer Schwester betrat, fand sie sie tot im Bett. Von einem auf den anderen Augenblick verlor ihr Leben seinen Sinn. Sie war verstört und bitter. Ihr Tag wurde zu einem nicht endenden Flur.

Mit der Zeit gewöhnte sie sich an die neue Situation. Sie sah jetzt allein fern und kochte für sich allein. Als die Zahlungen für ihre Schwester eingestellt wurden, erhielt sie monatlich nur noch einen armseligen Betrag, mit dem sie sorgsam haushalten musste. Diese Veränderung machte ihr anfangs einiges Kopfzerbrechen, doch bald wusste sie, wie sie auch mit wenig Geld auskommen konnte. Und die Verwaltung dieses Geldes füllte sie aus. Noch eine Veränderung: Eines Tages kam Mrs. Smith und sagte, sie würde sich von nun an nicht mehr um sie kümmern. Aber als Abschiedsgeschenk ließ sie ihr eine Liste mit Telefonnummern da, bei denen sie anrufen konnte, wenn im Haus etwas nicht funktionierte. »Sie müssen sich jetzt so um das Haus kümmern, wie Sie sich um Ihre Schwester gekümmert haben«, erklärte ihr Mrs. Smith. Das leuchtete Maria ein. Sie stellte fest, dass sie imstande war, Handwerker anzurufen. Da sie zahlte, was sie verlangten, und nie nachprüfte, was sie tatsächlich gearbeitet hatten, kamen sie immer gern, wenn sie nach ihnen rief, und das Leben war gut.

Das Schicksal bescherte ihr heftige Zahnschmerzen. Gleichzeitig schloss es die Praxis ihres Zahnarztes in Weehawken und ließ ihn nach Manhattan umziehen. Also fuhr nun auch Maria nach Manhattan. Die Behandlung erforderte wöchentliche Besuche fast für die Dauer eines Jahres, und danach mochte Maria ihre gewohnten Reisen in die Stadt nicht mehr missen. Nun zog sie sich sogar drei Mal in der Woche gegen elf Uhr vormittags, wenn sie das Haus geputzt hatte, schick an, ging zur Haltestelle und nahm den Bus nach Manhattan, als würde sie immer noch ihren Zahnarzt besuchen. Die Fahrt dauerte anderthalb Stunden. Wenn sie in New York angekommen war, spazierte sie zielstrebig vom Busterminal auf der Westside durch die Stadt zu dem großen Bahnhof. Dort benutzte sie die vornehme Damentoilette mit den Ausmaßen eines Ballsaals, blitzblank und voller wenig mitteilsamer Fremder – dann ging sie zum Busterminal zurück und fuhr wieder nach Hause. Bald machte sie diese Tour an jedem Wochentag, bis ihr eines Nachmittags, an einem schönen Tag im Frühling, eine Demonstration den üblichen Rückweg vom Bahnhof zur Westside versperrte. Maria blieb eine Weile stehen und sah zu, wie sehr sich Leute über Politik aufregen können. Schließlich machte sie einen Umweg und erreichte das Busterminal auf Straßen, die sie noch nie gegangen war.

Dieser Ausflug hatte ihr gut gefallen. Von nun an probierte sie es immer mal wieder mit einer neuen Straße hier und einer anderen dort, und ihre Besuche in der Stadt zogen sich in die Länge. Manchmal lief sie auch einfach drauflos, machte einen Umweg von einem Dutzend Blocks und traf erst nach Einbruch der Dunkelheit mit schmerzenden Waden wieder zu Hause ein. Aber an diesen Tagen, so stellte sie fest, schlief sie immer besonders gut. Auch an den Wochenenden blieb sie in Bewegung – samstags besuchte sie den Waschsalon, und sonntags marschierte sie bei jedem Wetter die fünf Meilen zum Friedhof, um ihrer Mutter, dem Vater und der Schwester Guten Tag zu sagen. Sonntags abends blätterte sie dann in den Fotoalben von ihrer Schwester und sich aus der Zeit, als sie noch klein gewesen waren.

An einem dieser New Yorker Nachmittage verschätzte sich Maria. Sie ging zu weit. Ihre Blase begann zu drücken, und der Bahnhof war etliche Blocks entfernt. In ihrer Panik betrat sie ein Haus, in dessen Erdgeschoss sie ein großes Büro, vielleicht eine Bank, vermutete, und hoffte, dort unauffällig eine Toilette benutzen zu können. Sie marschierte einfach in den hinteren Teil des Erdgeschosses und fand tatsächlich, was sie suchte. Doch als sie die Toilette wieder verließ, kam plötzlich ein Herr auf sie zu. Maria war es nicht gewohnt, mit jemandem zu sprechen, und widersetzte sich nicht, als der Herr sie beim Ellbogen nahm und sagte: »Hier entlang, bitte.« Er führte sie in einen sonderbar stillen Raum und bat sie, Platz zu nehmen. Sie gehorchte. Sie war schließlich unbefugt in diese Räumlichkeiten vorgedrungen, und dies war nun offenbar der Preis, den sie dafür zahlen musste.

Es dauerte eine Weile, bis sie in der Lage war, sich umzusehen. Bänke in Reihen hintereinander, und im Gang dazwischen ein großer Kasten – ein schmuckloser Sarg, auf dem ein einziger Strauß Rosen lag. Auf der Schleife stand »Shell Oil«. Außer Maria war niemand im Raum. Sie blieb sitzen und wartete auf neue Anweisungen. Schließlich tauchte derselbe Mann, der sie hereingeführt hatte, wieder auf. Er bat sie, ihren Namen in das Kondolenzbuch einzutragen, zusammen mit ihrer Adresse. Über der Seite stand: »Beerdigung Jens Rimmer, Benin.«

Danach wurde sie in ihren Alltag entlassen.

Monate vergingen. Das Schicksal ließ sich nicht anmerken, dass es für Maria etwas bereithielt. Sie war jetzt wieder vorsichtiger, machte in Manhattan keine langen Umwege mehr und sah zu, dass sie bei Sonnenuntergang daheim war. Dann bekam sie etwas sehr Ungewöhnliches – einen Brief.

Der Brief stammte von einem Rechtsanwalt in New York, und es war darin die Rede von einem dringenden Treffen. Zitternd vor Aufregung, denn sie wusste, sie würde mit jemandem sprechen müssen, fand Maria den Weg zur Kanzlei des Anwalts. Sie war nicht besonders neugierig, warum er sie sehen wollte. Sie ging einfach hin, weil man sie dazu aufgefordert hatte.

Die Kanzlei weckte in ihr unangenehme Erinnerungen an das Beerdigungsinstitut, in das sie vor einigen Monaten zufällig geraten war. Sie hatte es sich nachher oft wieder vor Augen gerufen, mit allen Einzelheiten. Solange sie dort gewesen war, hatte sie nicht viel wahrgenommen, aber mit der Zeit fiel ihr immer mehr ein, und nun dachte sie doch mit einem gewissen Vergnügen daran zurück, an die schreckliche Stunde in diesem Raum, an den Sarg, die Rosen, die Schleife und das komische Gefühl einer Hand an ihrem Arm, mit der sie in den Raum hinein- und später wieder hinausgeführt worden war. Hoffentlich, dachte sie, will mir dieser Anwalt nicht die Hand geben.

Er wollte – streckte ihr seine behaarte Hand entgegen. Aber Maria übersah sie einfach, und er zog sie zurück. Mit einem Wink lud er sie ein, Platz zu nehmen, und begann auf sie einzureden.

»Verehrte Dame, Sie waren eine Freundin von Mr. Jens Rimmer. Sie haben freundlicherweise an seiner Beerdigung teilgenommen. Ihnen wird nicht entgangen sein, dass Sie dort allein waren.«

Maria sagte nichts. Er fuhr fort.

»Mr. Rimmer hatte sich in New York zur Ruhe gesetzt, wo er keine Menschenseele kannte, Sie ausgenommen. Er war nicht sehr gesellig, aber wohlhabend. In seinem Testament hat er nun verfügt, sein Geld solle zwischen den Trauergästen, die sich zu seiner Beerdigung einfinden, geteilt werden. Es war nur ein Trauergast da, nämlich Sie, liebe Mrs. Dalton. Nun frage ich mich, da Sie bisher ein so zurückgezogenes Leben geführt haben, ob es für uns nicht eine Möglichkeit gibt, zu behaupten, dass Sie mit ihm verheiratet waren. Das würde manches vereinfachen. Sie verstehen, es gibt Steuergesetze.«

Die Sache war kompliziert. Der Anwalt war ein Mann mit Grundsätzen. Es machte ihm Spaß, den Staat auszutricksen, wo er nur konnte, und er wollte unbedingt verhindern, dass Maria Erbschaftssteuer zahlen musste. Deshalb bestand er darauf, dass sie, Maria Dalton, mit Mr. Rimmer in Benin verheiratet gewesen sei. Für ein hohes Honorar werde er die Dokumente liefern, mit denen sich das beweisen ließ. Maria tat, was er von ihr verlangte, obwohl sie solche Betrügereien nicht mochte. Aber Mitmachen war für sie in diesem Fall leichter, als sich dem Anwalt zu widersetzen und ihn zu enttäuschen. Allerdings versuchte sie, die Gespräche mit ihm so kurz wie möglich zu halten. Er merkte, dass sie nicht gern telefonierte, und schlug ihr vor, sich einen Computer anzuschaffen, dann könnten sie per E-Mail miteinander kommunizieren. Maria hatte den Dreh bald heraus und lernte auch, ihre täglichen Besorgungen mit dem Computer zu erledigen. Der Anwalt lachte und sagte, sie sei begabt. Sie fand diese Bemerkung unangebracht. Der Computer war ihr Freund geworden, mit Begabung hatte das nichts zu tun. Sie konnte es nicht leiden, wenn der Anwalt in diesem allwissenden Ton mit ihr sprach.

Dann stellte sich heraus, dass Mr. Rimmer ihr noch etwas anderes hinterlassen hatte. Woody. Eines Nachmittags kam er in einer Lattenkiste. »Schöner Pudel, den Sie da haben«, sagte der Zusteller. Er übergab ihr die Papiere. Woody, neun Jahre alt. Sie wusste nicht, was sie mit ihm anfangen sollte. Sie nahm ihn mit nach drinnen. Und als er ihr durch Winseln und Kratzen an der Tür zu verstehen gab, dass er nach draußen wollte, ließ sie ihn nach draußen. Er erledigte sein Geschäft auf dem Rasen, während sie verwundert zuschaute. Dann strich er an ihr vorbei und blieb mit gespanntem Blick vor der Tür stehen, bis sie sie öffnete und ihm ins Haus folgte.

Zum Abendessen deckte sie für sich den Tisch wie immer. Woody kam, setzte sich neben sie und sah zu, wie sie aß. Dann legte er eine schwere, pelzige Pfote auf ihren Schoß, sah sie durchdringend an, und in seinen Augen stand ein klares Kommando. Sie holte ihm einen Teller und gab ihm von ihrem Abendessen ab. Am nächsten Morgen teilte sie schon ihre Cornflakes mit ihm. Am Nachmittag bekam er ein Sandwich. Mit der Zeit stellte sie fest, dass er Roastbeef mochte, hauchdünn geschnitten, auch marinierten Lachs mit einem Löffelchen saurer Sahne, aber ganz besonders liebte er Mayonnaise. Zum Abendessen gab es mal dies, mal das, aber grünes und rotes Gemüse war immer dabei, etwas Fleisch, Kohlehydrate und ein Nachtisch. Er mochte chinesisches Essen aus den Take-aways, besonders Wantan-Suppe, die er sich mit solcher Begeisterung einverleibte, dass seine Tischmanieren darunter litten und die Suppe über den Napf schwappte, bis der ganze Boden bekleckert war. Deshalb reichte sie ihm seine Suppe nur noch in einer besonders tiefen Schale.

Einmal, als sie ihn nach draußen ließ, trabte er munter den Gehweg entlang, entfernte sich immer mehr vom Haus, und sie ging hinter ihm her. Mehrere Stunden folgte sie ihm, an einem bitterkalten Wintertag, und dabei hatte sie nicht mal einen Mantel angezogen. Schließlich führte er sie zu der Tür zurück, die sie von nun an als ihre gemeinsame Haustür betrachtete. Seitdem zog sie immer einen Mantel an, bevor sie ihn aus dem Haus ließ – für den Fall, dass er wieder mal verreisen wollte.

Sie suchte im Internet unter »Hunde« und lernte, dass der moderne Hund ein Halsband und eine Leine zu tragen pflegte, wenn er nach draußen ging. Also kaufte sie eine, und er zog sie daran hinter sich her. Wenn sie morgens aufwachte, dachte sie zuerst an Woody – und auch abends galt ihr letzter Gedanke Woodys Wohlergehen. Das Leben war schön, bis sich wieder etwas änderte.

Eines Tages landete das ganze Geld, das Jens Rimmer hinterlassen hatte, auf Marias Bankkonto. An den Umgang mit einem bestimmten, überschaubaren Betrag hatte sie sich gewöhnt. Aber jetzt war da dieser Riesenbatzen, der sich zu allem Überfluss auch noch ständig vermehrte. Für sie bedeutete er eine Last, die sie nicht tragen konnte. Sie klagte dem Anwalt ihr Leid, aber der glaubte, sie mache Witze. Er meinte, sie solle ein paar Anschaffungen machen, und zum Spaß schlug er ihr vor: »Wie wäre es mit einer neuen Waschmaschine?« Als sie erwiderte, sie habe nicht mal eine alte, hielt er ihr sofort eine Zeitungsanzeige von einem Räumungsverkauf unter die Nase, und aus reiner Höflichkeit kaufte sie tatsächlich eine Waschmaschine. Aber dann wollte sie den Anwalt nicht mehr sehen. Er schickte ihr eine Rechnung für seine Bemühungen, die sie vor Besorgnis zittern ließ, weil der letzte Satz lautete: »Für Ihre Zukunft wünsche ich Ihnen alles erdenklich Gute«, und sie wusste, dass darauf eine Antwort von ihr erwartet wurde. Sie schickte trotzdem bloß einen Scheck und hoffte, er werde nicht traurig darüber sein, dass sie keinen Brief beigefügt hatte. Ihre Unterschrift war ein Schnörkel von zwei Zentimetern Länge.

Andere Brief trafen ein, von einer unsichtbaren Hand durch den Schlitz in ihrer Haustür geschoben, und türmten sich drinnen zu einem mächtigen Haufen. Die Republikanische Partei hatte von ihrem plötzlichen Reichtum Wind bekommen und bot ihr an, als Ehrenvorsitzende des Staates New Jersey an einem großen Dinner für den Präsidenten teilzunehmen. Man beglückwünschte sie zu dieser Ehre und bat um Übersendung eines Schecks in Höhe von 50000 Dollar, ausgestellt auf die Partei. Das Dinner werde in zwei Monaten stattfinden, Frack und Abendkleid erbeten. Maria hätte der Partei das Geld gern geschickt, da sie es offenbar dringend brauchte, aber da die Partei anscheinend auch auf ihre Gesellschaft Wert legte, kam das natürlich nicht in Frage.

Das Geld war ihr wirklich unangenehm. Sie überlegte sich, alles in einen Umschlag zu stopfen und ihn in der Nähe der Bushaltestelle fallen zu lassen oder unter einen Sitz im Bus zu schieben. Jemand würde ihn finden, und vielleicht wusste dieser Jemand mit dem Geld etwas anzufangen. Aber vielleicht war er auch genauso verwirrt wie sie und würde sich genauso ärgern. Sie beschloss, das Geld in der Damentoilette des Bahnhofs liegen zu lassen, wo die Frauen untereinander ausmachen konnten, wer es nehmen sollte.

Doch als sie ihre Millionen in bar abzuheben versuchte, stellte sich die Bank quer und sagte, sie könne nur 10000 Dollar pro Tag mitnehmen, größere Beträge müssten beim Finanzamt registriert werden. Ständig war ihr Geld Anlass für lästige Gespräche.

Sie wusste, dass sie nicht die Einzige war mit diesem Problem. Eine Zeit lang hatte sie per E-Mail Briefe von Leuten bekommen, die sich in der gleichen Lage befanden wie sie. Zum Beispiel von einer Witwe in Nigeria und einem jungen Mann in Pakistan, dessen Eltern gestorben waren. Sie hatten Geld, das sie nicht wollten. Auch sie kannten keine Menschenseele, genau wie Jens Rimmer und wie sie selbst, Maria. Sie verschenkten ihr Geld an fremde Leute, die sie im Internet fanden, und dann waren sie es los. Solche Transaktionen erforderten einen gewissen Stil. Maria sah sich die Briefe noch einmal genau an und ahmte deren Stil nach. Sie schrieb:

> Am meisten plagen mich die Probleme mit meinem Fibrom. Seit ich weiß, woran ich leide, habe ich beschlossen, einen Teil dieses Vermögens einer Organisation zu stiften, die armen Menschen hilft, besonders Familien, in denen die Mutter gestorben ist. Sie selbst können 30 Prozent des Geldes behalten, als Entschädigung dafür, dass Sie das Geld von meiner Bank auf Ihr Konto übertragen. Diese 30 Prozent sind für Ihren persönlichen Gebrauch bestimmt, während Sie bitte mit den übrigen 70 Prozent in Ihrem Land ein neues Konto eröffnen und das Geld einem Waisenhaus Ihrer Wahl zukommen lassen wollen.

Sie zögerte einen Augenblick und fügte dann hinzu:

> Auf telefonischen Kontakt möchte ich wegen meines derzeitigen Befindens verzichten. Sobald ich Ihre Antwort erhalten habe,

werde ich den Kontakt zwischen Ihnen und der Bank von Benin, wo das Geld deponiert wurde, herstellen. Ich werde die Bank anweisen, das besagte Geld an Sie als meinen Stellvertreter bzw. Bevollmächtigten auszuzahlen, außerdem werde ich Ihnen alle mit dieser Transaktion zusammenhängenden Unterlagen zur Kenntnis zukommen lassen.

Und dann unterschrieb sie:

Hochachtungsvoll
Mrs. Maria Jens Rimmer

Maria wusste, am leichtesten würde sie die richtige Person für ihre Erbschaft finden, wenn sie sich vom Schicksal leiten ließ. Also öffnete sie das Mitgliederverzeichnis von AOL und gab als Suchbegriffe »Waise« und »Pudel« ein. Es war erstaunlich, wie viele Menschen ihre Interessen teilten. Alles in allem zehn. Sie wählte den Ersten aus der alphabetisch sortierten Liste und schickte ihren Brief ab.

Einige Tage vergingen, aber sie bekam keine Antwort.

Sie nahm den zweiten Namen aus der Liste und schickte ihren Brief ab.

Wieder bekam sie keine Antwort.

Und so ging es weiter.

Niemand wollte ihre Millionen.

So kam es, dass sich Maria nach einiger Zeit daran gewöhnte, Geld zu haben – so wie sie sich früher daran gewöhnt hatte, keines zu haben. Sie ließ es dort, wo es war, auf ihrem Bankkonto, wo es mehr und mehr wurde. Sie ging immer nur nachts zur Bank, um am Automaten etwas abzuheben. So brauchte sie mit niemandem zu sprechen.

Doch dann geschah etwas Trauriges. Es stellte sich heraus, dass Maria tatsächlich an einem Gebrechen litt, nicht an einem Fibrom, wie sie behauptet hatte, weil so viele andere in ihrer Lage ebenfalls darüber geklagt hatten, sondern an Herzschwäche.

Zu meinem großen Bedauern muss ich Euch, Ihr Lieben, nun mitteilen, dass die gute Maria Rimmer letzte Woche von uns gegangen ist, ein ruhiger Tod, verursacht durch ein großes Blutgefäß, das plötzlich platzte. Der Pudel Woody war an ihrer Seite. Bevor sie starb, machte sie ein Testament, das dem Testament von Mr. Jens Rimmer in jeder Hinsicht glich. Ihr Begräbnis ist nächste Woche. Wenn Ihr daran teilnehmen wollt, schickt bitte einen Bankscheck über 5000 Dollar an die unten angegebene Adresse, ich werde Euch dann das genaue Datum ihrer Beerdigung und natürlich den Ort, an dem das Kondolenzbuch ausliegt, zusenden. Der Hund Woody hat schon ein neues Zuhause gefunden, kann aber auf Wunsch ebenfalls übernommen werden. Eure Namen habe ich durch Mrs. Rimmers Bank gefunden, aber Gott selbst gab mir den Wink, mich an Euch als die geeigneten Erben der großherzigen Verstorbenen zu wenden.

Gott sei mit Euch. Möge er Euch davor bewahren, einen Fehler zu machen und diese einmalige Chance, sehr reich zu werden, ungenutzt verstreichen zu lassen.

Intermezzo

Zum Lügen ist es nie zu spät

Eine Zehn-Minuten-Oper

Erster Akt.
Vorhang. Eine Stimme hinter der Bühne. Kaum verständliches Gebrabbel, das nach und nach deutlicher wird. Allmählich fangen wir an, sie zu verstehen.
Ich bin geständig.
Es tut mir leid.
Jetzt weißt du Bescheid.
Affäre wär zu viel gesagt.
Es war ja nur eine Bagatelle.
Scheußlich war's auf alle Fälle.
Und das ist wirklich, wirklich wahr.
Wir sind doch das perfekte Paar!
Ja, ich habe dich gekränkt.
Geschenkt!
Doch schwör ich dir:
Dieser Typ ist mir ganz einerlei.
Mit dem ist es aus und vorbei!
Der Vorhang öffnet sich. Das Mobiltelefon klingelt. Die Frau rennt mit ihrem Handy am Ohr auf und ab.
Wie dumm von mir,

dich so zu verletzen
und alles aufs Spiel zu setzen,
wegen dieser blöden Affäre:
Das perfekte Ehepaar!
Als ob das gar nichts wäre.
Doch jetzt ist mir klar:
Du bist wunderbar.
Heute lade ich dich zum Dinner ein,
und später tanzen wir ganz allein
einen Tango auf dem Parkett,
und dann schnell ins Bett!
Mir wird heiß und kalt,
wenn ich nur an dich denke!
Bis bald.
Sie küsst das Telefon und schaltet es ab. Laut und triumphierend:
Zum Lügen ist es nie zu spät.

Zweiter Akt
Das hat ja wunderbar geklappt,
und er ist nicht mal eingeschnappt.
Das hab ich Amor abgeguckt:
göttlich lügen, wie gedruckt.
Wie kann der Mann nur so arglos sein?
Immer fällt er auf mich herein.
Schon lässt er den Champagner knallen.
Und ich, ich dreh am Ehering.
Immer hat mir das missfallen:
Wegen jedem kleinen Ding,
wegen jedem Scheiß
hat mein Mann sich aufgeregt.
Na schön, ich weiß,
dass ich nicht mehr die Jüngste bin.

Aber nie
vergisst ein kluge Frau die Regie.
Denn die Unschuld schwindet hin,
aber niemals die Strategie.
Hm. Mein Problem ist momentan:
Was zieh ich bloß an?
Sie überlegt. Dann legt sie ihren Ehering ab und lässt ihn auf einen Teller fallen.
Klingelingeling!
So locker sitzt mein Ehering.
Weg damit.
Sie knöpft ihre Bluse auf. Auf ihrem Schreibtisch steht ein Computer. Im Vorbeigehen wirft sie einen Blick auf den Bildschirm.
Ja! Ja! Ja!
Ich bin für dich da.
Ich hab's endlich gewagt,
hab ihm alles gesagt.
Schluss mit den Lügen.
Es ging einfach nicht mehr.
Denn unsre Ehe, die lag schon längst
in den letzten Zügen.
Für ihn war es schwer.
Ich sollt's nicht erwähnen,
doch dem armen Kenny
kamen die Tränen.
Es ist aus und vorbei,
doch jetzt bin ich endlich frei.
Nur heute Abend nicht, bitte
versteh!
Da bin ich bei Ruth und Brigitte.
Ich komm da nicht raus.
Aber ich habe eine Idee.
Warum nicht gleich hier bei mir?

Komm doch! Ich warte drauf.
Mir ist schon ganz heiß.
Ich glaube, ich bin verrückt nach dir.
Und zum Beweis
knöpf ich gleich meine Bluse auf.
Ein Geräusch vom Computer, der eine neue Nachricht meldet.
Eine dringende Mail.
Das verdammte Gerät
lässt einem keine Ruh.
Hör zu,
ich ruf dich sofort zurück.
Sie küsst den Hörer und hängt ein.
Zum Lügen ist es nie zu spät.
Sie studiert die Nachricht auf dem Bildschirm.
Ach, das ist dieser René!
Ob wir uns treffen sollen?
Zum Lunch in einem Café?
Warum nicht? Man muss nur wollen!
»Gourmet, wandert gern, Opernfan«
– hört sich an wie ein Mann
in den besten Jahren. Genau!
Nicht übel, das Foto. Gute Figur.
Offenbar langweilt ihn seine Frau.
Sie buchstabiert in ihren Computer.
Sagen Sie einfach, wann und wo!
Ein kleiner Lunch, das wäre nett.
Sowieso
ist es nicht das Alter, was stört.
Die Jungen sind, wie man hört,
viel schlechter im Bett.
An der Ecke gibt's ein Café.
Ich freu mich auf Sie, René!
Sie schaltet den Computer aus.

Juchhe!
Sie greift wieder zum Telefon, überlegt kurz und wählt.
Darling, ach, es stört mich so,
doch muss ich noch rasch ins Büro.
Das hab ich vorhin ganz vergessen.
Die lassen mich ja nicht mal essen!
Es dauert aber nur bis drei.
Dann bin ich wieder für dich frei
und komm sofort bei dir vorbei.
Schick bitte deinen Butler weg.
Dann reiß ich dir das Hemd vom Leibe.
Du wirst schon sehen, wie wir's treiben
auf deiner schicken Bauhaus-Couch.
Wenn du mich fesselst, ruf ich: Autsch!
Bis gleich – so wollen wir verbleiben.
Sie legt auf und prüft im Spiegel, wie sie aussieht.
Femme fatale –
allemal
ungeniert,
nie fixiert
auf den einen,
denn mein Herz ist ziemlich weit.
Sie zieht ihren Lippenstift nach.
Was glauben diese Kerle bloß?
Sie sind entzückt,
doch sind sie nicht gescheit.
Man hört es schmatzen, wie sie die Schminke auf dem Mund verreibt.
Ich muss los!
Plötzlich wird an der Haustür heftig geklingelt.
Wer ist da?
Bist du es, Kenny?
Ted?
Der Neue, ach, wie hieß er gleich?

Es sind Schüsse zu hören. Sie schreit.
Mein Gott! Sind's am Ende alle drei?
Sich meinetwegen zu erschießen,
aus Eifersucht?
Verflucht!
Schmeichelhaft, das geb ich zu.
Doch es lässt mir keine Ruh.
Sie sitzt wieder vor ihrem Computer, spielt ratlos mit dem Telefonhörer. Dabei singt sie jetzt sehr leise.
Denn jetzt bin ich ganz verstört.
So plötzlich wird man Witwe! Leider!
Ja, ich weiß, was sich gehört.
Von heut an trag ich Trauerkleider.
Sie legt ihren Ehering wieder an.
Wie stark mein Kenny war! Ein Stier.
Mein armes Herz, es ist gebrochen!
Doch auch René – ein Kavalier.
Ich hätte gern mit ihm gesprochen.
Ich kann das alles noch nicht fassen.
Zwar habt ihr mich allein gelassen,
doch ewig werd ich an euch denken
in meiner Einsamkeit.
Es wird an die Tür gehämmert.
Die Polizei! Ich bin bereit.

Dritter Akt
Ein paar Stunden später. Ihre Frisur zeigt Spuren der Auflösung. Sie trägt immer noch dasselbe Kleid wie zuvor.
Das mit den Schüssen war nur ein Witz:
ein paar bekiffte Straßenkids.
An mir hat's wirklich nicht gelegen,
doch wer erschießt sich schon meinetwegen?
Außerdem bekam ich kein Mittagessen.

Meinen Kenny hab ich versetzt,
der andre hat mich vergessen.
Und zuletzt,
mein Rendezvous hab ich auch noch verpasst.
Das Alter ist eine ziemliche Last.
Sie jammert.
Ich höre es rauschen, es rauscht in den Ohren.
In dieser Brandung bin ich verloren.
Es klopft leise an der Wohnungstür. Sie ist überrascht, geht zögernd, fast widerwillig hin, um zu öffnen, und wirft einen Blick durch das Guckloch. Sie flüstert.
Du bist es. Du!
Sie gewinnt langsam ihre Fassung wieder.
So ein süßer Stuss,
früh nach Hause zu kommen!
Mir war grade so trist.
Wie romantisch mein Ehemann ist!
Sie öffnet die Tür. Ihre Erleichterung ist sichtlich echt.
Herrje, gib mir einen Kuss.

Vorhang

Deutsch von Hans Magnus Enzensberger

Happy Endings
Glückliche Enden

Liebe Mom, lieber Dad

Liebe Mom, lieber Dad, bitte entschuldigt, dass ich mich so lange nicht gemeldet habe. Ich kann mir vorstellen, dass Ihr Euch meinetwegen Sorgen gemacht habt, aber ich konnte wirklich nicht anrufen. Bis gestern lag ich im Krankenhaus. Zum ersten Mal seit anderthalb Monaten sitze ich wieder an einem Tisch. Nach unserem Streit vor sechs Wochen wegen Ralph, der Euch nicht gefällt, weil er so viel älter als ich und überhaupt eine seltsame Wahl ist, weil er kein Arzt oder Anwalt ist wie alle anderen, die ich kenne, war ich so wütend, dass ich mich besser nicht ans Steuer gesetzt hätte. Jackie hatte die ganze Zeit im Wagen auf mich gewartet. Sie ist immer meine beste Freundin gewesen. Ich war doch bloß vorbeigekommen, um Euch kurz zu umarmen. Danach wollten wir weiterfahren – über das Wochenende nach Maine, wo Ralph eine Farm hat. So arm ist er nämlich gar nicht, wisst Ihr. Ich war hereingekommen und sagte: »Ich wollte euch bloß Guten Tag sagen, ich bin auf dem Weg nach Maine.« Da habt Ihr gleich angefangen, mir Vorwürfe wegen Ralph zu machen. Ihr werdet Euch daran

erinnern. Als Du, Dad, meine Beziehung zu ihm eine
»Katastrophe« nanntest und Mom zu weinen anfing, da
habe ich eben kehrtgemacht und bin gegangen. Ihr seid
hinter mir her, aber ich war schneller. Ich habe mich in
den Wagen gesetzt, mit zitternden Händen. Jackie bot
an, sie könne fahren. Aber ich wollte nicht. Ich fuhr auf
den Highway. Alles in mir war im Aufruhr. Ich konnte
mich nicht konzentrieren. Ich fuhr zu schnell. Ich fuhr
viel zu schnell. Jackie schrie mich an. Ich stand einfach
auf dem Gaspedal. Hundertfünfzig bin ich gefahren. An
einer Baustelle verengte sich die Straße, und ich übersah
die Warnschilder. Ich geriet auf den Mittelstreifen, der
Wagen brach durch die Leitplanke und schoss auf die Gegenfahrbahn. Ein kleiner Wagen, eine indische Familie
mit vier Kindern, kam mir entgegen – ich krachte mitten
in sie rein. Noch immer habe ich Jackies »Nein! Nein!«
im Ohr. Es waren ihre letzten Worte. Jackie ist tot. Ein
siebenjähriger Junge in dem anderen Wagen hat überlebt,
die Eltern und seine drei Geschwister sind tot. Er aber
hat nicht die kleinste Schramme, die ihn von der neuen
Wirklichkeit wenigstens einen Moment lang ablenken
könnte. Was mich angeht – um beim Sichtbarsten anzufangen: Die Hüften und beide Beine sind zerquetscht.
Das Gesicht ist völlig kaputt – die Nase gebrochen, die
Wangenknochen gebrochen, ein Riss in der Stirn, sieben
Rippen, der linke Arm und die linke Hand an fünf Stellen gebrochen. Ich habe auch innere Verletzungen – unter
anderem einen Lungenriss. Drei Tage war ich auf der Intensivstation. Ralph kam mit dem Flugzeug von Maine,
um bei mir zu sein. In Boston sollte eine Ausstellung mit
seinen Bildern eröffnet werden, für die er seit mehr als
einem Jahr gearbeitet hatte. Er fuhr nicht hin, sondern
blieb, solange er konnte, bei mir. Irgendwann musste er
zurück nach Maine, sich um die Tiere kümmern, und

kam dann an den Wochenenden herüber. Die übrige Zeit war ich allein. Ich habe vier Operationen hinter mir – in vier Wochen. Im Gesicht werde ich noch operiert. Vielleicht kann ich nie mehr richtig laufen. Kinder werde ich auch keine bekommen können. Aber das alles macht mir längst nicht so viel Kummer wie mein Gewissen. Ich habe fünf Menschen umgebracht. Jackies Eltern haben ihr einziges Kind verloren. Ein kleiner Junge hat alle seine Angehörigen verloren. Und ich bin schuld.

Liebe Mom, lieber Dad. Nichts von alledem ist wahr. Die Wahrheit ist, ich hatte bei Euch angehalten, um Euch eine freudige Nachricht zu bringen. Aber weil Ihr derart über Ralph hergezogen seid, konnte ich Euch nicht sagen, dass ich schwanger bin. Jetzt bin ich im fünften Monat. Letzte Woche haben Ralph und ich geheiratet. Entschuldigt den ersten Absatz: Ich wollte nur, dass Ihr meine Neuigkeiten im richtigen Licht seht. Wir leben in Maine, ich bin ungeheuer glücklich, und ich hoffe, Ihr besucht uns bald mal.

In Liebe
Eure Tochter Sarah

Fährnisse der Schönheit

Für Aryeh Stollman

Manchmal kommt es vor, dass jemand plötzlich jünger aussieht – besser. Meistens gibt es dafür eine einfache Erklärung. Dieser Jemand hat sich verliebt oder einen ruinös teuren Urlaub gemacht, oder er lässt sich was spritzen. Mit anderen Worten: Ohne Quälerei geht es nicht. Bestätigt wurde diese Theorie von mir durch eine Friseuse, die bei einem Autounfall nur knapp dem Tod entging, nachher aber zwanzig Jahre jünger aussah und auf der Attraktivitätsskala von einer unterirdischen 2 auf eine 6 geklettert war. Sie nahm ab. Sie tat etwas für ihr Haar. Die Leiden brachten das Spinngewebe der Fältchen auf ihrem Gesicht zum Verschwinden.

Aussehen zählt. Der Platz, den jeder von uns auf der Attraktivitätsskala von 1 bis 10 einnimmt, schwankt im Laufe des Lebens ständig, aber der große Bogen ist immer der gleiche – zuerst nach oben und dann unweigerlich, wenn auch in unterschiedlichem Tempo, nach unten, bis in die Abgründe des Avernus … Ich selbst habe als holder Knabe angefangen. Alle schwärmten von meinem kastanienbraunen Schopf, meinem dunklen Teint, meinem niedlichen Gesicht.

Mit zwanzig war ich schlaksig, hatte ein markantes Profil und große grüne Augen, die weit auseinanderlagen – große, weit auseinanderliegende Augen sind attraktiver als eng beieinanderstehende Knopfaugen. Meine Beine waren gerade. So wie Beine sein müssen – gerade. Das Haar muss dicht und glatt sein, wie meines. Ich stand gern vor dem Spiegel und sah mich an. Ich würde sagen, ich war eine 8. Das Mädchen, auf das ich ein Auge warf, war natürlich eine klare 10. Man soll schließlich nach Höherem streben. Hilfreich war dabei, dass ich einen Vater in einer gehobenen Position hatte; ich bekam das Mädchen.

Sie blieb aber nicht bei mir, sondern hat mich verlassen – wegen einer 5, einer mickrigen, farblosen 5. Und langweilig war der Kerl auch. Er ist gut im Bett, hat sie mir mal gesagt, und vielleicht sollte das heißen: anders als du. Aber da lag sie falsch. Ich weiß, worauf es im Bett ankommt. Ich habe bloß kein Talent zum Schmusen. Aber was soll's? Alle meine Frauen habe ich dadurch bekommen, dass ich nett zu ihnen war, dass ich ihnen Geschichten von meinem prominenten Vater erzählte und seinen wichtigen Posten am Ende sogar selbst übernahm, aber vor allem dadurch, dass ich kritisch guckte, sobald sie den Mund aufmachten. Diese Art Skepsis habe ich richtig kultiviert. Frauen sind verrückt nach Männern in gehobenen Positionen, die ihre Intelligenz in Zweifel ziehen und dann trotzdem nett zu ihnen sind. Eine von dieser Sorte habe ich geheiratet. Sie war übrigens eine 6, genau wie ich damals. Nachdem mich meine erste Freundin verlassen hatte, war ich auf der Attraktivitätsskala um zwei Punkte abgerutscht.

Eigentlich war meine Frau eher eine 4 – ziemlich dick, mit einem großen, unhandlichen Busen. Aber sie war Sängerin, da gehört das Dicksein zu den Berufsvoraussetzungen, und ihre Karriere war ein nicht sichtbares, aber trotzdem deutlich spürbares Plus, mit dem sie sich auf eine 6 hochschraubte. Meine Frau hat eine ganz ansehnliche Karriere gemacht. Die Leute mögen sie. Ich habe nie verstanden, warum. Meine Eltern mochten sie jedenfalls auch, und damit war die Sache zwischen uns klar.

Dann passierte etwas Schreckliches. Sie stürzte sich auf die Kosmetik, sie nahm ab, sie zog sich besser an – und kam so auf eine 7, während ich mit den Jahren auf eine 4 zurücksank.

Diesen Fehler machen viele Männer – zu glauben, man könne nichts dagegen tun. Sie lassen die Zeit ihre schmutzige Arbeit verrichten. Auch ich sah untätig zu, wie mein kastanienbrauner Schopf taubengrau wurde und wie er sich nach und nach von meinem Schädeldach verabschiedete. Die restlichen Strähnen hingen mir wie ein Trauerkranz um den Kopf. Aber irgendwann holte ich mir die Kontrolle über mein Älterwerden zurück. Ich ließ mir einen Schnurrbart wachsen. Ich wollte ihn kastanienbraun färben. Es ging daneben. Von nun an besuchte ich einen Schönheitssalon.

Auch in kleinen Schönheitssalons gibt es viele Frauen, aber die wenigsten von ihnen sind attraktiv. Die meisten sind über dreißig, viele noch älter. Ihr Fleisch ist schlapp. So sagte mein Vater immer. Ich habe das auch gern auf junge Frauen übertragen – »Ihr Fleisch ist schlapp« –, bei ihnen war es doppelt niederschmetternd. Jeder Mensch hat ja irgendwelche Mängel und Unvollkommenheiten, und ich hielt es für klug, neuen Bekannten von mir immer gleich zu erläutern, worin meiner Meinung nach ihre Schwächen bestanden. Bei älteren Frauen machte ich mir diese Mühe allerdings nicht. Ältere Frauen nahm ich überhaupt nicht wahr. Im Salon ließ ich mir den Schnurrbart und das Haar immer von Herrn Schulz färben und schneiden. Die Friseuse dagegen würdigte ich keines Blickes – sie war dick, mindestens fünfzig, scheußlich angezogen, und sie hatte knallrotes Haar.

Meine Frau war gerade mal wieder dabei, mich zu verlassen. Sie ist Italienerin, ein geselliger Typ, und giert nach Aufmerksamkeit. Ich hatte ihr frühzeitig gesagt, dass ich von Komplimentemacherei nichts halte. Ich geriet wegen ihrer Stimme nicht in Verzückung. Leider Gottes hatte sie aber ein unersättliches Verlangen nach Komplimenten, und sie klapperte die ganze Stadt nach Männern ab, die ihr welche machten. Für ein bisschen Lobhudelei legte sie sich mit jedem hin. Mit über vierzig war sie immer noch auf der Jagd, und ich staunte, wie viele schwache Männer es gab, die sie noch wollten. Ich nehme an, sie erlagen ihrem Gesang und der Art, wie sie auf der Bühne herumstolzierte. Eine Zeit lang war es mir egal, denn ich hatte Inge. Es machte mir sogar Spaß, meiner Frau zu signalisieren, dass Inge jung war, viel jünger. Ich legte mir einen bestimmten Blick zu, der meine Frau spüren ließ, dass sie gerade mit einer jüngeren Frau verglichen wurde und dabei den Kürzeren zog.

Inge war zweiundzwanzig, sie hatte so große grüne Augen wie ich und war etwas unbedarft. Ich brachte ihr bei, was ich an Italienisch von meiner Frau gelernt hatte, und das beeindruckte sie. Ich begleitete sie zu Kulturveranstaltungen, lud sie auch in die Oper ein, wenn nicht gerade meine Frau sang, und brachte ihr bei, wie man sich intelligent über eine Aufführung unterhält. Dummerweise legte sie sich einen Freund zu. Er war in ihrem Alter, absolut langweilig, aber aus irgendeinem Grund gefiel er ihr, und damit war der Kuchen gegessen. Ich kam mir vor wie eine 2.

Ich konnte an gar nichts anderes mehr denken. Ich ließ die Arbeit schleifen und kümmerte mich die meiste Zeit um meinen Körper. Ich fing an zu joggen und ließ mir den Schnurrbart noch größer und dichter wachsen, sodass er eine richtige Attraktion wurde. Ich kletterte auf die 4. Aber das reichte noch längst nicht. Meine Frau sang gerade eine Hauptrolle, und die ganze Stadt sprach von ihr. Sie hatte einen neuen Liebhaber. Mit mir gab sie sich Mühe, wollte immer nett sein, aber das machte mich nur noch wütender. Um diese Zeit fiel mir dann die Veränderung bei der Friseuse auf.

Von einem auf den anderen Tag war aus ihr eine schöne Frau geworden. Sie sah aus wie dreißig, keinen Tag älter. Sie hatte stark abgenommen, konnte sich also schick anziehen, und ihrem roten Haar hatte sie einen hübschen Goldton verordnet, den es neuerdings zu kaufen gab. Herr Schulz schnitt mir das Haar, und ich sprach ihn darauf an – auf die Veränderung. Er sagte: »Ja, Frau Larson hatte einen furchtbaren Autounfall. Nachher hat sie abgenommen und sieht jetzt überhaupt viel besser aus. Manchmal wirkt Schmerz wie ein Schönheitsmittel. Sie hat auch einen neuen Freund.«

Diese Therapie wollte ich natürlich unbedingt probieren. Ich brauchte ein paar Tage, bis ich den nötigen Mut beisammenhatte. Dann tat ich es. Ich beobachtete den Verkehr. Ich suchte mir ein langsames Fahrzeug aus. Ein Schritt, und ich stand direkt vor ihm.

Als Nächstes merkte ich dann, dass ich im Krankenhaus lag. Der Wagen hatte mir eine Schulter, fünf Rippen und den Unterkiefer gebrochen. Ernsthaft bedroht war meine Gesundheit nicht, und so wurde ich bald wieder in die Gesellschaft entlassen. Auf der Skala kam ich erst mal nicht mehr vor. Ich war ungefähr so attraktiv wie eine Schrottkarre und wartete auf die positive Veränderung in meinem Aussehen.

Nichts geschah. Nach einiger Zeit machte ich einen Termin im Schönheitssalon, obwohl ich mir den Schnurrbart nach dem Krankenhaus nicht mehr hatte wachsen lassen. Er hätte die hässliche, schlecht heilende Narbe neben dem Mund nur noch hervorgehoben. Das übrige Haar war inzwischen ganz weiß geworden. Es war an einem Tag im

Frühsommer, und die Ladentür stand offen. Drinnen sah ich die Friseusen bei der Arbeit, und ich erkannte Frau Larson. Sie war genauso dick und genauso rothaarig wie vor dem Unfall, und direkt neben ihr stand ihr junges, schlankes, blondes Double. Es gab also zwei Friseusen. Ich ergriff die Flucht. Ich fragte meine Frau, ob sie mir die Haare schneiden wolle, und sie sagte lächelnd: »Gern.« Auch kurz nach unserer Hochzeit hatte ihr das immer viel Spaß gemacht.

Am Tag meines Unfalls hatte sie ihren neuen Liebhaber aufgegeben. Sie nahm bei der Oper Urlaub, damit sie sich um mich kümmern konnte. Sie fütterte mich mit einem Strohhalm. Mein Unterkiefer war mit Draht geflickt, sodass ich keine kritischen Bemerkungen machen konnte. Immer wenn sie in der Nähe war, kam sie ganz dicht heran, küsste mich auf die Glatze und ließ ihre Lippen einen Augenblick dort verweilen. Sie liebe mich, sagte sie, der Unfall habe es ihr klargemacht. Und ich war ihr dankbar. Meine Skepsis erschien mir jetzt nur noch lästig und überflüssig. Ich spürte, wie die Liebe zu meiner Frau wuchs.

Bei Jesus um die Ecke

Für Clifton

Ein paar Jahre wohnten wir direkt neben Jesus und stellten uns vor, er würde uns beschützen.

Sis hatte sich das so ausgedacht. »Hier braucht Jesus keine Verrenkungen zu machen, wenn er seine Hand über uns hält«, sagte sie und meinte die direkte Linie zwischen unserem Küchentisch und dem Altar. Diese Linie verband den Kelch, der in seinem Kabuff auf dem Altar stand, über hundert Meter und durch zwei Holzwände, die früher beide mal weiß gewesen waren, mit den Salz- und Pfefferstreuern aus grünem Glas, die in der Mitte von unserem Tisch standen. Die Kirche konnte sich keinen neuen Anstrich leisten, genau wie wir. Vierzehn Mal in der Woche ging der Klingelbeutel rum, und es reichte gerade für die Hafergrütze und das Gemüse, die der Pfarrer seinen Kindern zu essen gab, und einmal die Woche Hühnermägen, das Gleiche, was auch bei uns auf den Tisch kam.

Es war kein schlechtes Leben. Wir Jungs hatten unseren Spaß, und wir liebten Sis. Der Boden, auf den sie ihre Füße setzte, war uns heilig. Ich brauchte keinen Jesus, um mich gut aufgehoben zu fühlen. Ich hatte ja Sis. Aber Sis brauchte Jesus. Trotzdem, Sis zuliebe versuchte ich zu glauben. Ich betete, was das Zeug hielt. Sis wusste, dass ich kein richtiges Verhältnis zu unserem Heiland hatte, und sie machte sich Sorgen wegen meines Charakters. Immer prophezeite sie, eines Tages, wenn ich ihn am wenigsten erwartete, würde Jesus zu mir kommen. In einer Wolke aus blendendem Licht. Besonders gespannt war ich aber nicht auf diesen Tag. Sis versuchte, die Sache zu beschleunigen, und gab mir das Zimmer im Keller. Da unten war ich für mich allein, was mir gut gefiel, denn nun konnte ich machen, was ich wollte, ohne dass es die anderen gleich mitbekamen. Ihre Idee dabei war aber, dass man vom Kellerfenster aus die Kirche sehen konnte. Ich hatte den Fußboden der Kirche in Augenhöhe vor mir, und auf dem, sagte Sis, wandelte Jesus herum.

Sis hatte dieses Haus nach einem ganz bestimmten Morgen für uns gesucht. Damals wohnten wir noch in dem anderen, einem größeren, ein bisschen außerhalb, aber auch in Montgomery.

Dad arbeitete bei der Eisenbahn. Er war Schlafwagenschaffner. Er organisierte auch die anderen Schlafwagenschaffner im Süden zu einer Gewerkschaft. Und als er das geschafft hatte, sollte er Vorsitzender von dieser Gewerkschaft oder so was Ähnliches werden. Er war also ein ziemlich wichtiger Mann. Meistens war er tagelang weg. Aber wenn er dann nach Hause kam, wurde gefeiert, bis er wieder wegfuhr. Mom war bei der Geburt von Jack gestorben, aber Sis hatte ihren Platz übernommen und kümmerte sich um uns Kleine. Sie war zwölf, als Mom starb, Fred war acht, ich vier, und Jack war gerade geboren. Ich kann mich an Mom gar nicht erinnern. Aber ich finde das nicht so schlimm. Sis hat uns großgezogen, und das war in Ordnung.

Eines Tages, ganz früh morgens, als wir Jungs noch schliefen, kam Dad rein und holte seine Schrotflinte aus dem Versteck unter unserer Matratze. Er hatte es sehr eilig. Ich lauschte seinen Schritten, wie er zur Verandatür ging, wie er sie öffnete und wieder zumachte, und dann hörte ich einen Schuss und ein furchtbares Gepolter. Ich dachte, er hätte ein Reh geschossen oder noch was Größeres, ein Wildschwein. Ich sprang aus dem Bett und rannte zur Veranda. Sis war schneller gewesen. Sie war schon auf der Veranda, als ich rauskam. Sie schrie mich an: »Geh wieder rein, du kleiner Blödmann!« – und das tat ich. Aber für einen Moment hatte ich Dad gesehen, zusammengesackt, im Nachthemd, der Kopf lag in einer Blutlache. Und dann hieß es, er hätte Selbstmord begangen.

Ich war wütend auf ihn. Wir waren alle wütend auf ihn. An dem Abend rief uns Sis um die übliche Zeit zum Essen. Heulend saßen wir um den Tisch und schimpften auf ihn, weil er uns allein gelassen hatte. Jack sagte: »Was sollen wir denn jetzt essen?« Da schimpften wir alle auf Jack, weil er so selbstsüchtig war. Sis sah uns ein Weilchen zu, ohne etwas zu sagen. Und dann sagte sie: »Ich glaub, es ist Zeit, woandershin zu gehen.«

Sie fand dieses Haus neben der Kirche für uns, in einem netten, sauberen Viertel mitten in Montgomery. Sie besorgte sich eine Stelle, Putzen bei einer weißen Familie. Wir Jungs arbeiteten nach der Schule. Wir kamen zurecht. Aber sie machte sich Sorgen um uns. Am meisten Sorgen machte sie sich meinetwegen, weil sie merkte, dass ich die Sonntage nicht mochte, weil sonntags Kirche war und ich keine Lust hatte, zum Gottesdienst zu gehen. Ich fand's langweilig. Nach dem, was Dad gemacht hatte, war mir Gott sowieso ziemlich egal. Sis behauptete, ich wäre das größte Problem ihres Lebens, aber dann lächelte sie wieder, und ich wusste, dass es nicht stimmte. Ihre Zähne waren so weiß und sauber wie ihre Schürze. Sie hatte schlimmere

Probleme als mich, und ich war sicher, sie liebte mich genau wie die anderen. Wir waren ihr Leben. Die Idee, dass ich in diesem Keller Jesus finden könnte, kam mir zwar albern vor, aber ich habe Sis nie widersprochen. Außerdem war ich stolz, ein Zimmer für mich allein zu haben, obwohl ich gar nicht der Älteste war, und es brachte mich auch ein bisschen aus ihrer Schusslinie.

Eines Abends versuchte ich, ein Erwachsenenbuch zu lesen, das ich im Müll gefunden hatte. Es hieß »Wilde Palmen«, mit einem Bild von einer fast nackten Frau vorn drauf. Sis hatte das Licht schon ausgemacht, und ich kauerte mit diesem Buch und einer Taschenlampe unter der Bettdecke. Mir ging die Luft aus, ich streckte die Nase unter der Decke hervor, um Luft zu schnappen, und da passierte es. Jesus erschien mir.

Ein riesiger Ballon weißes Licht füllte das Zimmer.

Er hing dort eine ganze Ewigkeit, so kam mir das vor, und ich wusste, in dem Licht war Jesus.

Ich war außer mir vor Freude. Endlich konnte ich glauben.

Als das Licht schließlich verschwand und die Kammer wieder dunkel wurde, sprang ich aus dem Bett und rannte nach oben, um Sis die Botschaft zu überbringen. Sie kam gerade die Kellertreppe zu meinem Zimmer runter, und wir prallten zusammen.

»Wo willst du denn hin?«

Sie packte mich beim Kragen von meinem Nachthemd und schüttelte mich, dass mir fast der Kopf abfiel.

»Jesus war bei mir!«, sagte ich. »In weißem Licht!«

Sie ließ ein bisschen lockerer. »Ich habe kein Licht gesehen«, zischte sie. »Ich habe bloß ein lautes, fieses Geräusch gehört.«

Dann schleifte sie mich am Arm nach oben und sagte: »Du bleibst hier stehen, ich hol die anderen« – und dann zerrte sie auch die anderen aus den Betten und schob uns alle raus in die Nacht.

Die Kirche nebenan stand in Flammen.

Stundenlang standen wir da und sahen zu, wie die Feuerwehrleute versuchten, den Brand zu löschen. Der Clan hatte eine Bombe in unserer Kirche gezündet. Als von dem Gebäude nichts mehr da war außer einem Haufen Glut, schloss Sis uns in die Arme und sagte: »Ich glaub, es ist Zeit, woandershin zu gehen.«

Wir gingen in den Norden. Auch da arbeitete Sis als Putzfrau und sorgte dafür, dass wir alle eine gute Bildung bekamen und aufs College gingen. Es dauerte lange, bis ich erfuhr, dass sich mein Vater gar nicht selbst umgebracht hatte. Ich war längst erwachsen, als herauskam, dass er ermordet worden war, in den Kopf geschossen von einem, der keine Gewerkschafter mochte, vor allem wenn sie Neger waren. Für mich war es ein Schock. Ich musste meinem Vater verzeihen, und das fiel mir gar nicht so leicht.

Sis hat nie geheiratet, ich auch nicht. Sie hatte genug mit uns zu tun, und ich muss mich wohl an die Vorstellung gewöhnt haben, allein zu sein wie in dem Keller in Montgomery und auf Jesus zu warten. Sis ist inzwischen eine alte Dame, und das heißt, dass ich nun auch langsam alt werde. Aber sie ist sehr stark. Manchmal führe ich sie aus – letztes Jahr nach Paris, im Jahr davor waren wir eine Woche in Hawaii und in dem Jahr davor in Tokio. Inzwischen haben wir fast alles gesehen. Als Pastor im Ruhestand habe ich genug, um auch für sie zu sorgen, und jedes Mal wenn ich ihr das Flugticket gebe, sage ich: »Sis, es ist Zeit, woandershin zu gehen.«

Seozeres Bogart

Die Krise ist jetzt vorüber. Künstler sind Auserwählte, aber sie sind gegen Pech nicht immun. Und wenn es sie erwischt hat, müssen ihnen die einfachen Leute helfen. Schließlich liefern sich Künstler mit ihren Gedanken und ihrer Seele an Hinz und Kunz und wer weiß wen sonst noch aus. Ihr wahrer Lohn ist nicht Geld, sondern Liebe, und wenn man jemanden liebt, dann soll man ihm helfen, wenn er Hilfe braucht. Manchmal gerät die Karriere eines Künstlers durch Umstände, auf die er keinen Einfluß hat, ins Stocken. So erging es Seozeres Bogart.

Er kam in Israel zur Welt, aber er ist Tscherkesse. Die Tscherkessen sind ein Volk ohne Staat. Selbst die Palästinenser haben mehr Staat als die Tscherkessen, die in diesem Punkt wirklich auf den Hund gekommen sind. Künstler sprießen oft auf ganz gewöhnlichem Boden, wie eine fremde Pflanze, die Gott gesät hat, um uns zu verwundern. Der Vater von Seozeres ist Lastwagenfahrer – ich habe ihn nie kennengelernt, ich habe mein Lebtag keinen Lastwagenfahrer kennengelernt –, aber er ist offenbar ein freundlicher, unwissender Mann, und seinen siebten und letzten Sohn nannte er Jalal. Als Jalal mit der Zeit klar wurde, dass er Talent hatte und eines Tages anderen Menschen viel bedeuten würde, suchte er nach einem neuen Namen für sich. Ihm fiel der heilige Seozeres ein, früher der Herrscher über Wind und Wasser, heute vergessen. Noch immer werden in jedem Frühjahr wilde Volksfeste zu Ehren dieses Heiligen gefeiert, aber niemand weiß mehr, warum, und Jalal freute sich, dass er dem heiligen Mann zu einem wohlverdienten Comeback verhelfen konnte, indem er sich Seozeres nannte.

Er war sechzehn, als sein Ruhm sich auszubreiten begann. Sein Volk liebte und verehrte ihn. Es war seine Glückszeit: Er hatte eine Fangemeinde, und die tscherkessische Zeitung schrieb regelmäßig über seine Liebesaffären. In Israel, bevor er mich kennenlernte, hatte er viele Frauen. Wenn er ins Restaurant ging, bestellte er immer das teuerste Gericht auf der Speisekarte und sah nie eine Rechnung. Wenn er bei jemandem zu Besuch war, hielt er im Haus Ausschau nach etwas Teurem, fragte, ob er es haben könne, und jedes Mal schenkte es ihm der Besitzer mit dem größten Vergnügen. Wenn sich der Knoten seines Schnürsenkels gelöst hatte, stürzten Menschen herbei, um vor ihm auf die Knie zu sinken und ihn wieder zu binden. Die Frage, die am häufigsten an sein Ohr drang, lautete: »Wie kann ich helfen?«

Trotz seiner privilegierten Stellung waren ihm die Probleme, die sein Volk plagten, immer schmerzlich bewusst. Er war ein junger Mann, und die Zeit des Wehrdienstes rückte heran. In Israel brauchen Tscherkessen nicht zur Armee, obwohl sie israelische Pässe haben. Wenn sie trotzdem dienen, bekommen sie 10 000 Dollar extra zu dem normalen, geringen Sold. Seozeres ärgerte sich über diese Beleidigung. Ich kann mir vorstellen, wie feindselig die Juden sein müssen, die ihren Wehrdienst leisten und keine Sonderzahlung bekommen. »Diabolisch ist das!«, sagte Seozeres immer. Er ging natürlich nicht zum Militär. Er sagt, er habe kein Schandgeld nehmen wollen. Stattdessen ging er ins Exil. Er verließ seine schöne Heimat, seinen Heimatort im Paradies von Galiläa, die weinenden Eltern und sechs ältere Geschwister und stellte sich auf eigene Füße. Damals hatte er hohe Schulden bei verschiedenen Freunden. Einer forderte sein Geld zurück, obwohl er es gar nicht brauchte. Er hatte ein großes Restaurant in Haifa, das aus irgendeinem Grund schließen musste. Ständig war er Seozeres auf den Fersen, tauchte zu allen möglichen und unmöglichen Tages- und Nachtzeiten bei ihm auf, klagte, erzählte ihm Geschichten von einer kranken Ehefrau. Dadurch ging Seozeres' Beziehung zu den eigenen Leuten in die Brüche. Seit fünfundzwanzig Jahren ist er nun Flüchtling. Aber er ist noch viel mehr.

Seozeres ist ein großer Künstler, ein Schauspieler, der sich in einer fremden, feindseligen Welt über Wasser hält, in England. Dort begann seine Pechsträhne. Enttäuschungen hagelten auf seinen armen, prachtvollen Kopf herab. Daheim waren die Menschen immer hilfsbereit gewesen. Aber als er nach England kam, wollten die anderen Tscherkessen dort keinen Finger krumm machen, um ihm zu helfen. England verändert sie. Hier sind sie plötzlich immer beschäftigt, und seine Bitten um Beistand beim Lernen der Sprache trugen Seozeres nur lahme Ausreden ein – ein Job verschlang neuerdings den ganzen Tag, eine Mutter lag im Krankenhaus, eine Suppe musste umgerührt werden. Einmal erklärte sich ein Freund bereit, ihm Nachhilfeunterricht zu geben, aber dann tauchte er nie auf, sondern schickte mit der Post nur eine dicke englische Grammatik und dazu ein Briefchen, in dem großspurig von einem »Geschenk« die Rede war. Künstler nehmen leicht Schaden durch Gefühlskälte. Und zuletzt gab Seozeres auf. Ich hätte alles getan, um ihm bei der Verbesserung seines Englischs zu helfen, aber als ich ihn kennenlernte, war es zu spät. Das Wort »diabolisch« merkte er sich, aber in Herz und Hirn hatte sich bei ihm eine Art Abwehr entwickelt, und die Regeln der Grammatik gingen einfach nicht mehr hinein, egal wie oft ich sie ihm erklärte. Infolgedessen konnte er in England keine Hauptrollen spielen. Anfangs bot man ihm noch oft Nebenrollen an, als Taxifahrer oder als Gangster, aber er lehnte ab. Er wusste, sein Volk würde ihn in solchen Rollen nicht sehen wollen. Für seine Leute wäre es eine Kränkung gewesen. Und irgendwann wurden ihm dann keine Rollen mehr angeboten.

In England riss der Strom der Beleidigungen nie ab. Die englischen Zeitungen ignorierten ihn, verweigerten ihm die Aufmerksamkeit, die jeder Künstler zum Leben und Atmen braucht. Außerdem wurde er natürlich auch älter. Er sah nicht mehr ganz so gut aus – genauer gesagt, er verlor seine einzigartigen roten Locken und wurde immer depressiver. Trotzdem, wenn er sich rasierte und schick anzog, heiterte sich seine Laune für einige Zeit auf. Dann entdeckte er seine alte Schönheit wieder und dass er aussah wie ein tscherkessischer Humphrey Bogart. Eigentlich sieht er sogar besser aus als Humphrey. Seine Augen sind kupferfarben, und was ihm an Haar noch geblieben ist, schimmert ebenfalls wie Kupfer. Er hat ein markantes Gesicht mit tiefen Furchen, eine gute Figur, obwohl er ziemlich klein ist, aber längst kein Zwerg. Ein schmucker Hut ist ein gutes Mittel gegen einen kahlen Kopf. Und wenn er seine Plateauschuhe anzieht und einen Anzug, dann läuft er nicht, sondern tanzt.

Ich hatte vorher noch nie einen Künstler gekannt, und es war mir eine Freude, für uns beide zu sorgen. Wir warteten auf eine Gelegenheit, ihn wieder ins Licht der Öffentlichkeit zu rücken, wo er hingehört. Die nötige Geduld holte ich mir bei ihm. Tscherkessen sind von Hause aus geduldig.

Sie verstehen sich aufs Warten und wissen, dass die besten Dinge im Leben lange brauchen, um zu reifen. Westler wie meine Freunde und meine Angehörigen wissen nicht, was Reife ist. Seozeres sagte oft, wir seien im Grunde unreif und deshalb auch nicht süß. Während ich von Seozeres lernte, wie man eine Ausnahme von dieser Regel bilden kann, musste ich mir von meinen anderen Angehörigen eine Menge Kritik gefallen lassen. Meine Mutter nannte ihn einen Gigolo. Meine Tochter Glenda, die genau wie ich als Krankenschwester arbeitet, warnte mich, ich würde mich lächerlich machen, wenn ich mich um diesen Mann kümmerte, den sie einen Faulpelz nannte. Mein früherer Mann überhäufte mich mit Spott. Er hat eine Arztpraxis an der Harley Street. Der Ehrgeiz zerfrisst ihn, und seine einzige Freude im Leben ist seine Sammlung von Taschenuhren aus dem frühen 19. Jahrhundert. Ich lernte Seozeres auf der Entbindungsstation kennen, wo ich arbeite und wo seine Freundin gerade ein Baby zur Welt gebracht hatte. Seozeres und ich liefen uns auf dem Flur ständig über den Weg, und eines Tages küsste er mich. Er küsste mich nicht bloß, er warf mich um, buchstäblich – im Geräteraum. Fast wären wir in einen Brutkasten, der dort abgestellt war, gekracht. Seine Einstellung zum Leben hat auch meine verändert. Sein Lieblingswort ist »genießen«. Damit hatte ich es noch nie probiert. In seinen Armen entspannte ich mich. Dann mietete ich eine kleine Wohnung, wo wir uns nachmittags treffen konnten. Aber er hat seine Freundin sofort verlassen, noch bevor sie und das Baby aus dem Krankenhaus kamen. Er habe sie sowieso nie geliebt, sagte er. Sie habe ihm bloß ein ordentliches Dach über dem Kopf geboten, als er nach England gekommen sei – und dann fügte er hinzu, jetzt habe er sich zum ersten Mal in seinem Leben in eine Frau wirklich verliebt. Also ging ich nach Hause und packte.

Das Erste, was alle wissen wollten, war, wie Seozeres sein Geld verdiente. Typisch englische Frage. Ich sagte ihnen, er sei Künstler. Und daran bohrten sie dann herum: Aha, also ein Künstler, und was für ein Künstler? Ein Schauspieler. Und warum kennen wir ihn nicht? Und wer bezahlt eigentlich die Miete? Er wird sie bezahlen, sagte ich. Ihr werdet schon sehen, er wird sie ganz bezahlen und noch mehr dazu, wenn er erst wieder im Geschäft ist. Es war das, was er auch mir immer sagte.

Meiner Tochter Glenda versuchte ich klarzumachen, dass wir Engländer einiges von den Tscherkessen lernen könnten, die so geduldig sind, dass es ihnen nichts ausmacht, auch noch hundertfünfzig Jahre nach ihrer Vertreibung im Jahre 1864 auf die Rückkehr in die Heimat zu warten. Früher waren sie berühmt für ihre Schönheit, heute haben sie Probleme, die wir Engländer uns gar nicht vorstellen können. Wer von uns weiß denn, dass es auf der Welt vier Millionen Tscherkessen gibt, über fünfundvierzig Länder verstreut und vereint bloß durch ihre Kultur und die Sehnsucht, eines Tages in ihre Heimat zurückzukehren? Wie kleinkariert, vor einem Hintergrund von so viel Leid zu fragen, wer die Miete zahlt.

Glenda ließ sich davon nicht beeindrucken. Einmal begegnete sie ihm zufällig auf der Straße und rief mich nachher wütend an. Mein neuer Mann sei eitel, sagte sie, krankhaft eitel. Ihr missfällt es einfach, dass er sich so sehr um sein Äußeres kümmert. Ich erklärte ihr, dass er sich nicht um sein Äußeres kümmere, sondern um sein Image und dass dieses Image den Tscherkessen lieb und teuer ist und dass sich mein Mann sozusagen für sie alle aufopfert.

Das schürte erst recht ihre Verachtung. Ständig rief sie bei mir an. Sie wollte wissen, wie viel Geld ich ihm gebe. Eines Tages machte ich den Fehler, meine Eltern um Hilfe zu bitten, eine kleine Spende, damit Seozeres seine Familie in Israel unterstützen könnte. Sie sagten Nein. Sie sagten sogar: »Bist du verrückt geworden?« Und bevor ich auflegen konnte, tröpfelten schon ihre Vorschläge aus dem Hörer, er solle sich eine Stelle suchen, als Handelsvertreter oder Hilfsarbeiter, und seine Familie selbst unterstützen. »Und was ist, wenn einer von seinen Landsleuten nach London kommt und ihm zufällig begegnet?«, rief ich. Ich brach die Verbindung zu ihnen ab. Sie hatten keinen Respekt – weder vor meinem Mann noch vor seinem Volk. Sie hielten zu meinem früheren Mann, bloß weil er groß ist und Arzt und sein Geld damit verdient, Versicherungen übers Ohr zu hauen, und keine Ahnung hat, was Not bedeutet. Und dann hatte Glenda die Frechheit, mir zu sagen, sie hätte beobachtet, wie er sich in einem Schaufenster gespiegelt und zurechtgemacht hätte. Warum findet sie es so schlimm, wenn er ein bisschen eitel ist? Bloß deshalb, weil sie mit ihrem eigenen blassen englischen Gesicht nicht zufrieden ist. Aber Seozeres geht nicht hin und macht ihr deswegen Vorwürfe. Also sollte auch sie ihm keine machen, wenn er in diesem Punkt nicht so zurückhaltend ist wie sie. Außerdem ist sie, genau wie ich, viel zu pummelig, als dass es ihr Freude machen könnte, sich im Spiegel zu betrachten.

Als die Durststrecke in Seozeres' Karriere schon mehrere Jahre anhielt, kam ihm eines Tages eine gute Idee. Er wollte Videos von sich selbst produzieren, damit die Leute daheim ihn endlich wieder bewundern könnten. Ihr Glück war für ihn oberstes Gebot. Er brauchte eine Ausrüstung, die auf dem neuesten Stand war. Ich ging in die Tottenham Court Road. Es dauerte ein paar Tage, bis ich eine Kameraausrüstung beieinanderhatte, wie er sie brauchte. Aber er fing an zu schimpfen. Er sagte, ich hätte lauter billiges Zeug gekauft. Er ging ins Badezimmer, wühlte zwischen meinen Hautcremes herum und zeigte mir, wie teuer jede von ihnen gewesen war. Hatte ich sie etwa nicht gekauft, ohne auch nur einen Moment zu zögern? Aber seine Kameraausrüstung musste billig sein! Es stimmte, ich hatte mich nach Sonderangeboten umgesehen. Ich habe keine Ahnung von diesen Sachen und dachte, eine Kamera sei so gut wie die andere. Dass das für Hautcremes nicht gilt, weiß ich. Ich schlug ihm vor, die Kamera zurückzubringen und eine teurere zu kaufen, aber das lehnte er ab. Es sei sein Problem, dass er kein Geld habe, nicht meines, und er würde nie wieder einen Penny von mir annehmen. Ich sei eben auch bloß eine geizige Engländerin. Das alles regte mich sehr auf, und eine Woche lang lebten wir ziemlich bedrückt nebeneinanderher und wechselten kaum ein Wort. Wenn er mich anschaute, stockte mir der Atem – er sah aus, als wollte er mir im nächsten Augenblick eine Handvoll Eis ins Gesicht schleudern.

Aber nach einiger Zeit verzieh er mir. Offenbar reichte die Kameraausrüstung für seine Zwecke doch aus. Er zog seinen besten Kaschmiranzug an, dazu die Taschenuhr, die ich auf seine dringende Bitte meinem Exmann gestohlen hatte, stülpte sich den Filzhut über, den wir bei Harrod's für ihn ausgesucht hatten, ließ die Augen funkeln und stellte sich vor die Kamera, um Liebeslyrik auf Tscherkessisch zu rezitieren. Er plagte sich ab für sein Volk, dessen schöne, uralte Sprache er auf diese Weise am Leben erhielt.

Es ging langsam voran. Er brauchte den ganzen Morgen, bloß um sich zu rasieren, die Hände einzucremen und sich für die Dreharbeiten anzuziehen. Und dann hatte er ja keinen Kameramann, wie andere, die Filme drehten. Schließlich bat Seozeres mich um Hilfe. Ich fühlte mich geschmeichelt und war entzückt. Ich brauchte nicht viel zu tun. Am Wochenende musste ich mich bereithalten und ihm zur Hand gehen oder ihm etwas zu trinken oder eine Kleinigkeit zu essen bringen. Manchmal gab er mir auch die Kamera in die Hand, und dann folgte ich ihm ins Freie, filmte ihn, wie er in ein Taxi stieg oder die Straße neben der Oper entlangschlenderte oder nachdenklich auf einer Parkbank saß. Einmal wollte er unbedingt, dass wir einen Hummer kauften, und nachdem ich ihn manikürt hatte, musste ich dann seine Hände filmen, wie sie die Scheren aufbrachen. Er sagte, es sei wichtig, dass die Leute sähen, wie er lebte. Ich war sehr aufgeregt, als mir klar wurde, dass sein Film fast fertig war. Nichts sollte der Vollendung dieses Werkes im Weg stehen – deshalb schlug ich vor, ich könnte meine Stelle aufgeben und ihm dann ständig behilflich sein. Er nahm das Angebot gern an. Über die finanziellen Folgen sprachen wir nicht. Ein paar Tage später tauchte Glenda wieder auf, ohne Vorwarnung.

Sie hatte gehört, dass ich nicht mehr arbeitete, und wollte wissen, was los sei. Sie sah, womit wir beschäftigt waren. Ich erklärte ihr den Film. »Hat er in diesem Jahr sonst noch was gemacht?«, fragte sie. Und dann ließ sie plötzlich die Bemerkung fallen: »Offensichtlich kommt nichts dabei heraus.«

Wobei kam nichts »heraus«? Er brauchte diesen Film nur noch zu bearbeiten, dann wäre er fertig. Aber der Umgang mit der Filmbearbeitungssoftware war noch schwieriger als Englisch lernen. Er bat mich, ihm zu helfen. Ich sollte das dicke Handbuch lesen, dann könnte ich ihm alles erklären. Aber ehrlich gesagt, wenn es in Tscherkessisch verfasst gewesen wäre, hätte ich auch nicht weniger davon verstanden. Er suchte nach einem professionellen Videocutter, der bereit war, ehrenamtlich mitzumachen. Aber es war keiner bereit, und ich konnte unmöglich einen Cutter bezahlen. Also suchte er weiter und filmte auch weiter, und das Filmen machte ihn fröhlich. Wenn er gute Laune hatte, steckte er mich damit an, und ich freute mich ebenfalls. Es war eine einfache Gleichung – Seozeres' Glückseligkeit machte auch mich glücklich. Aber umgekehrt funktionierte die Gleichung nicht. Warum? Na ja, ich habe eben kein Künstlertemperament, also kann mich ein anderer glücklich machen. Ein Künstler hingegen muss sich selbst glücklich machen. Zudem waren meine Ersparnisse fast aufgebraucht, und Glendas Anspielungen gingen mir auf die Nerven. Jedes Mal, wenn wir miteinander sprachen, ritt sie darauf herum, dass ich alles bezahlen würde, als wenn daran irgendwas nicht in Ordnung wäre. Dabei ist es doch nur recht und billig, weil ich Geld verdienen kann und kein Flüchtling bin. Damals verdiente ich allerdings kein Geld mehr.

Seozeres' Stimmung verdüsterte sich immer mehr, und ich litt darunter. In ihm kochte die Frustration des Künstlers. Er erklärte mir, um den Film fertigzustellen, brauche er eine bessere Ausrüstung. Eine neue Kamera sei auf dem Markt, die viel schärfere Bilder und eine bessere Tonqualität liefere. Er brauche auch neue Sachen zum Anziehen und einen zweiten eleganten Hut. Er meinte, wenn ich in seine Kleidung so viel Geld steckte wie in meine Hautcremes, obwohl ich die ja gar nicht aus professionellen Gründen bräuchte, dann würde sich die Situation zwischen uns sofort verbessern. Aber ich konnte es mir einfach nicht leisten. Da sagte er, es sei typisch für Beziehungen im Westen, dass ich ihm finanziell nicht helfen wollte. In seiner Kultur würden Mann und Frau alles teilen, auch die Hausarbeit und die Schulden. In der englischen Gesellschaft würden Mann und Frau getrennte Wege gehen, und seine Enttäuschung war eine klaffende Wunde.

Ich musste unbedingt wieder Geld verdienen. Ich überlegte mir eine plausible Entschuldigung dafür, warum ich meine letzte Stelle so plötzlich aufgegeben hatte, und fand bald eine neue. Aber leider hatte ich nicht mehr die Vorteile einer langen Betriebszugehörigkeit und verdiente nun weniger. Ich musste mit Seozeres über das heikle Thema

Sparen reden. Neue Sachen für ihn kamen jedenfalls nicht in Frage. Da war ja auch noch die Haushaltshilfe. Ich hatte ihn noch nie so wütend gesehen. Er sagte, die Entscheidung liege bei mir, ich könne mir schließlich auch von meinen Angehörigen oder Freunden Geld leihen. Von Glenda zum Beispiel, die schwimme im Geld und verdiene es im Schlaf auf der Intensivstation. Es liege bloß an meiner albernen Eitelkeit, wenn ich es nicht nähme, obwohl meine Tochter nichts Vernünftiges damit anfinge. Aber in Wirklichkeit, so meinte er, fragte ich ihn gar nicht, wie wir Geld sparen könnten, sondern befahl ihm einfach, es zu tun, weil es mein Geld sei und ich das Sagen hätte, obwohl ich eine Frau war. Und dann fügte er hinzu: »Wenn ich selbst Geld hätte, würde ich hier sofort verschwinden.«

Dabei sah er mich so hasserfüllt an, dass mir das Herz in der Brust schrumpfte und drum herum ein eiskaltes Vakuum entstand. Verachtung lag in seinem Blick, als er wegging. Ich versuchte, die Stille zu überhören, die danach im Haus herrschte. Ich rief die Haushaltshilfe und entließ sie. Am nächsten Tag frühmorgens kam Seozeres zurück. Ich machte Frühstück für uns, aber er weigerte sich, etwas zu essen. Er sah zu, wie ich an meinem Kaffee nippte und wie ich mich zum Schlucken zwingen musste, und dann fragte er erbittert, ob ich etwa damit rechnete, dass nun er in Zukunft die Hausarbeit erledigte. Ich sagte, nein, nein, natürlich nicht. Ich würde mich nach der Arbeit darum kümmern. Da lächelte er und nahm sich eine Portion von dem teuren Biomüsli, das er so gern mochte. Ganz langsam schmolz das Eis in meinem Herzen ein wenig. Ich kümmerte mich dann tatsächlich um die Hausarbeit. Nach und nach verzieh er mir. Und wollte mich wieder in die Arme nehmen.

Ich war aber noch immer sehr angespannt. Ich konnte nachts nicht schlafen und erklärte es mit irgendwelchen Ausreden. Er schien gekränkt. Aber dass ich mich so unglücklich fühlte, war eine Krankheit. Ich bibberte den ganzen Tag und die ganze Nacht, als hätten mir seine Anfälle von Kälte das Blut gefrieren lassen. Bei der Arbeit riss ich mich zusammen, aber Glenda merkte es trotzdem. Sie ließ mich nicht mehr aus den Augen und nutzte ihre Mittagspausen, um mir Vorhaltungen zu machen. Als sie mich an meiner Arbeitsstelle besuchen kam, konnte ich meine Müdigkeit und das Zittern in den Händen nicht verbergen. Sie schaute genau hin, und dann verlangte sie eine Erklärung. Ich war so erschöpft, dass ich ihr gestand, ich hätte Eheprobleme mit meinem geliebten Mann. Sofort wurde sie viel lockerer – ihr ganzer Körper, auch ihr Gesichtsausdruck. Ihre Stimme klang nicht mehr wie das Klirren von Panzerketten, sondern wie Katzenschnurren. »Mein armes, armes Mütterchen«, sagte sie erfreut. Sie schlug vor, ich solle mich an einen Therapeuten wenden, auch wenn das eine Menge Geld kostete, aber ich bräuchte offenbar dringend Hilfe, um ihn aufzugeben, loszuwerden, aus meinem Leben zu löschen.

Sie empfahl mir jemanden. »Also, geh hin«, sagte sie. »Ich bin es leid, mir ständig Sorgen um dich zu machen.« Ich weinte auf dem Schoß meiner Tochter. Ich befolgte ihren Rat.

Auf Einzelheiten über meinen Therapeuten möchte ich hier nicht eingehen. Das ist vertraulich. Wie sich herausstellte, war er ein sehr kluger Mann und merkte bald, dass ich es langweilig fand, über mich zu reden, dass ich aber gern über Seozeres sprach. Er sagte mir, weil ich älter sei als Seozeres, zehn Jahre älter, hätte ich ständig das Gefühl, er bleibe nur bei mir, um mir einen Gefallen zu tun. Natürlich bin ich mir bewusst, dass ich auch hässlicher bin als er. Der Psychiater machte mich darauf aufmerksam, dass Seozeres mir nie Komplimente machte. Noch am gleichen Abend erzählte ich es Seozeres.

Er war plötzlich ganz Ohr. Selbstverständlich würde er mir nicht sagen, ich sei schön, weil ich es eben nicht sei. Aber er finde mich begehrenswert, und er wolle keine andere Frau, denn Frauen hätten oft Krankheiten, und er wolle sich nicht irgendwas holen. Er beklagte sich, dass ich nicht mehr so gern Sex hätte wie er. Er habe ihn sehr gern. Er könne auch nicht verstehen, warum westliche Männer klapperdürre Frauen bevorzugten und sich dann wunderten, wenn sie nicht konnten. Als ich mich ihm immer häufiger verweigerte, fing er an, sich nackt zu filmen. Das wurde sein neues Projekt, noch bevor er das andere beendet hatte. Aber es machte ihn wirklich glücklich und beschäftigte ihn sehr. Jeden Abend nach dem Abendessen zeigte er mir die Früchte seiner Arbeit. Ich fand es rührend, wie sicher er sich war, dass es mich erregen würde. Aber eigentlich war immer nur ein Ding zu sehen, und das kannte ich ganz gut. Dabei nicht einzuschlafen fiel mir schwer. Ihn dagegen erregte es gewaltig, sich auf dem Bildschirm zu sehen, und nachher zerrte er mich ins Bett.

Ich war erleichtert, als er sich ein anderes Betätigungsfeld suchte. Eines Abends tauchte Glenda unerwartet bei uns auf, und ich merkte bald, wie er seinen Charme spielen ließ. Während ich in der Küche etwas zu essen machte, setzte er sie im Wohnzimmer in Flammen. Später fragte ich ihn danach, und er sagte: »Es ist ungeheuerlich, wie bedenkenlos Frauen die eigene Mutter verraten, wenn eine Romanze in der Luft liegt. Sie sind wirklich Teufel, sie tun alles für diesen ersten Funken der Liebe.« Ich war froh. Nun würde Glenda endlich begreifen, wie charmant er war. Ich war mir auch ziemlich sicher, dass er mir treu bleiben würde, selbst wenn ich mich ihm monatelang verweigerte. Denn er hatte das Gefühl, gerade eine Pechsträhne zu erleben. In früheren Tagen, als er immer nur Glück gehabt hatte, hätte er keine Angst gehabt, sich eine Krankheit zu holen. Bei Glenda wusste er Bescheid, sie stammte aus der Nähe. Jedenfalls war er mir treu und erwartete das Gleiche auch von mir. Mehr als einmal sagte er zu mir, falls ich ihn je betrügen sollte, würde er mir den Hals abschneiden.

Und darauf schien es hinauszulaufen.

Denn seit ich mich mit dem Therapeuten »traf«, behauptete er, ich sähe anders aus, in meinen Augen leuchte ein seltsames Glück, und das störte ihn. Ich versuchte, ihn zu beruhigen, indem ich abfällige Bemerkungen über die Therapiestunden machte. Mr. Slater, was für ein alberner Name! Und was für ein alberner, hässlicher Mann! Und dann seine lächerlichen Theorien! Ich erzählte Seozeres, Mr. Slater halte mich für eine Masochistin, weil ich es mit einem Mann wie Seozeres aushielt. Dieser Dummkopf! Aber andererseits ließ ich keinen Termin bei ihm aus, und das entging Seozeres natürlich nicht. In seiner Kultur, sagte er, sei es einfach nicht üblich, dass sich eine Frau ohne Begleitung ihres Mannes oder eines Bruders mit einem anderen Mann trifft. Die Engländer, meinte er kopfschüttelnd, hätten sonderbare Sitten. Er sagte, jedem Esel müsse doch klar sein, dass dieser sogenannte Therapeut etwas von mir wolle. Und bald konnte auch er nicht mehr schlafen, wälzte sich die ganze Nacht im Bett herum und sah mich in den Armen dieses anderen Mannes vor sich. Er wurde immer wütender, aber das war keine kalte Wut mehr.

Natürlich erzählte ich dem Therapeuten von dieser Wut. Und er analysierte sie. Wir analysierten Seozeres' Wut und seine Eifersucht gemeinsam, was ich so schmeichelhaft fand, dass ich rote Wangen davon bekam. Als ich nach Hause zurückkehrte und Seozeres hörte, wie munter ich die Türklinke drückte, wurde seine Wut gewalttätig, handgreiflich. Das Nächste, woran ich mich wieder erinnern kann, war, dass er Mr. Slater treffen wollte, von Mann zu Mann.

Ich gab ihm seine Telefonnummer. Als Seozeres dort

anrief, war Mr. Slater die Liebenswürdigkeit in Person und schlug ihm sofort einen Termin vor. Seozeres war einverstanden, aber nachdem er aufgelegt hatte, beschwerte er sich bei mir, wie unglaublich englisch und hochnäsig es von diesem Mr. Slater sei, einem Fremden, der ihn verprügeln und möglicherweise sogar umbringen wolle, einfach einen Termin zu geben! Dass der Therapeut seine Wut einfach ignorierte, machte Seozeres nur noch wütender.

Der Tag, an dem Seozeres seinen Termin hatte, war ein Rasiertag, obwohl keine Dreharbeiten stattfanden. Der Kupferflaum auf seinem Kopf stand zu Berge. Er zog den Kaschmiranzug an und steckte die Taschenuhr meines Exmannes ein. Als er mich zum dritten Mal nach der Adresse des Doktors fragte, weigerte ich mich zum dritten Mal, ihn zu begleiten, schrieb ihm stattdessen zum dritten Mal die Adresse auf und erklärte ihm, welche U-Bahn er nehmen müsse. Er war entsetzt, dass ich ihn diesem Hund zum Fraß vorwerfen wollte, aber irgendetwas trieb mich, grausam zu sein und Nein zu sagen. Schließlich fragte er noch einmal nach dem Namen der U-Bahn-Station und sagte: »Du weißt doch, wie vergesslich mich das Exil gemacht hat.« Diesmal jedoch zog meine Hand einen Stadtplan aus der Handtasche und drückte ihn in seine Hand, während mein Mund die Worte sprach: »Guck einfach nach, mein Lieber.« Ich spürte, dass der Ausdruck »mein Lieber« wie ein Messer in seine Stimmung stach. Er würde die Leute auf der Straße um Hilfe bitten müssen, und auch sie würden nicht besonders hilfsbereit sein. »Sehen Sie doch auf Ihrem Plan nach«, würden sie sagen. Wir Engländer! Und wenn er den Plan versteckte und noch einmal fragte, würden sie sich am Kopf kratzen und trotzdem sagen, sie wüssten es nicht, was lächerlich ist, denn selbstverständlich wissen sie Bescheid.

Machen Sie mal den Versuch – suchen Sie sich einen Engländer mit einer großen, teuren Uhr am Armgelenk, und fragen Sie ihn, wie spät es ist. »Ich habe keine Ahnung«, wird der Engländer murmeln – oder auf die große Uhr an der Straßenecke zeigen und sagen: »Schauen Sie mal da drüben!«

Dennoch, Seozeres fand natürlich die Adresse. Er hat mir später alles erzählt. Dass er ein paarmal umsteigen musste und sehr müde war. Mr. Slaters Praxis liegt nicht in einer Geschäftsstraße, sondern in einer kleinen Seitenstraße – sehr diskret und ideal, um sich mit Frauen zu treffen, wie Seozeres fand. Die Fenster seien so blank geputzt gewesen, dass sie alles spiegelten und man nicht nach drinnen sehen konnte. Diabolisch. Er postierte sich auf der anderen Straßenseite und beobachtete die Tür. Die Zeit verging. Vollkommen reglos, fast leblos stand er da, aber seine Wut wuchs wie die Fingernägel an einem Toten. Mehrere Stunden lang beobachtete er die Tür, bis die vereinbarte Zeit gekommen war. Dann marschierte er in das Gebäude.

Mr. Slaters Praxis lag im dritten Stock, und es gab keinen Aufzug. Seozeres ging langsam, um Kraft zu sparen und weil er Angst vor einem Herzanfall hatte. Die Tür war eine ganz gewöhnliche Tür. Durch eine ganz gewöhnliche Tür schritt Seozeres einem Termin entgegen, der sein Leben verändern sollte.

Mr. Slater selbst öffnete ihm diese Tür. Er ist größer als Seozeres, viel größer. Ein Klotz. Und hässlich. Die Aknenarben in seinem Gesicht haben die Größe und die Form von Schusswunden, und seine Augen sind wie zwei schleimige Tümpel voller Leichen von Ermordeten.

Seozeres war schockiert. Er dachte: »Ich sehe so unendlich viel besser aus.« Aber irgendwas hinderte ihn, sich darauf etwas einzubilden. Irgendwas bremste den Schwung in seinem Schritt, trotz dieses Punktsiegs im Vergleich mit dem anderen Mann.

Mr. Slater war nämlich in der Position des Stärkeren.

Er sagte: »Kommen Sie doch herein, bitte!«, und das Wort »bitte« wirkte wie Nervengift. Seozeres war gelähmt. Er tat, worum der Doktor ihn bat. Er folgte ihm in einen Raum, wo ihm mit lockerer Hand ein Sessel zugewiesen wurde und die Tür sich hinter ihnen schloss. Mr. Slater hatte keine Angst vor Seozeres, nicht die geringste. Er setzte sich ihm gegenüber in einen zweiten Sessel und musterte ihn. Seozeres senkte den Blick, ein unterwürfiger Hund.

»Soviel ich höre, haben Sie Bedenken, weil Ihre Frau mich konsultiert«, sagte Mr. Slater.

Seozeres hob den Kopf, vermochte aber keinen Blickkontakt herzustellen.

»Es gibt ein paar Schwierigkeiten zwischen Ihnen beiden. Ich versuche ihr zu helfen«, sagte der Doktor. »Vielleicht kann ich auch Ihnen behilflich sein. Dass Sie hergekommen sind, bedeutet doch, dass auch Sie Hilfe suchen. Wie kann ich Ihnen helfen?«

Wie viele Jahre war es her, seit jemand Seozeres Hilfe angeboten hatte?

Seit Jahren bettelte er um sie. Kriechend. Hoffend. Hilfe von seinen Freunden, Hilfe von mir. Alles umsonst. Und dieser Mann bot sie ihm an, ohne auch nur einen Moment zu zögern.

Seozeres traten Tränen in die Augen. Er vertrieb sie durch Blinzeln, nötigte sie dadurch aber abwärts auf die Wangen. Engländer weinen nicht. Selbst die Frauen nicht. Man tut es einfach nicht. Es gilt als rücksichtslos, als eine unzumutbare Aufdringlichkeit. Orientalen dagegen wissen, dass Weinen normal ist, eine Bitte um Trost. Dieser Engländer jedoch sah nicht weg, als er Seozeres' Tränen erblickte. Sein Gesichtsausdruck wurde sogar noch milder. Er überreichte Seozeres ein Papiertaschentuch, eine teure Marke, sehr weich und leicht parfümiert. Seozeres wischte sich das Gesicht damit.

»Sie haben gelitten«, sagte der Therapeut und erkannte an, was sonst niemand anerkennen wollte.

»Das habe ich«, erwiderte Seozeres.

»Erzählen Sie mir davon.«

Da blieb die Zeit stehen. Seozeres erzählte ihm von all den Demütigungen, die er über sich hatte ergehen lassen müssen, von dem katastrophalen Ansehensverlust, nachdem er aus Israel weggegangen war, von dem Kampf um Würde und gutes Aussehen, den er geführt hatte, von der schrecklichen Lektion über das Wesen des Menschen, die er hatte lernen müssen: Man darf sich der Gnade seiner Freunde nicht ausliefern, denn wenn man sie um Geld bittet, kennen sie keine Gnade. Er könne es sich nicht leisten, erzählte Seozeres, seine Beziehung zu einer älteren, dicken Frau zu beenden, die aber zumindest keine kleinen, alle möglichen Ansprüche stellenden Kinder mitbrachte und sich immerhin um einige seiner Bedürfnisse kümmerte, aber beileibe nicht um alle, oh nein. Und dass er wegen des ständigen Geldmangels so heruntergekommen sei, mache ihn irgendwie so unattraktiv, dass ihm jetzt niemand mehr helfen werde und ganz bestimmt keine andere Frau ... Er war mitten im Satz, als Mr. Slater einen seltsamen Laut von sich gab. Ein leises, ersticktes Luftholen. Seozeres sah zu ihm hinüber. Der Therapeut hatte die Augen zusammengekniffen, der Mund war verzerrt. Die Lippen waren fast geschlossen, aber nicht ganz, und sie standen unter einer Art Zwang, der vom übrigen Gesicht ausging. Die ganze Mundregion bebte vor Spannung. Dann öffnete sich der Mund weiter und weiter. Mr. Slater gähnte. Er schlug die Augen auf und sah Seozeres mit kaltem Blick an. Er hob sein Armgelenk und murmelte: »Die Zeit ist um, tut mir leid. Draußen wartet der nächste Patient.«

Als Seozeres sich verabschiedete, sagte Mr. Slater etwas von einer Rechnung. Er würde sie schicken. Seozeres könne nächste Woche wiederkommen, um die gleiche Zeit, wieder für fünfundvierzig Minuten. Zu achtzig Pfund. Wenn er die nicht zahlen könne, habe er Pech gehabt.

Er warf Seozeres aus seiner Praxis wie einen Straßenköter, den er kurz mit ins Haus genommen hatte.

Natürlich versuchte Seozeres, bei mir und seinen Freunden das nötige Geld zu schnorren, um davon Mr. Slaters Aufmerksamkeit zu bezahlen. Aber ich konnte es ihm nicht geben, und seine Freunde wollten nicht. Ihr Geiz erwies sich als unheilbar.

Am Ende musste sich Seozeres eine Stelle suchen, um Mr. Slater für seine Aufmerksamkeit zu bezahlen. Inzwischen arbeitet er seit einem Jahr regelmäßig, verkauft Gemüse auf einem Markt. Zuerst war es ihm peinlich, und er hatte Angst, jemand könnte ihn erkennen. Aber dann riss er sich zusammen und fasste das Ganze als Engagement auf, das erste seit Jahren – er spielte nun einen ganz normalen Arbeitnehmer. Sein Chef weigerte sich, ihn Seozeres zu nennen. Das sei ein lächerlicher Name. Stattdessen nannte er ihn bei dem Namen, der in seinem Pass steht, Jalal. Auch die Kunden konnten sich diesen Namen leichter merken. Mit der Zeit gewöhnte sich Seozeres an die Rolle des Jalal, und sie wurde ihm zur zweiten Natur. Ich bewunderte ihn dafür, für dieses wahre Künstlertum, in die Rolle eines anderen zu schlüpfen und wirklich ein anderer, dieser andere zu werden. Mit der Zeit fiel es ihm immer leichter, den verantwortungsbewussten Arbeitnehmer zu geben. Er zog sich nicht mehr schick an, wenn er ausging, und obwohl er sich jetzt jeden Tag schnell rasiert, betrachtet er sich nicht mehr ständig im Spiegel. Gelegentlich kauft er mir von seinem schwer verdienten Geld sogar ein kleines Geschenk, Obst, das ich gern esse, oder ein Halstuch, irgendetwas, was mich glücklich macht. Und seine Videokamera bleibt im Schrank. Ich habe meine Besuche bei Mr. Slater eingestellt, sie waren nicht mehr nötig. Ich bin die Kälte los. Seozeres erklärte ich, Mr. Slater habe etwas dagegen, uns beiden gleichzeitig zu helfen, und ich sei gern bereit, die Interessen meines Mannes über meine eigenen zu stellen.

Seozeres ist deswegen ein bisschen verunsichert, und er hat ein sonderbares Gefühl in der Herzgegend, wenn er an mich denkt, eine Art Schmerz. Es ist der Gedanke an mich, an meinen warmen, dicken Körper, an mein bereitwilliges Lächeln, der diese seltsame Empfindung in ihm hervorruft. Er hat Mr. Slater schon sein Leid deswegen geklagt. Aber der hat ihm gesagt, er brauche sich keine Sorgen zu machen, das Gefühl sei nicht tödlich, es sei Liebe.

Ein deutscher Abenteurer

Benedikt August von der Weide war einer der letzten Deutschen, die noch in der Deutschen Demokratischen Republik das Licht der Welt erblickten – im Frühherbst 1990. Einer von sieben. Ohne Aura. Und nichts deutete darauf hin, dass er im Leben Sonderwege gehen würde. Weder die Gene noch die Sterne kündeten von einer Ausnahmeerscheinung. Nicht immer lässt sich Größe voraussagen.

Über seine frühe Kindheit ist wenig zu berichten. Mit drei Monaten wurde er entwöhnt, von seinen Geschwistern getrennt und für 400 Mark an einen Lehrer in Ostberlin verkauft. Tagsüber musste der Lehrer lehren und ließ Benedikt deshalb in der Obhut seiner alten Mutter zurück. Schon damals zeigte Benedikt Anwandlungen von ungewöhnlichem Individualismus, und wenn der Lehrer nach getaner Arbeit erschöpft und verdrossen nach Hause kam, geriet er jedes Mal in ein Sperrfeuer von Klagen über Benedikt. Nach ein paar Wochen war er es leid. Er setzte eine Annonce in die Anzeigenzeitung »Die zweite Hand«, und dort, zwischen Trabants, die immer billiger, und Ost-Immobilien, die immer teurer wurden, entdeckte ein junges Pärchen aus Neukölln Benedikt – zum »Schnupperpreis von 100 Mark«. Die beiden nahmen ihn an die Leine und machten einen Spaziergang mit ihm, doch er riss sich los und raste in der Hauptverkehrszeit über die Karl-Marx-Allee – bei Rot. So geschah das erste Wunder in seinem Leben: Weder wurde Benedikt überfahren, noch verursachte er einen Unfall.

Am gleichen Abend nahmen ihm die jungen Leute das Halsband mit der Erkennungsmarke ab, luden ihn ins Auto und setzten ihn irgendwo im Stadtteil Grunewald ab. Benedikt kratzte höflich an der nächsten Tür und wurde hereingelassen. Sein Gastgeber beschäftigte sich einen Abend lang mit ihm und erkannte, was er an ihm hatte. Er nannte ihn Somerset, fälschte ihm einen Stammbaum und überließ sein weiteres Schicksal dem Anzeigenteil des »Tagesspiegel«. In der Woche darauf wurde unser Held als Luxusartikel für 800 Mark weiterverkauft und einem kleinen Jungen zum Geburtstag geschenkt. Ein kleineres Wunder: Ohne zu wissen, dass sein richtiger Name Benedikt war, taufte der Junge ihn Benny.

Er war nun elf Monate alt, ein Teenager – schlank, mit schönem roten Fell. Die Mode, größere, aerodynamische Setter zu züchten, war nie bis nach Ostdeutschland vorgedrungen. Benny war ein Kavalier, immer interessiert, die Damenwelt zu beschützen und zu beglücken, und gegenüber Kindern äußerst verantwortungsvoll. Jeden Abend patrouillierte er durch die Wohnung und steckte seine Schnauze in jedes Bett, um zu prüfen, ob es auch belegt war. So entwickelte er die Lebensgewohnheiten eines Stadtbewohners: schlafen, essen, Toilette, toben, die Kinder verabschieden, die zur Schule gehen, schlafen, essen, Toilette, toben, schlafen, die Kinder begrüßen, die aus der Schule kommen, essen, schlafen. Blieb ein Mitglied seiner Familie länger als zwei Stunden weg, war er untröstlich und erwartete die Rückkehr des Betreffenden an der Wohnungstür. Er konnte einen ganzen Monat lang warten. Anders als die meisten Berliner vermochte Benny sich auch über Dinge zu freuen, die mit Fußball oder Vaterland nichts zu tun hatten. Schon beim geringsten Anlass zur Freude geriet er aus dem Häuschen, sprang in die Luft und jubelte, dass den Leuten die Ohren wehtaten. Die Nachbarn konnten ihn deshalb bald nicht mehr leiden. Sie hatten keinen Sinn für seine Güte und interessierten sich nicht für seine Fähigkeit, Wunder zu wirken.

Andere Probleme kamen hinzu: Hinter jedem großen Mann steht eine Frau, die sich um den Haushalt kümmert. Benny brauchte im täglichen Leben ziemlich viel Beistand, und dabei hielt er sich natürlich an die Frauen. Mit Männern wurde gekämpft. Er hatte sie im Verdacht, sie wollten mit dem Hausmädchen abhauen, und knurrte, wenn sie näher kamen. Er war ein unerschrockener Demokrat – also galt es, das Partybuffet unter den einfachen Leuten zu verteilen, und zwar vor der Party. Einmal vertilgte er aus politischen Gründen einen kompletten französischen Brie von fast einem Meter Durchmesser, der für einige verwöhnte Gäste angerichtet war. Ein andermal demonstrierte er, dass Geld ihm wenig bedeutete. Er zerstückelte einen Zwanzigmarkschein und ließ die Fetzen im Wohnzimmer liegen. Die Frauen freuten sich über seine Zuwendung, aber dass sie sich jeden Tag um ihn kümmern sollten, war ihnen lästig. Auch die Kinder weigerten sich, mit ihm spazieren zu gehen. Die Großstadt ist kein idealer Ort für einen Kerl mit so vielen Ideen und so viel Energie. Man erörterte die Frage, ob sich für Benny kein »besserer« Platz finden ließe.

Zu dieser Zeit gab es in Deutschland viele Chinesen, die vor der politischen Repression in ihrer Heimat geflohen waren. Wei-Wei war Ärztin und schrubbte sich als Haushälterin durch den Berliner Mittelstand. Ihr eigenes Kind hatte sie in China gelassen, und Deutsch sprach sie kaum. Aber als die Kinder anfingen zu zetern, Benny werde ihnen zu viel, da verstand sie, dass Benny verschwinden sollte. Sie saß in der Küche, schnitt mit ihrem größten Messer das Gemüse klein, hörte sich an, wie die Kinder jammerten und die Eltern schimpften, und machte schließlich einen Vorschlag. »Ich habe mal Hund gegessen, in Beijing. Ich kenne eine gute Soße ... für Hund.« Da durfte Benny weiterleben. Die Kinder gingen sogar wieder mit ihm spazieren. Den Tiergarten schätzte er besonders, vielleicht wegen der Verbindung zu Rosa Luxemburg. Die Kinder ließen Benny nicht mehr mit Wei-Wei allein. Dazu später mehr.

Ein großes Wunder ereignete sich am 10. November 1993, als Benny eine Angehörige der Berliner Intelligenz vor schwerem Schaden bewahrte. Eine Freundin der Familie, die wegen ihrer Schönheit, ihrer Klugheit, ihrer Feste und nicht zuletzt wegen ihrer hohen Absätze stadtbekannt war, erklärte sich bereit, mit ihm einen Spaziergang durch den Schlosspark zu machen. Es war ein trüber, eiskalter Novembermorgen. Am Abend vorher hatten etliche Unentwegte wieder einmal mit Krachern den Fall der Mauer gefeiert und Berlin akustisch in ein Kriegsgebiet verwandelt. Benny war ein solcher Pazifist, dass er die ganze Nacht unter dem Couchtisch verbracht hatte. Beim Waffenstillstand am frühen Morgen wusste er sich vor Lebensfreude kaum zu lassen. Der See im Schlosspark war zugefroren, und er galoppierte los. Zehn Meter hinter der Uferkante endete die Waffenruhe – irgendwo in der Ferne ging ein später Kracher los, und plötzlich merkte Benny, dass er auf dem Eis war. Er bekam es mit der Angst und begann am ganzen Körper zu zittern, konnte nicht mehr vor und nicht zurück. Furchtlos, mit hoch erhobenem Kopf, wandelte die Dame über das Eis und ermunterte ihn mit sanften Worten, ans Ufer zurückzukommen. Die Absätze ihrer Schuhe waren mindestens zehn Zentimeter hoch und das Eis höchstens zwei Zentimeter dick, und dennoch – sie brach nicht ein, sie rutschte nicht mal aus. Der Vorfall wurde Stadtgespräch.

Ein großes Wunder trug sich nach Aussage von Bennys Chirurgen auch zu, als er ein paar Jahre später den Zusammenprall mit einem Mercedes überlebte. Das Wunder kostete allerdings 5000 Mark, und Wunder, die etwas kosten, zählen eigentlich nicht. Der Mercedes war gestohlen und gerade auf dem Weg nach Litauen, deshalb brachte der Fahrer Benny nicht ins Krankenhaus, sondern ließ ihn einfach wimmernd am Straßenrand liegen. Doch Benny wurde geistlicher Beistand zuteil – in einer nahe gelegenen Moschee betete man für ihn.

Zu dieser Zeit war Krieg auf dem Balkan, und viele Bosnier suchten Zuflucht in Deutschland. Eine junge bosnische Wirtschaftswissenschaftlerin, die bei der Suche nach einem Job Bennys Bekanntschaft gemacht hatte, hörte als Erste von dem Unfall und alarmierte ihren Großvater, den Imam. Ein Streit entbrannte. Sie lebten zu siebt in einem Zimmer, und der Streit erschütterte das ganze Haus. Der Imam fand es ungehörig, für jemanden zu beten, der kein Mensch sei. Doch als die Wirtschaftswissenschaftlerin ihn anschrie: »Wie kommst du dazu, bestimmen zu wollen, was ein Mensch ist und was nicht?«, lenkte er ein, und alle beteten, sodass Benny fünf Stunden Chirurgie überlebte. Das eigentliche Wunder war aber seine postoperative Genesung. Einen Tag nachdem man ihm die Leber geflickt, die Blase wieder mit der Harnröhre verbunden und die zerquetschte Milz entfernt hatte, versuchte der bandagierte Patient eine andere Patientin, die zufällig auf dem Flur unterwegs war, zu schwängern. Man musste ihn mit Gewalt von ihr trennen, und er wurde des Hospitals verwiesen. Es war klar, dass er seine Bestimmung auf Erden noch nicht erfüllt hatte.

Benny war inzwischen sechs Jahre alt – schmal, muskulös, und den roten Schwanz hielt er hoch wie eine Fahne. Man schrieb das Jahr 1996. Ringsum auf den Straßen verebbte die Freude über die Wiedervereinigung. Die Leute machten sich jetzt Sorgen um ihr Geld. Sie fingen an, einander zu hassen. Wei-Wei war dorthin gegangen, wo Benny herkam. Sie hatte im Osten einen China-Imbiss eröffnet. Ein ungeheurer Erfolg. Wei-Wei verdiente jetzt mehr, als ihre früheren Arbeitgeber je verdient hatten – an die 30 000 Mark im Monat. Sie hatte Benny in ihr Herz geschlossen und kam ihn nun, da sie wohlhabend war, oft besuchen.

Vielleicht war es ja bloß ein Zufall – aber die Stadtverwaltung änderte den Flächennutzungsplan für den Bezirk und erklärte den Imbiss für unzulässig. Wei-Wei musste ihren Laden zumachen. Nachdem sie fort war, legte ein Deutscher Widerspruch gegen die Entscheidung ein, hatte Erfolg und eröffnete an der gleichen Stelle einen deutschen Imbiss. Inzwischen hatte Wei-Wei ihre siebenjährige Tochter Ucheng aus China zu sich geholt und sämtliche Ersparnisse in ein neues Restaurant in einem malerischen Städtchen unweit von Leipzig gesteckt. Den dortigen Skinheads gefiel das nicht. Nachts sprühten sie Hakenkreuze auf die Fensterscheiben, und eines Abends während der Hauptgeschäftszeit kam ein Trupp von ihnen ins Restaurant, fing an, das Geschirr zu zerschlagen, und bedrohte die Gäste. Die Polizei war so klug, sich aus dem Tumult herauszuhalten. Die Gäste suchten, ohne zu zahlen, das Weite und kamen nicht wieder. Wei-Wei rief ihre Freunde in Berlin an und erzählte ihnen von dem Vorfall, und als sie schließlich Benny um Hilfe bat, war der natürlich sofort bereit, zu ihr zu kommen und sie zu beschützen. So begann ein neues Kapitel in Bennys Leben – an vorderster Front im Kampf gegen Rassismus und Fremdenfeindlichkeit, als Wachtmeister in einem China-Restaurant.

Mehr als ein Jahr lang bewachte Benny Wei-Wei und ihre Tochter Ucheng. Sie bezahlte ihn in Naturalien, mit Speiseresten. Eines Abends kamen mehrere Neonazis in das Restaurant. Wei-Wei brauchte gar nichts zu sagen – Benny spürte ihre Angst. Majestätisch kam er aus der Küche und knurrte die Neonazis an. Das Wunder geschah: Die Skinheads bestellten Wantan-Suppe zum Mitnehmen und verdrückten sich kleinlaut. Nachts wurden natürlich immer noch Hakenkreuze an die Fensterscheiben gesprüht, aber mit ein bisschen Ärmelaufkrempeln waren sie schnell beseitigt. Erst als Ucheng auf der Straße von Kindern in ihrem Alter bedroht worden war, verkaufte Wei-Wei ihr Restaurant mit Verlust und ging mit ihrer Tochter nach China zurück. Benny kehrte heim nach Berlin. Er war dick geworden und nicht mehr so wendig wie früher. Wei-Wei machte sich in ihren Briefen Sorgen, Benny bekäme nicht genug zu essen, weil ihm die chinesischen Leckerbissen fehlten. Die früheren Angestellten von Wei-Weis Restaurant arbeiteten nun in anderen asiatischen Lokalen, doch abwechselnd fuhren sie nach Berlin und brachten Benny seine Lieblingsgerichte – Entensuppe oder frittierte Fleischbällchen.

Benny war müde geworden. Sein Gehör war nicht mehr so gut wie früher. Er sehnte sich nach langen, geruhsamen Spaziergängen ohne lästige Leine. Die Sache wurde besprochen, und man beschloss, dass er sich eine eigene Datscha verdient hatte, mindestens acht Hektar, auf denen er sich frei bewegen konnte. Schließlich kauften ihm seine Besitzer ein Landhaus in Amerika – weil dort die Bodenpreise niedriger waren. Wie Millionen Deutsche vor ihm sollte auch Benny in eine bessere Welt auswandern. Vorher musste er allerdings noch einen Flug mit der Lufthansa überstehen.

Eines Morgens um sieben, nach einem letzten heimatlichen Leberwurstfrühstück, dem so viel Valium beigemischt war, dass er neun Stunden lang nicht aufwachen würde, wurde er in einen Kasten in den Laderaum eines Flugzeugs gepackt und auf den Weg in die Neue Welt gebracht – mit Umsteigen in Düsseldorf. Hier stellte das Schicksal Benny noch einmal auf eine harte Probe. Die Maschine in Düsseldorf hatte ein technisches Problem, und die Fluggesellschaft ließ ihre Passagiere acht Stunden am Terminal warten. Erst am späten Nachmittag, als die Wirkung des Valiums schon nachließ, startete Benny endlich nach New York. Doch gleich hinter Düsseldorf hatte der Jet den nächsten Maschinenschaden. Der Pilot brauchte weitere zwei Stunden, um Treibstoff über der menschenleeren Wüste zwischen Düsseldorf und Frankfurt abzulassen, ehe er eine Notlandung riskierte. Anschließend erklärten viele Passagiere, sie hätten »die Schnauze voll« von der Lufthansa, und wollten nicht weiterfliegen. Niemand fragte Benny, was ihm am liebsten wäre, also blieb er im Laderaum. Doch zuletzt schaffte er es bis nach Amerika – eine Reise im alten Stil, dreiundzwanzig Stunden, ohne Beruhigungsmittel. Als Benny, würdig wie immer, am Schalter der Einreisekontrolle vorübertrottete, war klar, dass er die schwerste Prüfung seines Lebens hinter sich hatte. Ihm winkte reiche Belohnung.

Heute ähnelt Benny den vielen alten Herren, die in Amerika ihren Mittelschichtwohlstand genießen – er lebt abwechselnd in einem Reihenhaus in einem Vorort von New York und auf seiner Datscha im Tal des Hudson. Seit kurzem hat er eine neue Freundin – Fiona. Sie ist noch jung und sieht ungefähr so aus wie er früher. Die beiden mögen sich sehr und machen einen glücklichen Eindruck. Benny ist schon wie die meisten Amerikaner. Politik interessiert ihn nicht, und was in der Welt geschieht, lässt ihn kalt. Der Futternapf ist ihm wichtiger als Heldentaten. Nichts an ihm deutet auf sein außergewöhnliches Vorleben hin, und er spricht nie darüber.

Umfassend gebildet

Ich bin Demokratin, und ich bin fortschrittlich. Ich bin ein vernünftiger Mensch. Ich bin gegen Gewalt. Ich stehe mit beiden Beinen auf der Erde, und ich glaube nicht alles, was die Leute sagen. Ich bin die Dekanin.

Die meisten Leute nennen mich Dekanin Nunn. Meine Freunde nennen mich Kay, mein Sohn nennt mich Mommy, und dabei geht mir jedes Mal das Herz auf. Diese großen blauen Augen! Die Augen sagen einem alles über einen Menschen. Der türkische Junge nannte mich Madam. Es sollte ironisch klingen, aber ich ließ mich davon nicht beirren. Er war es, der rausflog, nicht ich.

Und zwar, nachdem er auf Fred losgegangen war. Fred hatte ihn ganz harmlos als Türken bezeichnet. Aber statt es Fred mit gleicher Münze heimzuzahlen und ihn Amerikaner zu nennen, was fair gewesen wäre, ging der türkische Junge auf Fred los. Alle wussten, dass er unfreundlich, mürrisch, wahrscheinlich auch psychisch gestört war, während Fred ein netter Junge ist. Fred ist in der Surf- und der Segelmannschaft, und trotz seiner Größe – eins achtundneunzig – und trotz seiner enormen Stärke – er wiegt dreihundert Pfund, reine Muskelmasse – ist er sehr nett. Der Türke hatte ein Stipendium für unser College bekommen. Es hieß, er sei sehr begabt, aber Begabung ist keine Entschuldigung für gewalttätiges Verhalten. Fred und der Türke waren beide im ersten Semester. Sie besuchten einige Kurse gemeinsam und kannten sich. Auf einer Party sagte Fred dann irgendwas durchaus Nettes über ihn und nannte ihn dabei »den Türken«, worauf der ausländische Student ihm eine langte. Schlimmer. Er fiel über ihn her. Er schlug ihm mit den Fäusten ins Gesicht. Andere Studenten mussten ihn wegzerren. Fred verlor zwei Kronen. Sie zu ersetzen war teuer und schmerzhaft.

Am nächsten Tag rief die Mutter des armen Fred an. Sie war begreiflicherweise außer sich. Sie teilte mir mit, ihr Sohn sei »traumatisiert«. Sie steht ihm sehr nah und weiß, wovon sie spricht. Sie sagte, es sei ihm unmöglich, am Unterricht wieder teilzunehmen, wenn der Türke nicht rausgeschmissen würde, und wenn es nicht sofort geschähe, würde sie das College auf Rückerstattung des Schulgeldes verklagen. Eine Menge Geld. Ich reagierte sofort, und zwar im Interesse des Colleges.

Ich rief den türkischen Jungen auf seinem Mobiltelefon an (nach allem, was man liest, hat in der Türkei noch im kleinsten Dorf auch der älteste Großvater in seinem Rollstuhl ein Mobiltelefon) und bestellte ihn in mein Büro.

Er war ein kleiner, schmächtiger Kerl in einem perfekt gebügelten T-Shirt und gebügelten schwarzen Jeans. Sein Haar war kurz geschnitten, aber so borstig, dass es ihm senkrecht vom Kopf stand. Er hatte böse Augen – dunkle, kalte Schlitze, wie schwarzes Eis. Als ich ihm sagte, er solle seinen Spind räumen und den Campus verlassen, antwortete er: »Okai-okai, Madam Nunn.« Auch seine Höflichkeit war aggressiv und beängstigend. Dann machte er kehrt, wozu er viel Platz brauchte, obwohl er so klein war, und stapfte breitbeinig hinaus. Die Tür hinter sich zuzumachen fiel ihm nicht ein, und dann hörte ich von meinem Schreibtisch aus einen dröhnenden Schlag. Ich stürzte nach draußen. Er schlenderte den Flur entlang. Die anderen Studenten und Dozenten starrten ihm nach.

»Der Irre hat mit voller Wucht gegen den Spind getreten. Wahrscheinlich hat er sich den Fuß verstaucht, und jetzt tut er so, als wäre nichts«, meinte jemand.

Ein paar Tage vergingen. Das College war in Aufruhr wegen des Gewaltausbruchs. Wir hielten eine Personalversammlung ab, und alle teilten meine Meinung, das Studentengericht einzuberufen. Seine Altersgenossen sollten sich mit dem Fall befassen. Die Mitglieder des Studentengerichts wurden informiert, und alle waren sehr einverstanden, denn sie sind auch gegen Gewalt und fest überzeugt, dass die Schule mit allen Mitteln dagegen vorgehen muss. Nur der Schulpsychologe Dr. Morgan tat, was er konnte, um eine Verhandlung zu verhindern. Er kam uns mit der Theorie, es gebe zwischen den Jungen eine Art homosexueller Anziehung, die von beiden verdrängt werde und deshalb nur in Raufereien zum Ausdruck kommen könne. Dr. Morgan hatte es offenbar darauf abgesehen, uns zu schockieren. Aber mit Homosexualität haben wir nichts zu schaffen. Wir besprachen seine Schlussfolgerungen. Er war dagegen, den türkischen Raufbold vor das Schulgericht zu bringen. Er war aber auch gegen die naheliegende Alternative, ihn einfach vor die Tür zu setzen. Dr. Morgan wollte, dass sich die beiden Jungen in seinem Büro die Hand gaben und ihre Feindseligkeit in seiner Gegenwart besprachen. Um ihn zu beschwichtigen, verließ ich den Konferenzraum für kurze Zeit und rief Freds Mutter an. In meinen Unterlagen hatte ich gesehen, dass sie bei sich zu Hause ein buddhistisches Meditationszentrum eingerichtet hatte. Daher wusste ich, dass ich sie erreichen konnte. Sie kam ans Telefon. Aber sie war entschieden gegen Dr. Morgans Vorschlag, die beiden Jungen sollten ihre Differenzen untereinander klären. Sie sagte: »Dazu bin ich nicht bereit.«

Ich kehrte ins Konferenzzimmer zurück und berichtete Dr. Morgan von dem Gespräch. Ich fügte hinzu: »Ich habe auch einen dreijährigen Sohn zu Hause, Doktor, und ich verstehe genau, wie Freds Mutter fühlt.«

Aber er erwiderte spöttisch: »Verwechseln Sie bitte nicht einen dreijährigen Jungen mit einem, der dreihundert Pfund wiegt.« Wie grob von ihm! Und was für eine Frechheit! Die anderen stürzten sich auf ihn. Sie stimmten mir zu. Sie waren der Meinung, eine mögliche homoerotische Komponente sei hier völlig irrelevant. Tatsache war, ein Junge hatte einen anderen körperlich angegriffen. »Wir müssen unseren Standpunkt absolut klarmachen. Wir sind gegen Gewalt!«, sagte der Collegepräsident. Er wolle sich nicht mit einem Prozess vor einem ordentlichen Gericht herumärgern. Dr. Morgan murrte, konnte aber nichts machen, die Mehrheit war gegen ihn. Er verließ den Raum hastig. Manche Leute können es nicht ertragen, wenn sie mal Unrecht haben, amüsierten wir uns.

Ich sorgte dafür, dass alles im Rahmen blieb. Mein Wahlspruch lautet: »Seien wir nett zueinander!« Den ließ ich mir von meinem Mann in seiner Druckerei auf einen Kalender drucken, den ich dann zu Weihnachten an die Kollegen von der Fakultät verteilte. Jeden Monat ein anderes Foto von mir, bei der Arbeit oder im Kreis der Familie. Die Winterferien nahten, und der Termin für die Verhandlung vor dem Studentengericht wurde auf Ende Januar gelegt, damit die Studentenrichter genug Zeit hatten, sich mit den Fakten vertraut zu machen. In der Zwischenzeit durfte der kleine Türke den Campus während der Unterrichtszeit nicht betreten. Seine schriftlichen Arbeiten musste er über mich einreichen, und auch die Abschlussprüfung musste er getrennt von den anderen ablegen. Ich arrangierte das mit seinen Professoren und ließ ihn abends kommen, wenn Fred ganz bestimmt nicht mehr da war. Der türkische Junge war sehr störrisch. Unter den Augen hatte er dunkle Ringe, und sein Wiegeschritt war so ausladend, dass ich fürchtete, er werde im nächsten Moment das Gleichgewicht verlieren. Ich sah ihn mir genauer an und versuchte mir vorzustellen, Fred sei in ihn verliebt. Mr. Morgan lag völlig falsch. Mir wurde klar, dass auch Fred nicht gerade ein Objekt der Begierde war. Sein Gesicht war wund vor Akne, und mehr bemerkte man davon nicht. Er hatte flusiges, sandfarbenes Haar. Wie seltsam Jungs sind. Aber die Geschmäcker sind verschieden.

Ein paar Tage später rief mich die alte Professorin Dalton an und sagte, sie wolle mit mir über Memo sprechen. Zuerst wusste ich gar nicht, was sie meinte. Ich dachte, sie würde irgendwas falsch aussprechen. Dann wurde mir klar, dass es um den türkischen Jungen ging. Professorin Dalton unterrichtet Mathematik für Anfänger. Unsere Hochschule bietet ihren Studenten eine umfassende Bildung. Wir sind der Meinung, ein Student, der Geisteswissenschaften im Hauptfach studiert, braucht auch Grundkenntnisse in den Naturwissenschaften, wenn er seinen Weg machen will. Deshalb ist bei uns mindestens ein naturwissenschaftlicher Kurs pro Semester Pflicht. Die Professorin berichtete mir, Memo habe sein Examen nicht bestanden. Ja und? Die Professorin fand es erstaunlich. Memo sei immer der Überflieger in der Klasse gewesen. Im Grunde sei er der einzige Junge mit einer gewissen Begabung. Er habe originelle Ideen, und seine Beiträge zum Unterricht wie auch seine schriftlichen Arbeiten seien, obwohl er sich nicht in seiner Muttersprache ausdrücke, außerordentlich durchdacht und differenziert. Ich erzählte ihr von dem Vorfall mit Fred.

»Ach, Fred. Das ist doch der Junge, der sich immer über seine Aussprache lustig machte. Memo war ihm haushoch überlegen. Ich vermute, das hat Fred genervt. Bestimmt hat er Memo ein Mal zu viel auf die Schippe genommen.«

»Das ist keine Entschuldigung dafür, wie Memo reagiert hat«, sagte ich. Die Professorin wollte noch etwas einwenden, aber ich schnitt ihr das Wort ab, weil ich einen anderen Termin hatte.

Die Weihnachtsferien sind die Zeit, in der sich eine Dekanin ausruhen kann. Ich liebe warme, gemütliche Kleidung, knisternde Kaminfeuer, tiefe Sofas, den reinen, weißen Schnee, der alles zudeckt. Ich habe frei. Mein Mann muss arbeiten. So verbringe ich diese Zeit vor allem mit meinem Sohn, Bernhardt. Seine Welt ist schließlich auch ein Teil unserer Wirklichkeit. Mein Kleiner ist sanft wie ein Lämmchen.

Eines Tages wollte Bernhardt auf den Spielplatz. »Da ist alles voller Schnee!«, sagte ich, aber er ließ mein Nein nicht gelten. Ich war fröhlich, die Sonne schien, und Bernhardts Hand schmiegte sich so wunderbar in meine. Wir hatten vor, im Sandkasten einen Schneemann zu bauen. Doch als wir ankamen, sank meine gute Laune. Die Schaukeln waren von zwei Großen besetzt, zwei ausgewachsenen Burschen in dicken Skijacken. Sie gehörten hier nicht hin, auf einen Spielplatz für Kleinkinder. Ich brachte meinen Sohn zum Sandkasten und ging dann auf die beiden zu, um sie zurechtzuweisen. Beim Näherkommen nahm ich die Sonnenbrille ab, damit ich besser sehen konnte, und tatsächlich, ich hatte mich nicht getäuscht – auf den Schaukeln saßen zwei Jungen vom College. Noch ein paar Schritte, und ich wusste, wer sie waren – Memo und Fred. Sie benutzten die Schaukeln aber fast gar nicht für das, wozu sie gedacht waren, sondern saßen bloß darauf und machten mit den

Füßen Spuren in den tiefen Schnee. Dabei unterhielten sie sich sehr lebhaft. Und offenbar freundlich. Sie redeten und redeten. Sie bemerkten mich gar nicht. Ich zog mich zurück, behielt sie aber im Auge. Nach einiger Zeit standen sie auf, umarmten sich, als hätten sie eben bei irgendeinem Wettkampf gewonnen, und verließen den Spielplatz.

Anscheinend hatte unser Seelenklempner, Dr. Morgan, doch recht gehabt. Ich bin durchaus bereit, zuzugeben, wenn ich mich mal geirrt habe. Und das sagte ich ihm auch. Wir aßen zusammen zu Mittag und wurden gute Freunde. Er nennt mich jetzt Kay. Wir sind in vielen Dingen einer Meinung, zum Beispiel in Umweltfragen oder was die schlimme Lage der Palästinenser betrifft. Aber es war nicht die Wahrheit. Die Wahrheit war noch viel sonderbarer.

Kaum hatte das Semester begonnen, da störte der türkische Junge den Frieden an unserer Schule noch einmal. Nicht leibhaftig. Er kam nicht zurück. Aber stattdessen kam die Polizei und fragte nach ihm. Wie sich herausstellte, wurde unser Student in der Türkei gesucht. Wegen Mordes. Wie sich herausstellte, war er, obwohl türkisch, eigentlich doch nicht türkisch, sondern kurdisch. Ich wurde zu einer Besprechung mit Dr. Morgan und dem Collegepräsidenten in dessen Büro gebeten. Im Kamin brannte ein Feuer, und als ich eintrat, begrüßte mich der Präsident mit einem Handschlag und einem freundlichen Lächeln. Zwei hohe Polizeibeamte informierten uns. Memo hatte anscheinend einer terroristischen Organisation angehört, die einen Umsturz in der Türkei anstrebte. Er hatte alle möglichen Gräueltaten gegen sein Land verübt. Aber gesucht wurde er nicht wegen irgendwelcher toter türkischer Soldaten oder anderer Männer, sondern weil er eine Kurdin kaltblütig umgebracht hatte. Ich begann zu zittern, trotz des wärmenden Feuers im Büro des Präsidenten, und Dr. Morgan legte mir einen Arm um die Schulter.

Wir gaben den Polizeibeamten Memos Schulakte mit. Mir war klar, dass es auf dem Campus jemanden gab, der wahrscheinlich wusste, wo sich Memo aufhielt. Fred. Ich suchte nach ihm und fand ihn schließlich in der Cafeteria, in der Schlange vor der Essensausgabe.

Er wirkte verlegen, als ich ihn fragte, wo sein »Freund« Memo stecke.

»Keine Ahnung«, brummte er und hoffte, ich würde wieder gehen. Ich tat ihm den Gefallen.

Mir blieb nichts anderes übrig, wirklich. Als ich wieder am Schreibtisch saß, blätterte ich meine Kartei durch und rief Freds Mutter an. Ich wollte ein vertrauliches Gespräch von Frau zu Frau mit ihr führen und entschuldigte mich, dass ich während ihrer Arbeitszeit anrief. Vielleicht hatte ich sie diesmal tatsächlich in einer Meditationssitzung gestört. Sie klang verstimmt und gereizt. Ich sagte ihr, ich könne sie beruhigen, der türkische Junge werde nicht wieder in unserem College auftauchen und ihren Sohn behelligen. Darauf sagte sie nichts, was ich sonderbar fand. Ich wollte irgendeine Reaktion von ihr hören, deswegen fügte ich hinzu: »Man hat ihn verhaftet. Er wird anscheinend wegen Mordes gesucht.« Löffelgeklingel in einer Tasse. Pause. Ein Schlürfen, ein Schlucken. Die Tasse wurde auf die Untertasse zurückgestellt. Ich hatte also keine Meditationssitzung unterbrochen. Kein Wort. Es war unhöflich. Ich begann mich zu ärgern und sagte: »Das Komische ist – Fred und der türkische Junge sind befreundet. Ich habe sie zusammen gesehen – dicke Freunde. Sie könnten Ihren Sohn mal fragen, wie das zusammenpasst.«

Schließlich machte sie doch den Mund auf. »Dekanin Nunn«, sagte sie mit schneidender Stimme, »ich werde das College verklagen. Ich will mein Schulgeld zurück und außerdem die Kosten für die Zahnbehandlung und für die psychologische Betreuung, die meinem Sohn noch bevorsteht.« Und dann, sehr langsam, sodass ich das Rascheln eines Kleides oder eines weiten Ärmels hören konnte, legte sie auf.

Ich fühlte mich miserabel. Ich hatte einen Fehler gemacht. Ich lief in meinem Büro auf und ab und betete zum Himmel, dass Freds Mutter nicht den Collegepräsidenten anrief, bevor ich wieder alles in Ordnung gebracht hatte. Ich hatte eine Idee. Der Präsident würde sie zu schätzen wissen. Dekanin Nunn, würde er sagen, der gute Ruf unseres Colleges darf nicht durch solche Nichtigkeiten beschädigt werden. Ihr Einsatz in dieser Angelegenheit ist unbezahlbar.

Minuten später hatte ich Fred in der Cafeteria wieder aufgespürt, der sich gerade über seinen Lunch hermachen wollte. Ich nahm ihn mit in mein Büro.

Er kam mir immer noch sehr jung und unschuldig und nett vor, trotz der Akne und seiner immensen Größe. Er brauchte sich offenbar noch nicht zu rasieren, und auch seine Brust, die man sehen konnte, weil ein Knopf an seinem hübschen Brooks-Brothers-Hemd fehlte, war unbehaart. Ich bemühte mich, nicht nach diesem Stück Haut zu sehen, das unter dem Hemd mal hervorblitzte, mal verdeckt war, während er auf seinem Stuhl herumrutschte. Er tat mir schrecklich leid, weil er nicht merkte, dass sein Hemd offen stand. Bereitwillig erzählte er mir die folgende Geschichte.

»Memo kommt aus der Türkei oder so, aber eigentlich ist es nicht die Türkei, wo er herkommt. Er sagt, es heißt Kurdistan. Man findet es auf keiner Karte, Dekanin Nunn, Sie brauchen nicht nachzusehen, ich hab's schon getan. Aber ich bin sicher, es stimmt trotzdem. Warum sollte er sich so was ausdenken? Also, in einem Sommer, als Memo zwölf war oder so, schickte man ihn in die Berge, seinem

Vetter beim Schafehüten helfen. So was machen die da. Und während er weg war, in diesem Sommerlager oder was das war, beim Schafehüten, kam die Armee, die türkische Armee, weil, in seinem Dorf waren so ein paar kurdische Kämpfer gewesen, und die Armee hat alles abgefackelt, und seine Eltern und alle seine kleineren Brüder und Schwestern, verstehen Sie, die sind tot.«

Fred machte ein verzweifeltes Gesicht, als fände er das alles glaubhaft, und fuhr fort: »Er wohnte danach bei, ich weiß nicht, irgendeiner Tante oder was. Vielleicht bei einem Onkel. Irgendwelchen Verwandten. Er musste mithelfen. Sie hatten ein Geschäft, glaube ich, sie verkauften, ja, hm, also Heroin.« An dieser Stelle sah mich Fred mit einem schmalen Lächeln an, als wollte er sagen: Ich weiß, das ist nicht besonders ehrenwert. Bloß dieses versonnene Lächeln. Dann zuckte er mit den Achseln. »Mit sechzehn ging er zur kurdischen Miliz, ich weiß nicht genau, sie wollten – ich glaube, sie wollten die Regierung stürzen oder so.«

»Aber Fred, bitte«, unterbrach ich ihn, »was hat denn so jemand auf unserem College verloren?«

Fred schien verwirrt, er starrte mich an. Ich riss mich zusammen und sagte sehr nett: »Entschuldige, dass ich dich unterbrochen habe. Erzähl weiter, bitte. Ich höre zu.«

Er fuhr fort. In seiner Nacherzählung wechselte Memos Geschichte nun in eine viel sanftere Tonlage.

»Tja, Mrs. Nunn, Sie haben mich gefragt, und nun erzähle ich Ihnen, was ich weiß. Also, es passierte Folgendes. Memo hatte eine Freundin. Ein Mädchen aus seiner Gruppe. Sie waren achtzehn, glaube ich, beide. Ein kurdisches Mädchen. Memo sagt, sie konnte unheimlich gut schießen, traf ein bewegliches Ziel aus drei Block Entfernung! Er zeigte mir ein Bild von ihr. Ein tolles Mädches, verstehen Sie. Gute Figur. Schwarzes Haar. Auf dem Bild hat sie ein Gewehr oder was, nein, es sieht richtig professionell aus, sie hat es über die Schulter gehängt oder so. Echt super. Also, Memo hatte sich in sie verliebt, er liebte sie wirklich. Razyana. So hieß sie.« Fred schien vollkommen fasziniert von diesem Namen, denn er wiederholte ihn immer wieder, als wäre er auch für ihn etwas Kostbares.

»Na ja, aber normalerweise, was heißt das schon, dass man eine Freundin hat, oder? Ich meine, wenn man achtzehn ist. Man hat eine Freundin, und dann hat man eine andere. Aber in diesem Fall war es vielleicht anders. Denn – also, ich weiß nicht, warum, aber es war anders. Und dann passierte Folgendes. Der Chef von ihrer Dingsda, ihrer Einheit oder ihrem Kommando, kam zu Besuch oder so. Alle versammelten sich in einer verlassenen Schule, und er hielt eine Ansprache oder was. Die Typen waren alle beeindruckt und hörten zu. Und als er fertig war und weiterwollte, waren sie schwer begeistert. Und er bat Razyana, sie sollte noch einen Moment dableiben. Was dann passierte, weiß, glaube ich, keiner, jedenfalls war sie mit ihm allein da drinnen, und alle wussten, dass sie einer der besten Schützen von allen war, und dachten, das sei der Grund, und dann kam sie plötzlich aus dem Haus gerannt, das Haar durcheinander und die Bluse, glaube ich, aufgeknöpft. Und dieser Bursche war völlig irre, er behauptete, sie sei durchgedreht und hätte ihn angegriffen oder sogar versucht, ihn zu ermorden.«

Während dieses ganzen Monologs leuchtete auf Freds sonst so gleichmütigem Gesicht die reine Verzückung. Ich kann es nicht anders beschreiben. Ständig fuhr er sich mit der Hand durch sein kurzes, sandfarbenes Haar. »Razyana wurde von ihren eigenen Leuten eingesperrt. Die anderen Kurden waren total erschüttert, als sie erfuhren, dass sie eine Verräterin war, dass sie sich der Gruppe wahrscheinlich nur angeschlossen hatte, um eines Tages ihren Führer zu ermorden. Auch Memo trauten sie nicht mehr. Alle sagten ihm, er müsse seine Treue beweisen, das sagten sie: Er müsse seine Treue zur Gruppe beweisen.

Ich nehme an, dann vergingen erst mal ein paar Monate. Irgendwann sagten sie zu Razyana, sie könnte jetzt wieder hingehen, wohin sie wolle. Sie hatten sie wohl, ich weiß nicht, festgehalten, vielleicht in einem Gefängnis oder so. Sie nahm Kontakt zu Memo auf, und der kam natürlich zu ihr. Memo weiß, wie man sich gut anzieht, verstehen Sie. Er hat mir erzählt, in allen Einzelheiten, was er anhatte, als er sie besuchen ging – komisch, dass er sich daran erinnerte. Er bügelt seine Jeans! Kein Mensch macht das hier sonst. Aber er bügelte sich die Jeans, als er sie besuchte. Und er zog ein sauberes Hemd an. Er sagt, sie war richtig dünn geworden, und sie hätten ihr das Haar abgeschnitten gehabt, richtig kurz. Sie hatte die gleichen Sachen an wie an dem Tag, als Memo sie zuletzt gesehen hatte, aber jetzt waren sie viel zu groß und schlabberten an ihr herum und sahen ganz schrecklich aus. Und als sie ihn sah, klappte sie einfach zusammen und heulte, und da, sagt er, fing auch er an zu heulen. Er nahm sie in die Arme, wissen Sie, er umarmte sie lange, und dann ging er mit ihr die nächste Straße runter, drückte sie ganz fest an sich. Er hatte ihr einen Arm um die Schulter gelegt, und in der Hand hielt er die Pistole. Sie merkte es nicht, sie sah sie nicht, sie spürte auch nichts, als er ihr die Mündung ans Haar drückte. Er sagte, ihr Haar habe sich warm angefühlt. Sie bogen in eine Gasse ab, und da küsste er sie. Seine Hand war immer noch an ihrem Kopf, und dann drückte er ab.«

Freds Augen waren groß, blassblau und fast durchsichtig. Er starrte mich an. »Der Kopf von ihr war überall auf ihm drauf! Es war das Treueabzeichen oder was.«

Fred ließ den Kopf hängen und fuhr nach einer Pause leise fort: »Aber genutzt hat ihm das alles überhaupt nichts. Alle sagten, er habe das Richtige getan, aber gehasst haben sie ihn trotzdem. Und dann war auch noch die türkische Polizei hinter ihm her.«

»Armer Fred«, sagte ich leise. »Du armer Junge. Was ist das bloß für ein Blödsinn!« Ich betrachtete diesen riesigen Jungen, der niedergeschlagen und hilflos in meinem schönen Bürosessel saß. Er erzählte weiter.

»Diese Gruppe hatte sich immer um ihre Leute gekümmert. Sie haben auch Memo geholfen wegzukommen, nach Amerika. Er wohnte bei einer kurdischen Familie in New Jersey, die er vorher noch nie gesehen hatte. Es waren nette Leute, sagt er. Sie hatten eine Tankstelle, und sie nahmen ihn einfach bei sich auf und erzählten allen Leuten, er wäre ihr Sohn. Englisch lernte er sehr schnell. Sie wissen ja, er ist wirklich intelligent, oder? Und die Highschool absolvierte er mit Auszeichnung. Ich schätze, deshalb hat ihn unser College überhaupt nur genommen, und er hatte ja ein Stipendium, mit dem alles bezahlt war, oder? Aber sein Alter war gelogen. Er ist keine neunzehn, wissen Sie. Er ist irgendwas – zweiundzwanzig, vielleicht auch schon dreiundzwanzig. Er hat es mir nie genau verraten, sagte, er wüsste es nicht. Jedenfalls habe ich Ihnen jetzt alles erzählt, was ich weiß, und ich würde jetzt gern wieder runter in die Cafeteria gehen, wenn das für Sie o. k. ist.« Und er stand auf – mit Würde, wie mir schien, trotz seiner Größe und obwohl ihm die Tränen über die Wangen kullerten, was sehr merkwürdig aussah. Ich begleitete ihn an die Tür. Dann kehrte ich zu meinem Schreibtisch zurück und schaltete den Kassettenrekorder ab.

Freds genaue Kenntnis der Geschichte nahm seiner Mutter, als sie das Band zu hören bekam, den Wind aus den Segeln, und von einem Prozess war nachher nie mehr die Rede. Ich glaube von alldem nicht ein Wort. Mein Freund Dr. Morgan beantwortete mir einige Fragen, die offen geblieben waren. Ein paar Tage nach der Auseinandersetzung mit Fred hatte Memo sein Opfer offenbar aufgesucht, um sich zu entschuldigen! Fred hatte nicht mit ihm reden wollen, aber Memo hatte sich an ihn gehängt, hatte ihn in einen leeren Klassenraum gezogen und in eine Bank gedrückt. Und dann hatte er Fred die ganz traurige Geschichte erzählt und hinzugefügt, er werde Amerika bald verlassen.

Und jetzt kommt der unglaublichste Teil der Geschichte. Und dieser Teil stimmt auch. Freds Zahnarzt hatte von der Mutter schon eine große Anzahlung für die neuen Porzellankronen des Jungen bekommen, aber Fred bedrängte den armen Mann, er solle ihm billige, provisorische Kronen einsetzen und ihm den Differenzbetrag zurückgeben. Der Zahnarzt ließ sich darauf ein, und Fred gab das Geld an Memo weiter und half ihm abzuhauen.

Kurz vor meinem Anruf bei Freds Mutter hatte ihr der Zahnarzt gestanden, was geschehen war. Deshalb war sie so verstört. Fred hatte so etwas noch nie getan. Als sie ihn zur Rede stellte und wissen wollte, was er mit dem Geld gemacht habe, wurde Fred offenbar wütend und schrie, das gehe sie überhaupt nichts an. Aber es war doch ihr Geld gewesen, nicht seines! Sie hatte ihm die Kronen bezahlt! Freds Eigensinn erschreckte sie sehr, und sie wollte, dass er sich in eine gute Beratung begab, um »wieder zu sich selbst zu finden«. Fred ging zu Dr. Morgan, aber offenbar nur ein Mal.

Die Polizei tauchte nicht mehr auf, und wir hörten auch nie wieder etwas von ihr. Ich weiß nicht mal, ob sie ihn am Ende geschnappt haben oder nicht. Fred brach die Schule ab und wurde Profisegler. Ich wünsche ihm dazu natürlich viel Erfolg.

Das alles geschah in den letzten Monaten. Jetzt ist das Frühjahr fast vorbei, und ich bin im Urlaub. Deshalb habe ich auch Zeit, alles aufzuschreiben. Ich erwarte ein zweites

Kind. Ich hoffe, es wird ein Mädchen. Mein Mann und ich haben gerade ein Sparkonto für unsere Kinder eröffnet, damit wir uns, wenn sie achtzehn sind, das Schulgeld für ihr College leisten können.

Heiße Luft

Junge traf Mädchen in einer Kirche. Beide waren nicht zum Beten gekommen. Sie wollten den Pfarrer gegen das Regime predigen hören. Für das Mädchen war die Veranstaltung eine Touristenattraktion. Dem Jungen war sie ein Anliegen. Er hatte getan, wozu ihm sein Biograph geraten hatte, dieser unsichtbare Schutzengel, der ihn auf all seinen Wegen lenkte. Der Biograph hatte ihm gesagt, er solle nach Berlin gehen, und hatte ihn schließlich auch in die Kirche im Osten der Stadt gelotst, weil dort Geschichte gemacht wurde und der Junge dabei sein sollte, um alles zu notieren.

Der Junge war überzeugt davon, dass er eines Tages zu den Großen Männern gehören werde. Über sich nachdenken hieß für ihn vergleichen. Entweder er würde ein zweiter George Orwell oder ein zweiter Winston Churchill sein. Oder erst das eine und dann das andere. Schon jetzt war er ganz erfüllt von seinen künftigen Siegen. Der stets gegenwärtige Biograph zeichnete inzwischen schon mal seine Jugend auf. Im Augenblick war der Biograph allerdings ziemlich entsetzt. Sein Held, dieser stramme Bursche von dreiundzwanzig Jahren, war immer noch ein keuscher Jüngling. Dagegen musste etwas getan werden.

Die eigentliche historische Bedeutung der Predigt in der Kirche bestand nach Ansicht des Jungen also darin, dass auch das Mädchen dort gewesen war. Es hatte sich verspätet, aber die Geschichte selbst hatte es durch die Menschenmenge zu ebenjener Bank geführt, in der der Junge schon saß. Mit einem Nicken verständigten sie sich darüber, dass sie hier beide Außenseiter waren, und saßen dann eine Zeit lang schweigend nebeneinander. Schließlich ergriff das Mädchen die Initiative und flüsterte: »Wer bist du?«

Mit dem Stolz eines jungen Mannes, der von seinem Biographen begleitet wird, antwortete er: »Ich bin ein Cambridge-Historiker.«

Das Mädchen sah ihn genauer an. Es sah die glatten rosigen Wangen, die eines Rasiermessers noch kaum bedurften, es sah die hohe, von dunklen Locken umhangene Stirn, die runden, fast schwarzen Kinderaugen und brach in Lachen aus.

Er drehte sich um und suchte nach dem Grund für ihre Heiterkeit, sah aber nur den Pfarrer und die gebannt lauschende Gemeinde und musste sich eingestehen, dass er irgendetwas nicht mitbekommen hatte. Er wandte sich wieder dem Mädchen zu. Sie lachte jetzt nicht mehr, sondern betrachtete ihn mit ungehöriger Neugier. Er warf einen Blick auf seine Finger. Sie waren noch da, noch sauber. Dann sagte sie zu ihm: »Ich heiße Alice, und wie heißt du?« So stellte sich doch noch heraus, dass er John hieß.

Johns erster Brief an Alice – eine Woche später – enthielt eine wilde Bitte, die er in ihrer Gegenwart nicht über die Lippen gebracht hatte: Sie möge ihn von seiner Unschuld befreien. Nach der Predigt hatten sie zusammen zu Abend gegessen, waren dann in Parks umherspaziert und durch Straßen geschlendert. Während sie sich unterhielten, hatte er immer wieder Anspielungen eingestreut, hatte seinen Mangel an Kontakten zum anderen Geschlecht erwähnt, seine jahrelange Inhaftierung in Jungeninternaten, seine Schüchternheit an der Universität. Alice war eines der ersten Mädchen, mit denen er sich je unterhalten hatte. Und wie seltsam, sagte er, dass sie irisch war. Katholisch! Er versuchte, sein Entzücken über das Schockierende dieser Tatsache zu überspielen. Es begeisterte ihn auch, dass sie aus einfacheren Verhältnissen stammte als er. Ihr Vater war Arzt, seiner dagegen verdiente Geld, verschenkte es aber auch wieder und genoss hohes Ansehen für die Umsicht, mit der er wohltätige Einrichtungen und politische Parteien unterstützte. John gab zu, dass er sich gar nicht vorstellen könne, wie das wäre – in einem einfachen Haushalt aufzuwachsen, gleich nebenan in die Schule zu gehen, abends daheim bei den Eltern zu sein, mit Kindern – Mädchen! – zu toben und ohne Weiteres Bekanntschaft zu schließen. Alice ihrerseits quetschte ihn nach Einzelheiten über das Leben der Oberschicht aus, ließ sich nichts entgehen und staunte über jede Kleinigkeit. Sie wusste, wie man Leute zwingt, über völlig unwichtige Dinge zu sprechen.

Kurz, Alice und John, beide jung, beide allein in einer großen, fremden Stadt, waren voneinander fasziniert.

Doch Cupido hielt sich fern. Sie mochten sich nicht einmal besonders. Alice fand John aufgeblasen und ärgerte sich über die ständige Anwesenheit des unsichtbaren Biographen. Sie verabscheute auch die Art, wie sich John auf die »Ichs« in seinen Sätzen stützte, als wären sie die wichtigsten Wörter darin, und wie er Informationen hortete, als wären sie eine Währung, um andere zu beeindrucken. John seinerseits war entsetzt darüber, dass Alice von nichts eine Ahnung hatte und trotzdem alles besser wusste, dass sie ständig zu spät kam, dass sie sich für etwas Besonderes hielt, obwohl sie es nicht war, auch darüber, dass sie genau besehen ein bisschen mollig war, und außerdem über ihr albernes, kurz geschnittenes rostrotes Haar.

Dennoch glaubte John, er sei in Alice verliebt. Ihr Lächeln und ihre Haut waren so warm. Die Sommersprossen waren zwar ein Makel, aber süß fand er sie trotzdem. Er wollte Alice in den Arm nehmen. Der Biograph ließ nicht locker. Mit dreiundzwanzig sei es höchste Zeit, eine Frau in den Arm zu nehmen. Aber John wusste nicht, wie er es Alice sagen sollte. Krachend schlugen seine Andeutungen in ihre Gespräche ein, aber Alice schien taub zu sein. Er litt, sah sie an, berührte ihren schmalen Ellbogen nicht, sagte ihr Gute Nacht, ohne einen Kuss zu riskieren, und konnte nachher nicht schlafen. Die Briefe begannen.

Auf billigem Luftpostpapier, in eleganten Hieroglyphen bat er um Erbarmen. Er war jetzt auf Reisen, interviewte wichtige Leute für ein Buch. Er schrieb jeden Abend. Er würde bald zurück sein.

Alice erkannte seine Handschrift sofort, wenn sie die Briefe aus dem Kasten nahm. Sie war nicht besonders intelligent, aber sie hatte Instinkt. Sie wusste, eines Tages würde er die Briefe zurückhaben wollen, um sie vor seinem Biographen zu verstecken. Sie ahnte auch, dass sie John in jedem Fall verschrecken würde – egal, ob sie seine Briefe beantwortete oder unbeantwortet ließ. Trotzdem waren die Briefe eine Art Pfand – ihretwegen würde er wiederkommen. Sie fand ihn lächerlich, aber dann dachte sie wieder: Seine Freunde kann man sich nicht aussuchen. Sie wollte ihn nicht ganz aus den Augen verlieren.

In irgendeinem fernen Land bezahlte John schließlich eine Prostituierte dafür, dass sie ihn von seiner Unschuld befreite. Seine seltsame Liebe zu Alice verdunstete, und mit einem Schlag hörte er auf, ihr Briefe zu schreiben. Als er nach Berlin zurückkam, besuchte er sie nicht mal. Es fiel ihm leicht, sie zu vergessen.

Zwanzig Jahre vergingen. Alice war mit einem Arzt verheiratet. Sie hatten Kinder und ein schönes Haus in Dublin. John war tatsächlich ein Cambridge-Historiker geworden, ein richtiger Don. Er schrieb Bücher, veröffentlichte Artikel in angesehenen Zeitschriften, nahm an Konferenzen teil, saß in Ausschüssen. Noch immer schwelgte er in der ersten Person Singular, jetzt auch schriftlich, verwendete das Wort »ich« in jedem seiner Texte häufiger als jeder andere schreibende Zeitgenosse. Auch war er sehr stolz auf seine viel beachtete Ehe mit einer Dame aus bestem Hause. Sie hatten drei prächtige Mädchen, die er sehr liebte. Seine Frau wusste von dem Biographen. Sie achtete darauf, die gemeinsame Telefonnummer an niemanden weiterzugeben, denn sie fürchtete, sonst würde jeder, aber auch jeder bei ihnen anrufen. Dem Premierminister jedoch verriet sie die Nummer mit dem größten Vergnügen. Kurz, es gab nichts, wovor John sich hätte fürchten müssen, wäre da nicht die Erinnerung an eine Zeit gewesen, in der er nicht ganz so prächtig dagestanden hatte – eine Unschuld, die alberne Briefe an ein albernes irisches Mädchen schrieb.

Eines Tages musste er in einer wichtigen Angelegenheit nach Dublin, und nachher blieben ihm ein paar Stunden. Er suchte Alices Nummer im Telefonbuch und rief an. Sie erkannte seine Stimme sofort, als hätte sie die ganze Zeit auf ihn gewartet. Er besuchte sie.

Alice bot John Tee an und stellte ihm ihre netten Kinder vor. Seine Karriere hatte sie nicht verfolgt und fragte auch nicht danach. Sie war jetzt ziemlich hübsch, elegant gekleidet, und ihre rundlichen Formen machten sie nun jünger, als sie war. Sie redete noch immer über die gleichen

Dinge – erkundigte sich gezielt nach Nebensächlichkeiten, die sein Zuhause betrafen. Er fand kein Mittel gegen ihre triviale Fragerei. Er hatte die Wichtigkeit seiner Existenz ja herunterspielen wollen, um ihre Gefühle zu schonen, aber zur Bescheidenheit nötigen ließ er sich nur ungern.

Zuletzt, im Gehen, als er »Es war fabelhaft, dich wiederzusehen« schon gesagt hatte, räusperte er sich und fragte: »Sag mal, hast du diese Briefe noch, die ich dir damals geschickt habe?«

»Könnte sein«, erwiderte sie.

Sauber gestapelt warteten die Briefe in ihrem Kleiderschrank auf ihn.

Bis auf den ersten waren sie alle ungeöffnet.

»Der Mülleimer steht unten links«, sagte sie.

Er öffnete den Mülleimer und sah, dass er voll war. Jemand konnte sie wieder herausfischen, und wenn er sie tief nach unten stopfte, würde er sich die Finger schmutzig machen. Er packte die Briefe in seine Aktentasche. Am Abend, daheim in Cambridge, während im Kamin seines Arbeitszimmers ein Feuer prasselte und die geschlossene Tür anzeigte, dass er mit Höherem beschäftigt war, öffnete er die Aktentasche und nahm den Stapel heraus. Seine Hände zitterten. Er sah den Brief, der geöffnet worden war. Angst überkam ihn. Aber er konnte nicht anders, er musste ihn auseinanderfalten und einen Blick darauf werfen.

Dann die Erleichterung. Er staunte darüber, was für Streiche ihm sein Gedächtnis gespielt hatte. Der Brief war durchaus kein offenes Gesuch um Gewährung von Sex, sondern eine philosophische Abhandlung über die Geschichte, in langen, eleganten Sätzen, die das Herz einer intelligenteren Frau bestimmt gerührt hätten …

»Fantastisch«, murmelte er. So viel Gelehrsamkeit in so jungen Jahren. Gott sei Dank hatte er sie nicht weggeworfen. Sein Biograph würde begeistert sein. Da erblickte er die Bemerkung am Rand, in Alices runder Schulmädchenschrift. Es waren nur zwei Wörter. »Heiße Luft.« Beschämung stieg in ihm auf. Und dann die Erkenntnis, dass sie recht hatte. Er schleuderte die Briefe ins Feuer.

Nachdem er diese Episode aus seiner Biographie gestrichen hatte, setzte er die Arbeit am Denkmal seines Lebens ungehindert fort. Es würde sich als wenig imposant und ziemlich kurzlebig erweisen. Das stand nicht in irgendwelchen Büchern, sondern in den Sternen, auf die sich Alice besser verstand. Hinterlassen würde John vor allem seine netten Kinder und Enkelkinder, die sein Andenken bewahren würden. Genau dasselbe würde auch Alice hinterlassen. Nicht mehr, aber auch nicht weniger.

Faustina

Im Angesicht überirdischer Schönheit erblasste Heike. Sie war gerade fünfzehn geworden und zutiefst unzufrieden mit ihrem Aussehen. Aussehen war alles, denn wonach sollte man jemanden beurteilen, wenn nicht nach seinem Aussehen? Heike hatte traurige braune Locken und eine Figur, der kein Skelett Halt zu geben schien – selbst ihre Knie und die Finger sahen aus, als hätte sie keine Knochen. Wenn sie versuchte, ihre grauen Augen strahlen zu lassen, dann blitzten sie bloß, denn sie waren klein, fast schlitzartig, und eigentlich blitzten die Pickel in ihrem Gesicht noch mehr. Klein war immerhin auch ihre Nase. Und ihre Lippen waren schmal. Wenn sie mit denen schmollte, sah man es kaum. Alle lobten Heike wegen ihrer Fähigkeiten, wegen ihres unübersehbaren Talents für die Malerei, wegen ihrer Begabung für das Violinspiel, vom Schach ganz zu schweigen. Sie sprach drei Sprachen gleichermaßen fließend, und ihr Gedächtnis glich einer Tiefkühltruhe. Heike besaß einen bissigen Humor, der ihren Kameraden Angst und Bewunderung zugleich einflößte. An Freunden fehlte es ihr nicht. Doch bewundern konnte sie nur schöne Menschen und verachtete alle, die, wie sie selbst, nicht schön waren. Und dann stand Heike eines Tages einer Person gegenüber, die blond, rehäugig, gertenschlank und für all das obendrein auch noch berühmt war.

Heike war mit ihrem Französischkurs auf Klassenfahrt in Südfrankreich. Die Gruppe machte einen Ausflug nach Monte Carlo. Nachdem sie an der Strandpromenade etwas gegessen hatten, bekamen sie eine Stunde zur freien Verfügung, also zum Einkaufen – Klamotten und Krimskrams. Heike hatte die Hoffnung inzwischen aufgegeben, sie könnte durch andere Kleidung an ihrem Gesicht und ihrer Figur etwas ändern. Als die Schönheiten ihrer Klasse sich darüber zu unterhalten begannen, was sie kaufen würden, sagte Heike nur: »Hier sind doch alle Leute viel zu auffällig angezogen. Am besten kauft ihr euch auch knöchellange Nerzmäntel, dann starrt euch niemand mehr hinterher.« Ihre Freundinnen kicherten verlegen und ließen sie allein an der Strandpromenade zurück, wo sie weiter mit ihrem Dasein und seinen Abgründen haderte.

Sie hatte sich auf die Brüstung gestützt und sah aufs Meer hinaus, als sie unter sich auf dem Strand eine Menschenansammlung bemerkte. Ein Mode-Shooting war dort im Gange. Sogar von Weitem erkannte sie das Model, dessen Schönheit die Leute so faszinierte, dass es sich in der allgemeinen Vorstellung in eine mächtige, unsterbliche Göttin verwandelt hatte. Heike starrte hinüber, und ihre Sehnsucht war grenzenlos. »Habe nun, ach ...«, seufzte sie. »Wozu Talent? Wozu diese sogenannte Intelligenz? Das alles würde ich hergeben, wenn ich dafür nur einen einzigen Nachmittag schön sein könnte!«

Dies hörte zufällig der Teufel.

Für Schönheit hatte sich der Teufel schon immer interessiert. Nach dem Geld verursachte sie in zwischenmenschlichen Beziehungen das meiste Chaos. Schönheit war wie ererbtes Vermögen. Um sie zu besitzen, bedurfte es keiner weiteren Vorzüge, man brauchte sich nicht anzustrengen, man brauchte nichts zu können, man brauchte überhaupt nichts. Man hatte sie einfach, und andere hatten sie nicht. Sie zu haben war an sich schon reicher Lohn, aber sie brachte noch weitere Belohnungen mit sich, und deshalb wohnte der Schönheit etwas zutiefst Unfaires inne. Unfairness jedweder Art bereitet dem Teufel das allergrößte Entzücken.

Er beschloss, auf Heikes Angebot einzugehen.

Ohne die Schönheit zu fragen, ob sie einverstanden sei, ohne Heike vorzuwarnen, ohne irgendwelches Zeremoniell, vertauschte er das Innere der einen mit dem Inneren der anderen. Die Schönheit war nun nicht mehr schön, sondern fand sich im Körper einer Fünfzehnjährigen wieder, während Heike mit vollkommen unveränderter Persönlichkeit plötzlich von einer irrsinnigen körperlichen Vollkommenheit war. Während das Model in Gestalt eines unansehnlichen Teenagers, den niemand beachtete, an der Brüstung der Promenade lehnte, stand Heike groß und schlank vor der Kamera. Ihre Füße steckten in Stiefeln mit hohen Absätzen, die im Sand umzuknicken drohten. Ihre Hände, mit deren Hilfe sie sich im Gleichgewicht hätte halten können, steckten in den Taschen ihrer Jacke, und ihr Blick ging starr geradeaus. Heike war so perplex, dass sie weder schreien noch weglaufen konnte. Also blieb sie in dieser Pose und wagte nicht mal, sich an den Lattenzaun hinter ihr zu lehnen, was unter diesen Umständen wahrscheinlich bequemer gewesen wäre. Doch ihr Körper beschwerte sich über diese Misshandlung seltsamerweise nicht, auch nicht nach mehreren Minuten. Leute starrten sie an, und öffentliche Aufmerksamkeit ist ein starkes Betäubungsmittel. Der Teufel beglückwünschte sich zu seinem Schachzug und verfolgte vom Spielfeldrand gespannt, wie es weitergehen würde.

Eine Zeit lang ging es überhaupt nicht weiter. Vorsichtig und so unauffällig wie möglich versuchte Heike, sich Klarheit über ihre Situation zu verschaffen. Die Sonne beschien die Szenerie, ihr Licht genügte aber offenbar nicht. Am Strand aufgestellte elektrische Lampen waren auf sie gerichtet. In der Nähe drängten sich ein paar Leute und glotzten Heike ununterbrochen an. Hin und wieder stürzten zwei Frauen herbei und tupften Heike das Gesicht ab, die Wangen, das Kinn, zupften auch an ihrem Kleid. Jetzt erst fiel ihr auf, dass sie einen Schal um den Hals trug und dass der pulverweiche Stoff, der ihren Körper einhüllte, einem langen, streng wirkenden Mantel gehörte. Sie war von all der Aufmerksamkeit vor den Kopf gestoßen. Sie blickte in die Richtung der Kamera, aber sie sah nur einen pummeligen Teenager, der von der Strandpromenade zu ihr herunterstarrte.

Später entspannte sich Heikes Publikum. Der Mann, der mit einer Kamera nach ihr gezielt hatte, ließ seine Waffe sinken und wackelte mit den Schultern, um sich zu lockern. Dann zündete er sich eine Zigarette an und betrachtete prüfend ein Foto, das er gemacht hatte. Die anderen drängten sich um ihn. Heike fragte sich, ob die Leute sie vergessen hatten. Sie bewegte sich, nahm eine leicht veränderte Haltung ein.
  Prompt sahen alle zu ihr herüber.
  Sie wagte ein Lächeln.
  Alle lächelten zurück.
  Sie ließ das Lächeln ein paar Sekunden um ihre Lippen spielen und rückte es dann ein wenig zurecht. Augenblicklich rückten die anderen auch das ihre zurecht. Sie sprachen jetzt sehr freundlich mit ihr. Wie abscheulich es sein müsse, so lange still zu stehen. Jemand fragte, ob ihr kalt sei.
  Sie hatte noch gar nicht daran gedacht, aber jetzt fiel ihr ein, dass sie Ja sagen könnte – ja, ziemlich kalt.

Ihre Antwort verursachte einen Tumult.

Leute machten sich an zwei Heizgeräten zu schaffen, die in der Nähe standen, und drehten sie in ihre Richtung. Bald wurde es angenehm warm. Heike fing an, die Aufmerksamkeit zu genießen. Ihr wurde ein bisschen flau im Kopf, sie fühlte sich wie beschwipst. Der Teufel merkte es und wartete, was geschehen würde.

Aber er hatte die Qualen der Vorhölle nicht bedacht. Während der nächsten Stunden musste Heike immerfort in der gleichen Haltung ausharren, mit kleinen Abwandlungen, eine Beugung des Halses hier, eine Drehung der Hand dort. Sie konnte nichts anderes tun, als den Gesprächen der Erwachsenen in ihrer Umgebung zuzuhören, was sie normalerweise tunlichst vermied.

Sie hörte, wie die Leute den Modedesigner ein »Genie« nannten. Aber er war nirgendwo zu sehen. Der Designer war abwesend, aber im Geiste weilte er unter ihnen, und alle waren sich dessen bewusst. »Er verkauft seine Kreationen mit der Kraft seiner Persönlichkeit«, meinte jemand. Der Designer brauchte körperlich nicht anwesend zu sein. Er war das Gegenteil von einem Model.

Es dauerte sehr, sehr lange, bis Heike zu ihrer Erleichterung jemanden sagen hörte, sie könne sich jetzt etwas anderes anziehen. Man führte sie zu einem Minibus, der am Strand parkte. Drinnen stand etwas, das ihr wie ein Heiligtum, ein Tabernakel vorkam – ein Kühlschrank. Bestimmt stapelten sich in seinem Inneren die Colaflaschen. Verzweifelt sah sie sich nach weiteren Erfrischungen um – Süßigkeiten oder Chips.

»Ihr Evian steht hier. Ich bestelle jetzt etwas zu essen. Möchten Sie das Gleiche wie gestern?«

Wie sich herausstellte, hatte das Model gestern einen einfachen Salat bestellt, nicht mal ein paar Streifen gebratener Hähnchenbrust lagen obendrauf. Bloß Grünzeug. Kein Dressing. Und nachher Kräutertee. Heike nahm das Evian, obwohl es ihr ungefähr so verlockend vorkam wie anderer Leute Spucke, abgefüllt in Flaschen. Sie ging in den hinteren Teil des Minibusses, wo dicht an dicht jede Menge Kleider hingen. Entweder waren sie weit und wogend, oder sie glitzerten. Sie entdeckte eine metallische Kombination – silberne Hose, dazu ein Metall-BH, ein älteres Stück aus einer der ersten Kollektionen des Designers. Es hatte Brustwarzen. Aber es war auch ein Schutzpanzer. Heike beschloss, ihn als Nächstes anzuziehen.

In einer abgeschirmten Ecke stand ein Sessel vor einem Spiegel. Sie setzte sich, nahm einen Schluck Wasser und fand es nicht einmal schauderhaft, solchen Durst hatte sie.

Das Gesicht war bezaubernd, kein Zweifel, aber auf andere Weise, als sie erwartet hatte. Es war ein gutmütiges, unschuldiges Gesicht, jung und unberührt. Die Haut war weiß und zart, mit winzigen Wölkchen blonden Flaums an den Schläfen. Die Nase war ebenfalls winzig, ein wenig nach oben gerichtet, mit ein paar Sommersprossen auf der Spitze. Die Wimpern waren fast weiß. Es war nicht das Gesicht eines Vamps, der Männerherzen brach, sondern ein Gesicht, das nach Verehrung und Pflege verlangte. Heike hatte irgendwo gelesen, das Model stamme aus einem gutbürgerlichen, anständigen Elternhaus, der Vater sei Anwalt in einer Kleinstadt. Nun verdiente seine Tochter als Model 50 000 Dollar am Tag. Aber sie war kritisch. Sie arbeitete nur für Designer und Produkte, an die sie »glaubte«. Sie hatte Heike früher mal zum Kauf eines bestimmten Shampoos inspiriert. Heike erinnerte sich auch, wie ihr eigener Vater bei einer Diskussion über Taschengeld einmal gesagt hatte: »Geld haben bedeutet Verantwortung haben.« Das Model verdiente jetzt vielleicht zwanzig Millionen Dollar im Jahr, denn neben der Arbeit als Model hatte die junge Frau mehrere Firmen gegründet und war ständig unterwegs. Doch in Monte Carlo hatte sie schließlich ihr Zuhause gefunden. Wegen des angenehmen Klimas. Außerdem war Monte Carlo einer der wenigen Orte auf der Welt, wo man mit viel Geld nicht den Neid des Nachbarn weckte, weil der wahrscheinlich noch mehr hatte.

Heike lächelte. Die Zähne waren makellos. Dieses Lächeln war so reizend, dass es sie mitten ins Herz traf. Mit so einem Lächeln, dachte sie, kann man ein innig geliebtes Kindermädchen oder eine Krankenschwester auf einer Leprastation oder sogar eine Heilige sein. Sie war sich sicher, dass dieser hübsche Mund, genau wie der schmallippige, ständig schmollende, der ihr in Wirklichkeit gehörte, noch nie geküsst worden war.

Da spürte sie eine Hand auf der Schulter.

»Dieses Kleid bitte als Nächstes.«

Ihr Panzerkleid blieb auf dem Bügel. Statt dessen sollte sie ein langes, fließendes Gewand aus durchsichtig gewebtem Mohair anziehen. Eine falsche Bewegung, und es würde in Fetzen reißen. Plötzlich rebellierte Heike, schüttelte den Kopf und rief: »Oh nein, nein, nein!« Und ihre zarte, weiße Hand mit den zarten Knochen flatterte heftig protestierend durch die Luft.

»Macht ihr einen Tee, und lasst sie sich ein bisschen ausruhen.«

»Holt ihr die verdammte Pizza, wenn sie unbedingt eine will!«

»Da ist ein Journalist, der will sie über ihr Fitnessprogramm befragen ...«

»Sie sagt, er könne sie mal, sie hasst Gymnastik.«

»Schick die Autogrammjäger weg. Sie gibt keine. Sie sagt, sie sei nicht die, für die alle sie halten.«
»Herrgott, was machen wir bloß?!«

Nein, nein, so weit kam es nicht. Heike schlüpfte in das braune Mohairkleid, und sie zerriss es nicht. Es war wunderschön, das war unbestreitbar. Darunter trug sie einen schwarzen Seidenslip und ein weißes Hemd mit altmodischen langen Ärmeln, und eine weiße, bauschige Jacke lag über ihren Schultern. Sie kehrte zurück an den Strand, legte sich in den Sand, auf den Rücken, und stützte den Oberkörper mit den Unterarmen in die Höhe. Eine teuflische Position. Die beiden Heizgeräte liefen auf Hochtouren, und die Strahler leuchteten ihr ins Gesicht. Sie schloss die Augen und träumte, sie würde ein solches Kleid besitzen und für immer hineinpassen. Zu dumm, dass man es nicht kaufen konnte – es war speziell für dieses Shooting angefertigt worden, sollte bloß veranschaulichen, was Mode sein kann: ein Gebilde aus Seide, Kaschmir und Mohair, so zart wie eine Spinnwebe. Der Designer brachte seinen Entwurf zu Papier, dann beugte sich ein Team von Assistenten über seine Zeichnung, und sie überlegten wie Ingenieure, auf welche Weise sich die Idee umsetzen ließ. Zuletzt entwarfen sie ein Schnittmuster, und dann nähte eine Schneiderin ein einziges Kleid. Die meisten Schnittmuster waren für eine Standardgröße ausgelegt, einen sehr groß gewachsenen, sehr schmalen Körper. Die Models mussten den passenden Körper mitbringen. Für solche Vorführungen Kleider in verschiedenen Größen herzustellen war viel zu teuer. Man hatte sich auf eine Industrienorm geeinigt, und wenn ein Model zunahm, dann passte ihm gar nichts mehr. Schuhe wurden nur in den Größen 39 bis 41 angefertigt. Wenn ein Schuh zu groß war, konnte man etwas hineinstopfen. Aber eine Frau mit Schuhgröße 42 musste sich entweder in den zu kleinen Schuh zwängen, oder sie konnte aufhören.

Während sich Heike noch in Träumen erging, hatten sich alle Blicke von ihr ab- und einer Gestalt zugewandt, die die Uferpromenade entlanggeschlendert kam und von Weitem wie David Bowie aussah. Es war der Designer. Er war erkältet, aber er hatte sich aus dem Bett aufgerafft.

Der Teufel hatte für diese Saison eine besonders gemeine Grippe ausgeheckt. Die Hypochonder waren hysterisch, und selbst Monte Carlo blieb nicht verschont. Der Designer hatte sich das Virus schon bei dessen erstem Vorstoß in die Region geholt, als er ausnahmsweise mal ein paar Tage ganz allein in seinem Haus war. Angst hatte er nicht verspürt, sondern hatte sich einfach ins Bett gelegt und das Fieber genutzt, um über Gott und andere Tabuthemen nachzudenken. Er bewegte sich viel in der Öffentlichkeit, aber er war das Rampenlicht leid, das ungebeten über ihn gekommen war. Ihm war es ziemlich egal, was die Leute von ihm dachten. Deshalb nahm er kein Blatt vor den Mund, und das gefiel den Journalisten, vor allem wenn sie ihn dazu bringen konnten, über Sex zu sprechen, ein Thema, über das sie selbst gern sprachen, allerdings nur privat.

Der Designer fühlte sich schwach und hatte keine große Lust, zuzusehen, wie seine eigenen Kreationen fotografiert wurden. Er wusste, wie die Sachen aussahen. Er trug auch nie Stücke, die er selbst entworfen hatte. Das hätte ihn gelangweilt. Jetzt hatte er wegen der Grippe eine lange grüne Jacke übergezogen und sich einen hellgrünen Schal um den Hals gebunden. Auch seine Augen waren grün. Selbst mit laufender Nase sah er noch wie der Graf von Monte Christo aus. In jungen Jahren war sein gutes Aussehen legendär gewesen, aber er hatte der Versuchung widerstanden und keinen Pakt mit dem Teufel geschlossen. Er hatte sich dabei zugesehen, wie er älter und unansehnlicher wurde, und es hatte ihm nicht allzu viel ausgemacht. Aber das Älterwerden macht natürlich jedem etwas aus, und die Frage »wie viel« ist eine ergiebige Quelle unsinnigen Grams und großen Elends auf dieser Welt.

Der Designer bemerkte den Teenager, der an der Brüstung lehnte und mit unmerklichem Zittern die Fotosession verfolgte. Eine seiner eigenen Töchter war in diesem Alter ebenfalls ein bisschen dick gewesen, deshalb rührte ihn der offenkundige Jammer dieses Mädchens. Er sprach sie an: »Würden Sie mit der da unten jemals tauschen wollen?«, fragte er und zeigte auf die Schönheit am Strand. Er wollte es ihr ausreden.

Unterdessen versuchte es der Fotograf noch einmal aus einem ganzen anderen Blickwinkel. Die Assistenten stürzten herbei, um das Make-up des Models aufzufrischen. Ein Tuch wurde ihr um das Haar gebunden, ein anderes über ihre Schultern gelegt. Sie scheuchte all die Hände, die sich an ihr zu schaffen machten, nicht weg. Ihr dämmerte etwas. Würde sie, Heike, auf diesen Bildern irgendwie zu sehen sein?

Obwohl man ihren Kopf von der Kamera weggedreht hatte, behielt sie sie im Auge. Und genau in dem Moment, als sie ihren Blick auf das Objektiv richtete, kam ihr ein Gedanke: Ihr wurde klar, dass die äußere Erscheinung, wenn überhaupt, nur wenig über einen Menschen sagt. Der Kameraverschluss klickte.

»Seht euch dieses Close-up an!«, staunte jemand. »Dieser Ausdruck in den Augen! Das müsste aufs Cover.« Und dahin kam es auch.

Gerade schickte sich die Sonne an, unterzugehen, und der Teufel verlor das Interesse an seinem Spiel. Er tauschte die beiden Mädchen wieder zurück. Und so bekam es nun doch die wirkliche, wahre Heike mit der Frage zu tun, die der Designer gestellt hatte: »Mit der schönen Frau da unten tauschen?« Und plötzlich wurde ihr klar, worauf sie sich mit ihrem Pakt eingelassen hatte. Sie hatte ja getauscht! Von nun an würde sie nicht mehr zeichnen und nicht mehr Geige spielen und andere nicht mehr mit ihrer Intelligenz unterhalten können. Vor lauter Kummer brachte sie kein Wort heraus. Der Designer sah sie zärtlich an, denn ihn erfüllte das schlechte Gewissen des viel beschäftigten, modernen Mannes gegenüber seinen Kindern. Als sie nicht antwortete, zog er sich taktvoll zurück und ließ sie allein. Er ging hinunter an den Strand, um sein Lieblingsmodel zu begrüßen, das sich schnell wieder gefasst und sich das seltsame Erlebnis als einen durch Erschöpfung hervorgerufenen Tagtraum erklärt hatte. Von der Straße hörte Heike ihre Klassenkameraden rufen und lief zu ihnen. Sie zeigten ihr, was sie gekauft hatten.

Heike merkte bald, dass der Teufel auf seinen Anteil aus dem Pakt gar keinen Anspruch erhob. Selbst in dieser Hinsicht war auf den Teufel kein Verlass. Eine dumme Heike war einfach nicht in seinem Interesse. Er hatte etwas gegen Langeweile und erkannte andererseits, welches Potenzial an Unheil aller Art in Heikes Talenten und ihrer Intelligenz schlummerte, vor allem wenn der Babyspeck verschwunden war. In wenigen Jahren würde sie sowieso eine Schönheit sein, die sich sehen lassen konnte.

Die Tyrannei des Küchenhundes

Annies Vater war *der* Urs Mayer. Ganz Umbrien schien das zu wissen: die Märzsonne, die für Annie und ihre Reisebegleitung strahlte, als sie aus dem gemieteten Alfa Romeo stiegen; die aus dem 16. Jahrhundert stammenden Wände des Hotels auf dem Hügel, in dem sie eine Nacht verbringen würden; die Empiremöbel im Salon, die murmelnd freundliche Aufnahme signalisierten, wenn sie ihren Allerwertesten absenkte; die Vögel, die lossangen, wenn sie unter den erzitternden Bäumen wandelte; die reinrassigen Hunde, die malerisch auf dem Rasen lagerten; das Wasser des Swimmingpools, das sich kräuselte. Sie alle wussten, wer Annies Vater war, und auch Yucheng wusste es, das chinesische Mädchen, dem es vor Ehrfurcht fast die Sprache verschlagen hatte.

Mit ihren vierzehn Jahren hatte Annie Mayer eine unbändige Freude an sich selbst. Sie kleidete sich teuer, aber eigentlich war es eher ihr ausgeprägter Narzissmus, mit dem sie die Tatsache überspielte, dass sie eigentlich ziemlich unauffällig war, ein dünner, blasser Teenager mit dünnen braunen Haaren, grauer Haut, grauen Zähnen, kleinen grauen Augen, die glitzerten, wenn etwas ihr Interesse erweckte. Sie hatte viele Hobbys, dazu gehörten Einkaufen, Haschischrauchen und ihren Vater zu fotografieren. In der Schule und zu Hause setzte sie sich an die Spitze der Hackordnung, sie sprach oft von ihrer Schönheit und erwartete selbstverständlich, dass jede ihrer Äußerungen – sie hatte sich auf witzige Konversation verlegt – für die Ohren anderer von unschätzbarem Wert waren. Ihre Selbstsicherheit beruhte auf ihrem Geburtsrecht, darauf, die einzige eheliche Tochter Urs Mayers zu sein. Selbstvertrauen wirkt überzeugend, und alle mochten sie. Auch Yucheng Sung mochte sie.

Yucheng Sung war das einzige Kind chinesischer Eltern, beide Ingenieure, die im Rahmen eines Austauschprogramms nach Zürich gekommen waren und sie in eine teure Privatschule schickten, weil sie für sie nur das Beste wollten. Als für Yucheng die Schule in Zürich begann, sprach sie kein Wort Deutsch, und die anderen Mädchen behandelten sie wie eine Taubstumme. Nach einigen Wochen verstand sie, was die anderen sagten, nach einigen Monaten war sie in der Klasse für Schnellleser und hatte auch in Latein und Griechisch aufgeholt. Das Schulorchester spielte Weihnachtslieder. Danach borgte sie sich eine Geige und spielte ein bisschen Paganini. Im Kunstunterricht konnte sie genau zeichnen und malen, was ihnen vorgesetzt wurde. Ihre Hände waren seltsame Werkzeuge, mit langen Fingern und weich wie Butter. Sie trug keine Ringe und kein Makeup auf dem runden, fast leeren Tellergesicht; sie hatte noch nicht einmal Pickel. Wie sich herausstellte, war sie nicht sehr sportlich, weshalb sich die Dicke in der Klasse an sie anhängte. Aber weil die Dicke ein Schilddrüsenproblem hatte und die Schule bald verließ, hatte Yucheng danach überhaupt keine Freundin mehr. Sie nahm die unsichtbare, aber fest gefügte Beziehungsstruktur in ihrer Klasse nicht wahr, und deshalb blieb sie ihr verschlossen. Die Mädchen sagten »Yu–cheng«, beide Silben fühlten sich seltsam auf der Zunge an und wollten sich nicht zu einem Namen fügen. Aber sie nahmen sie noch nicht einmal ernst genug, um sie zu piesacken.

Die Nachricht, dass Annie Mayer sich für zwei Tage von Yucheng nach Umbrien begleiten lassen würde, kam als Schock. Die kleine Gruppe konnte es nicht fassen. Verwirrt ahnte sie, dass nach der Rückkehr der beiden Mädchen einige Änderungen in der Rangordnung anstehen würden. Entweder würde Yucheng in ihren engeren Kreis aufgenommen, oder Annie würde ausgestoßen. Aber Letzteres war undenkbar; denn Annie hatte ein Geburtsrecht auf eine hohe Stellung in der Klasse.

Für Annie schien die Welt aus lauter sich drängelnden Leuten zu bestehen, die entweder Ohr oder Arm ihres Vaters suchten. Sie aber betrachtete sich als den einzigen Menschen, der zu beidem ein unveräußerliches Recht hatte. Manchmal musste sie für ihre Rechte ein wenig kämpfen. Denn obwohl Urs Mayer keine wirklich engen Freunde hatte, war er von einer Clique von Bewunderern umgeben, von solchen, die sich von ihm Hilfe erwarteten, oder, bescheidener, solchen, die nur jemanden der oberen Gesellschaft kennen wollten. So jemand war der etwas gealterte Lebemann Gabriel Untermeier. Er hatte sich dem berühmten Mann unentbehrlich gemacht. Seine Hauptaufgabe bestand darin, bei jeder Auseinandersetzung mit Vehemenz auf Mayers Seite zu stehen, und er wusste immer, wo es eine Auseinandersetzung geben könnte, er konnte sie spüren und melden, manchmal noch ehe es dazu gekommen war. Er war ein Ass, wenn es darum ging, unerwünschte Besucher abzuwimmeln oder Journalisten auf Mayer einzustimmen, wenn er sie brauchte. Untermeier erhielt kein

Salär für seine Bemühungen. Statt dessen schenkte ihm der berühmte Mann einen Teil seiner Zeit, Mahlzeiten und Drinks inklusive, versteht sich.

Untermeier hatte andere Einkommensquellen. Jahrelang hatte er für eine Organisation gearbeitet, die ihre Hauptbüros in Moskau und Ostberlin hatte. Seine Arbeit bestand darin, Informationen über wichtige Leute des Schweizer kulturellen Lebens zusammenzustellen. Er war sozusagen ein beruflicher Kontaktpfleger. Ohne eigenes Verschulden verlor er 1990 seinen Job, als die ›Agentur‹ einen Teil ihrer Tätigkeiten einstellen musste. Seither lebte Untermeier von Provisionen, die er von einer internationalen Hotelkette dafür bekam, dass er ihren Häusern Berühmtheiten als Gäste zuführte. Berühmtheiten wie Urs Mayer mochten Untermeier, weil er eine seltene Art der Schmeichelei beherrschte. Er machte sich nämlich nützlich, ohne dass es schien, als erwartete er eine Gegenleistung. Er war wie ein Floh: überall, aber überall unauffällig; konservativ gekleidet, das weiße Haar mit einem sauber gezogenen Seitenscheitel, mit seinen milden grauen Augen und klaren Gesichtszügen, eingefasst in eine harte Schale der Vorsicht. Sein Lächeln (lachen sah man ihn nie) war genauso vorsichtig wie sein Zorn. Aber seine Selbstgefälligkeit war leichtsinnig. Jene, die ihn bewunderten und ihm seine Stellung in der Nähe Urs Mayers neideten, ließ er gern wissen: »Nun, wir sind ja fast wie verheiratet.«

Urs Mayers erste Frau war gestorben, seine zweite Frau hatte ihn verlassen, seine dritte Frau hatte er nach dem dritten großen Streit abgeschoben. Freundinnen kamen und gingen. Isabelle kam und blieb. Sie war jung und süß und hatte dickes, honigblondes Haar, das ihr bis über die Hüften fiel. In der Öffentlichkeit konnte der berühmte Mann nicht genug von ihr kriegen, er küsste und begrabbelte sie unaufhörlich mit kaum gezügelter Leidenschaft. Wenn sie unter sich waren, hielt er sie, sehr zu Annies Befriedigung, eher auf Distanz, weil er vor seinem eigenen Desinteresse Angst hatte.

Annie hatte Gabriel Untermeier immer als Störfaktor empfunden, bis der Name Isabelle ständig durch das Haus zu tönen begann. Dann hatte sie plötzlich seinen Wert als Bundesgenosse gegen Isabelle entdeckt. Aber Untermeier erwies sich als unzuverlässig. Sobald er sah, dass jede Opposition gegenüber der neuen Freundin nutzlos war, wurde er ihr Freund und lies sich ins Vertrauen ziehen. Das Heikle der Lage war nicht zu unterschätzen. Isabelle und die kleine Annie, die an jenem Tag Ende Juni, der für die Hochzeit festgesetzt war, vierzehn Jahre alt und damit nur zehn Jahre jünger sein würde als ihre zukünftige Stiefmutter, kamen nicht miteinander aus. Untermeier sollte die Aufgabe zufallen, Urs Mayer davor zu bewahren, dass diese Krise ihm die Hochzeit störte.

Trotz bester Absichten und vieler Manipulationsversuche hatte sich kurz vor der Hochzeit ein kritischer Grad von Feindseligkeit aufgebaut. Urs Mayer erkannte plötzlich, welches Risiko seine Tochter darstellte: eine möglicherweise pampige, wütende Annie bei der Hochzeit. Gabriel Untermeier bot sich als Retter an. Er würde Annie irgendwohin mitnehmen. Er schlug Umbrien vor. Es war zwar weit für nur einen oder zwei Tage, aber er war willens, es auf sich zu nehmen. Ein Luxushotel auf seiner Liste. Ohnehin befürchtete er, bei der Hochzeitsparty nicht richtig dazuzugehören. Man könnte nach Rom fliegen und ein Auto mieten. Kein Problem. Urs Mayer würde alles bezahlen. Untermeier würde hintenherum auf die Hotelrechnung sogar noch eine Provision erhalten. Annie stimmte diesem Vorschlag unter einer Bedingung zu: »Ich will mit einer Freundin fahren!« Da hatte sie eine große Auswahl.

Während sie im Geiste die Liste jener durchging, die sie

auf ihren Zwei-Tage-Ferien begleiten könnten, hatte Annie Mayer zunächst jene Mädchen im Auge, die ihr in der Hackordnung am nächsten waren. Aber langsam drängte sich der Name Yucheng in ihr Pläneschmieden wie ein greller Vogel. Vielleicht wollte sie ja etwas gesellschaftlich Unerhörtes anstellen. Sie hob den Telefonhörer ab und rief die chinesische Mitschülerin an. Es amüsierte sie, zu hören, wie Yuchengs Stimme vor Überraschung zitterte, als Annie sie einlud. Es war offensichtlich, dass sie sonst nie angerufen wurde. Zu Annies Überraschung hörte sie nicht ein freudiges »Ja!« auf ihr Angebot. Statt dessen sagte Yucheng: »Schi scheng ...«

»Heisst das: ›Ja‹?« fragte Annie.

»Nein, nein«, antwortete Yucheng ohne weitere Erklärung. Sie müsse das erst mit ihren Eltern besprechen. Annie bot an, am Telefon zu warten. Im Hintergrund hörte sie chinesisches Gezwitscher. Dann kam Yucheng wieder ans Telefon und sagte mit müder Stimme: »Ich würde gern fahren, aber meine Eltern wollen wissen, wohin und warum.«

»Lass mich mit ihnen sprechen, Genossin«, sagte Annie ungeduldig. Sie kicherte in sich hinein, weil ihr eingefallen war, ein Mädchen aus einem kommunistischen Land als Genossin anzureden. Yucheng schien der Witz verborgen geblieben zu sein. »Sie wollen mit deinen Eltern reden«, erwiderte Yucheng.

»Mein Vater ist *der* Urs Mayer«, sagte Annie. »Für so etwas hat er keine Zeit. Aber gut, ich werde ihn bitten anzurufen.«

Wie sich zeigte, war ihr Vater an dem Dilemma doch interessiert. Er ließ all die wichtigen Sachen, die er gerade tat, fallen und rief Yuchengs Eltern an. Und daraufhin war das Problem gelöst.

»Ein chinesisches Mädchen? Da weiß man nie, was sie denken«, warnte der vorsichtige Untermeier.

Das Hotel Ginelli auf einem Hügel in Umbrien hatte nur zehn Gästezimmer. Die Besitzerin, eine englische Witwe namens Signora Ginelli, betrachtete das Haus als guten Ersatz für Signor Ginelli. Früher hatte sie komplizierte, gemischte Gefühle hinsichtlich der Gegend gehabt, war stolz darauf gewesen, »hierher zu gehören«, hatte aber gewusst, dass das nicht stimmte, nie stimmen würde, sogar dann nicht, wenn sie hier begraben würde. Jetzt war sie schon alt und kümmerte sich nicht mehr um Kleinigkeiten wie ihre Bande zu England. Trotzdem inserierte sie immer noch in der Londoner Times, und außer den Gästen, die Herr Untermeier für sie organisierte, wurde der Großteil der Logiernächte von Engländern gebucht.

Als Engländerin und weil Signor Ginelli 1946 fast wegen eines von Südtiroler Freiheitskämpfern gefällten Telefonmasts ums Leben gekommen wäre, hatte Signora Ginelli eine Abneigung gegen alles, was Deutsch sprach, und unterließ es, jemanden für das Gepäck Gabriel Untermeiers und seiner Begleiterinnen zu rufen.

»Genossin, ich habe einen schlimmen Rücken, bitte trag meine Tasche«, sagte Annie. Willig übernahm Yucheng den ungeheuren Koffer – das Mädchen hatte für eine ganze Jahreszeit der Unentschlossenheit hinsichtlich ihrer Kleiderwünsche gepackt –, während Annie unbeschwert die Treppen emporsprang. Von einem Treppenabsatz rief sie zu Yucheng hinunter: »Du hast sicher noch nie in einem Hotel übernachtet!« Und dann juchzte sie vor Vergnügen, als Yucheng zugab: Nein, noch nie.

»Das ist eine Minibar«, erklärte sie und riss die Tür des kleinen Kühlschranks in ihrem Zimmer auf. »Bist du je voll gewesen? Was ist denn das? Wie lustig, eine Preisliste.« (Sie ließ die Liste auf den Boden flattern.) »Das ist ein TV mit Schulfernsehen für Erwachsene. Das können wir uns die ganze Nacht reinziehen. Schau, das Bad ist voll mit einfach tollen Shampoos und Cremes. Abendessen ist um sieben, Yucheng. Dafür müssen wir uns schick machen. Das wird hier erwartet. Ach ja, und dann wirst du sehen, dass andauernd jemand reinkommt, um hinter uns sauber zu machen, also können wir wie die Schweine hausen. Wenn du nicht weißt, wie man sich hier benimmt, schau einfach auf mich und mach's mir nach. Jetzt gehen wir mal nach draußen und schauen, was sie dort haben.«

»Meine Mutter ist auch Putzfrau«, sagte Yucheng.

»Irgendwo muss es hier doch einen Swimmingpool geben. Komm!«, drängte Annie und lief Yucheng voraus.

Yucheng beeilte sich nicht, um mit Annie Schritt zu halten. Ist das Wasser tief?«, fragte sie.

»Sieh nur, Golf und Tennis!«, rief Annie begeistert.

»Schi scheng …«, murmelte Yucheng.

»Schau, die Hunde!«, Annie deutete auf die eleganten Hotelhunde.

»In Schanghai isst man Hunde mit einer speziellen Sauce. Ich selbst hab's nie probiert. Hund wird von armen Leuten gegessen«, sagte Yucheng.

Sie musste allerdings zugeben, dass diese Hotelhunde hübscher waren als jene, die sie in Zürich gesehen hatte, wo sie die Straßen verschmutzten wie das Vieh im ländlichen China. Die Hotelhunde sprangen über den Rasen hinter dem Hotel, vier gleich aussehende, geschmeidige braune Whippets. Sie kamen auf die Mädchen zu, und Yucheng, von Annie praktisch gezwungen, zwischen zwei Gefahren zu wählen, entschied sich für den Pool.

Eine Umkleidekabine stand an einem Ende dieser gefährlichen Wasserfläche. Aus einer großen Auswahl konnten sich die Gäste einen Badeanzug leihweise aussuchen. Yucheng war immer noch in ihrem einfachen dunkelblauen Rock und weißer Bluse, als ihre Freundin Annie schon im Bikini zum Sprungbrett schlenderte. Sie stand lange genug am äußeren Ende des Sprungbretts, damit die anderen Gäste sie bemerken würden – sie sah ja auch gut aus –, und sprang mit einem eleganten Kopfsprung ins Wasser. Das Wasser teilte und schloss sich wieder über ihr mit kaum einem Spritzer. Yucheng sah Annie zu, wie sie mit kräftigen Zügen unter Wasser schwamm. Als Annie wieder herausgestiegen war und sich am Bassinrand hingelegt hatte, um mit geschlossenen Augen die Bewunderung aufzusaugen, hatte sich Yucheng schon entfernt. Sie wurde von einer Unruhe auf dem Rasen angezogen.

Einige Gäste einschließlich Untermeier hatten sich um ein seltsames Wesen versammelt, das in der Sonne döste. Mit seinem schrumpligen Kopf, struppigem grauem Fell, seinem kurzen Körperbau und steifen Bewegungen ähnelte es einer greisen Erscheinung zwischen Hund und Huhn. Die Gäste lachten, zeigten auf das Tier und riefen: »Schon wieder der Küchenhund!«

Dem Wesen war der Eindruck, den es hervorrief, gleichgültig. Es starrte sehnsuchtsvoll zu den Whippets, die geräuschlos am anderen Ende des Rasens herumtollten. Schließlich gab es ein hohes, dünnes Bellen von sich. Die Whippets hielten inne, schauten über die große Rasenfläche zu ihm hin und setzten sich einer nach dem anderen, mit geradem Rücken, ihre Nasen merkwürdig gen Himmel gereckt, und starrten weiter aus der Entfernung herüber.

Noch einmal bellte der Küchenhund zu ihnen hinüber. Dieses Mal wurde er von Signora Ginelli gehört, die sofort aus dem Haus stürzte.

»Wirst du wohl ruhig sein!«, schrie sie. »Zurück in die Küche, wo du hingehörst!« Die Gäste wichen zurück. Die Whippets rekelten sich in der Sonne und nahmen offenbar keine Notiz mehr von dem erbärmlichen Wesen.

Signora Ginellis Geschrei alarmierte die Köchin, eine alte Frau aus dem Dorf, die im Hotel Ginelli lebte und arbeitete, seit sie sechzehn war, so wie ihre Mutter und ihre Tante vor ihr. Furchtlos betrat sie nun die Arena des Gezeters, das von Signora Ginelli ausging: Die Signora wünsche nicht, dass er noch einmal frei herumlaufe ... er könnte sein Bein heben ... seine Markierungen an Büschen und Blumen hinterlassen ... welch ein Gestank ... schließlich konnte er ja sein Geschäft auch in dem Wäldchen außerhalb des Hotelgeländes verrichten ... die Whippets dürften auf den Rasen, weil ... weil sie sich zu benehmen wüssten ... sie würden sich nie dort erleichtern ... und wenn sie sich bewegten, seien sie schön anzuschauen ... wie Balletttänzer ... und wenn sie so dalagen ... nun, sie sähen aus wie Götter.

Sie schloss mit einem kurzen Ultimatum: Sie wollte den Küchenhund nur in der Küche, sonst müsse er weg, und zwar endgültig. Die Köchin hob das Wesen sanft auf, klemmte es unter den Arm und schaute der Signora in die Augen. Ihr Blick war würdevoll und wissend, als ob sie von etwas Kenntnis hätte, das ihrer Chefin unbekannt war.

Sie verschwand mit dem Hund in der Küche. Signora Ginelli wandte sich an die Gäste und bemerkte heiter: »Am liebsten würde ich diesem Hund den Hals umdrehen.«

Yucheng entfernte sich von der Konversation und betrat das Haus durch den hinteren Eingang. Sie fand sich im Empire-Salon, einem modrig riechenden, völlig überladen eingerichteten kleinen Saal, der der ganze Stolz des Signor Ginelli gewesen war. Der Empire-Salon bedeutete Verantwortung, und Signora Ginelli hatte sich eigens bemüht, die Pracht zu erhalten, indem sie ein Schild an der Tür hatte anbringen lassen, das in fünf Sprachen deutlich machte: »Kein Zutritt für Kinder.« Der Empire-Salon war immer wieder Thema mehrerer Magazinartikel gewesen, die die zierlichen Chaiselongues, die edlen Stühle, Sofas, Teppiche und Gemälde priesen. Die Gäste tranken dort gern Tee oder nahmen einen Aperitif vor dem Diner. Am Nachmittag war er leer, und Yucheng überlegte gerade, ob sie sich hinsetzen sollte, als plötzlich Untermeier und Signora Ginelli aus dem Hintergrund erschienen.

»Ich werde den Küchenhund für Sie liquidieren«, sagte Untermeier gerade.

Signora Ginelli schaute verdutzt. »Lassen Sie mich darüber nachdenken«, antwortete sie. »Ich möchte eigentlich lieber nicht in die ... natürliche Ordnung der Dinge eingreifen, verstehen Sie?«

Für sie war damit die Sache erledigt, und sie schaute sich besorgt im Raum um – in dem schönen Raum. Herr Untermeier folgte ihren Blicken und sah Yucheng neben einem Sessel stehen. Untermeiers Ermahnung war laut: »Pass auf, dass du den Sessel nicht dreckig machst!«

Yucheng murmelte eine Entschuldigung, stammelte ein »Auf Wiedersehen«, und verzog sich aus dem Salon, ging einen Korridor entlang, an der Rezeption vorbei, zur Küche, hinaus durch die Hintertür und schließlich durch das Eingangstor des Hotelgrundstücks. Die schmale Straße, die abwärts zum Dorf führte, verlief entlang eines steilen Abhangs, von dem aus man ein großartiges Panorama der umbrischen Landschaft vor sich hatte. Unten lag das dunstige Tal ausgebreitet wie ein verblasster Orientteppich. Es endete in einer blauen Weite, hinter der das Meer zu ahnen war. Ein Beobachter, der Yucheng die gewundene Straße herunterkommen gesehen hätte, wäre verwirrt gewesen. Was ging wohl in ihrem Kopf vor? Sie lächelte mit gesenktem Kopf auf ihre Schuhe. Und nun schaute sie auf die Landschaft und sprach zu ihr, so als ob sie die Gesellschaft der Szenerie schätzte! Fühlte sie sich nicht allein? Der Beobachter hätte sich noch weiter solchen Gedanken hingeben können, wäre aber hilflos angesichts all dieser Unabhängigkeit. Gleichgültigkeit gegenüber der Hackordnung kann eine Form der Meuterei sein.

Als Yucheng das Dorf erreicht hatte, spazierte sie durch die kleinen Nebenstraßen. Es war sehr heiß, alle Türen und Fensterläden waren geschlossen, die Häuser sahen wie verlassen aus, aber drinnen war lautes Familienleben zu hören. Auf dem Dorfplatz spielten alte Männer Boccia unter alten Bäumen. Yucheng setzte sich auf eine Bank auf dem Bürgersteig. Sie saß dort regungslos. Und doch schien sie alles wahrzunehmen. Der Nachmittag verstrich, während sie auf der Bank saß. Untermeier entdeckte sie dort, als er vorbeifuhr.

»Was zum Teufel machst du hier?«, brüllte er aus dem Fenster des Alfa Romeo. »Du Schlampe! Mach, dass du zurück zum Hotel kommst!« Er fuhr geräuschvoll einmal um den Dorfplatz und parkte vor einer Apotheke. Mit großem Getue verschloss er alle Wagentüren, um dann in der Farmacia zu verschwinden.

In Zürich hatte sich derweil Annies Vater gerade wieder verheiratet.

Als die Sonne sich dem Horizont näherte, machte sich Yucheng auf den Rückweg, hügelaufwärts. Sie ging langsam, weil sie es genoss oder weil sie doch etwas befürchtete. Untermeier raste an ihr vorbei, hupte, noch immer empört, hielt aber nicht an. Sie erreichte das Hotel gerade rechtzeitig, um Zeugin eines Skandals zu werden.

Der Küchenhund stand auf dem Rasen, und zwar in einer höchst seltsamen Stellung: Unsicher auf den Hinterbeinen balancierend, stand er mit gekrümmtem Rücken und eingezogenem Bauch hinter einer der Whippethündinnen, um ihre Hinterbeine mit seinen Vorderpfoten zu umfassen. Aber er kam nicht höher als bis zu ihren Knien. »Schaut euch diesen Lüstling an!«, rief einer der Umstehenden. »Aber du bist zu klein, um einen großen, eleganten Whippet zu decken, eine Göttin!«

Aber die Whippethündin schien sich keineswegs belästigt zu fühlen. Sie tolerierte die Zuwendung des Küchenhunds, bis die Köchin erschien und ihr einen Klaps gab. Irgendwie beschämt, sprang die Hündin davon. Ihr Verehrer aber stand weiter auf seinen Hinterbeinen, so als ob seine alten Muskeln sich nicht entspannen könnten. Er blieb in dieser Stellung, hilflos und lächerlich, und nahm weder die Gäste und ihren Spott noch das Geschimpfe seiner Herrin wahr. Schließlich gelang es ihm doch, seine Anspannung abzuschütteln, sich wieder auf alle viere zu begeben und dann rasch zu trollen.

»Frau Ginelli wird wütend sein«, meinte Herr Untermeier. »Sie ist gerade nicht da, aber keine Sorge, ich werde ihr sagen, was hier passiert ist.« Dann wandte er sich an Yucheng: »Deine Freundin hat dich überall gesucht. Sie ist jetzt im Empire-Salon.«

Yucheng fand Annie quer in einem Sessel kauernd, die Füße auf einer Armlehne, in beiden Händen ein Weinglas. Sie war wütend. »Mit welchem Recht verschwindest du einfach, ohne mich mitzunehmen?«, stieß sie hervor. »Ich habe dich vom Fenster aus gesehen: Du warst unten im Ort und hast mich hier zurückgelassen. Ich war die ganze Zeit allein und hatte nichts zu tun. Du bist nur hier wegen mir!«, schrie sie. »Mit dir bin ich fertig!«

Gabriel Untermeier stand plötzlich wieder hinter ihnen. »Du kannst Annie nicht einfach hier allein lassen«, sagte er, »das arme Mädchen. Sie war so schrecklich – gelangweilt. Du musst noch lernen, dich richtig zu benehmen. Du bist jetzt hier in der richtigen Welt.«

Dann, zu Annie gewandt: »Armes Annielein. Komm jetzt, sei wieder fröhlich, Yucheng ist ja wieder da.«

Annie schnaubte nur, und Untermeier seufzte. »Schaut, ich muss noch Briefe schreiben«, sagte er. Er hatte einen Packen Briefpapier mit dem Hotelbriefkopf samt der fünf goldenen Sterne in der Hand. »Ich muss das hier nutzen«, entschuldigte er sich. »Ihr beiden könnt euch selbst einigen. Aber macht nicht zu lange, bitte. Ich hasse Streit.«

Ein Geschrei von draußen unterbrach ihn. »Der Küchenhund ist schon wieder auf dem Rasen!« Die Signora brauchte offensichtlich Unterstützung, und Untermeier eilte. Er packte den Hund beim Nackenfell und trug ihn zurück in die Küche, wogegen der Hund sich, mit allen vieren strampelnd, vergeblich wehrte. »So ein Störenfried!«, presste er zwischen den Zähnen hervor.

Die beiden Mädchen versöhnten sich nicht schnell. Annie wedelte mit einer Zeitung vor Yuchengs Nase und zischte, während sie die entsprechende Seite aufschlug: »Mein Horoskop sagt: ›Widder: Achtung! Jemand will dich heute übervorteilen. Besondere Vorsicht ist bei Wassermann geboten.‹« Dann senkte sie die Zeitung und sagte: »Ich habe in deinem Pass nachgeschaut. Dein Geburtsdatum. Du bist Wassermann.«

Nachdem sie sich zwei Stunden lang angeschwiegen hatten, machte Yucheng Annie am frühen Abend ein Friedensangebot. »Würdest du mir helfen, mich fürs Diner richtig anzuziehen? Und mir zeigen, wie man Make-up benutzt? Wenn wir wieder in Zürich sind, kann ich mir selbst was kaufen. Ich habe heute so viel gelernt.«

Annie, die sich gerade vor dem Spiegel für das Abendessen zurechtmachte, ließ sich nur widerwillig bewegen. Aber schließlich fand sie den Gedanken interessant und diese beigefarbene Gesichtshaut. Ihre Laune besserte sich, und sie vergab Yucheng mit einer kurzen Bemerkung: »Genossin, tu das nicht noch mal.« Sie half Yucheng, ihre Kleider auszupacken, inspizierte sie kurz und öffnete den Schrank, in den sie mehrere ihrer eigenen Kleider gehängt hatte. Ein Schwall von Parfüm durchflutete den Raum. »Ich parfümiere meine Kleider, damit die Leute sich noch an mich erinnern, wenn ich das Zimmer schon verlassen habe«, erklärte Annie. «Du kannst das kleine, kurze haben, es ist mein Lieblingskleid.« Yucheng diskutierte nicht, sie war sprachlos.

Das schwarze Kleid war hauteng, und die Farbe passte zu Mascara und Lidstrich, die Annie gekonnt um Yuchengs Augen auftrug. Karmesinroter Lippenstift und blauer Lidschatten folgten. Annie war begeistert von Yuchengs Verwandlung. »Du bist das schönste Mädchen in unserer Klasse, und ich habe es nie bemerkt.« Sie war baff, aber nicht eifersüchtig; denn sie hatte gerade ihre großzügige Phase.

Beim Abendessen sah man einen überschwänglich erfreuten Gabriel Untermeier. »Zu jeder Seite ein wunderhübsches Mädchen!«, rief er aus. »Und vertragen tun sie sich auch wieder. Es fehlte nur ein bisschen Schulung. Hab ich nicht ein Glück?« Er bestelfte eine Flasche Wein mit drei Gläsern. »Lasst uns auf die Hochzeit trinken.« Signora Ginelli machte die Runde, um zu sehen, wie es ihren Gästen ging, und Gabriel Untermeier fragte: »Wussten Sie, dass Annies Vater *der* Urs Untermeier ist?« Dann korrigierte er sich lärmend: »Ich meine: Mayer.«

»Signora, ich habe eine Idee, wie man den Küchenhund beseitigen kann, damit er Ihnen keinen weiteren Ärger macht. Muss man es als Eingriff in die natürliche Ordnung betrachten, wenn er sich als zu klein oder schwach erweist, um eine oder mehrere meiner kleinen Glückspillen zu genießen? Ihre Köchin wird dankbar sein. Was meinen Sie? Ich habe hier einige Tabletten. Ich könnte sie mit einem Stück Gänseleberpastete vermischen.« Aus seiner Jackentasche holte er ein Fläschchen mit kleinen weißen Pillen hervor.

»Sein Futternapf steht unter der Spüle in der Küche«, sagte Signora Ginelli. »Aber der Hund schläft jetzt. Er wird sie morgen früh fressen.«

»Ich bin sehr müde«, sagte Yucheng. »Ich möchte jetzt gern ins Bett.«

Untermeier und Annie sahen sich an und zuckten die Schultern.

Oben, vor dem Badezimmerspiegel, betrachtete sich Yucheng mit feierlicher Neugier. Nach einiger Zeit drehte sie das Wasser auf und wusch sich das Gesicht. Es dauerte eine Weile, bis sie das ganze Make-up wieder entfernt hatte. Unten ertönte inzwischen Musik, und der Fußboden vibrierte, als die Gäste tanzten.

Sie war immer noch wach, als Annie ins Zimmer kam, herumlief und sich ins Bett warf, ohne sich auszuziehen, sich die Bettdecke überzog, sie wieder wegschleuderte, ein Magazin durchblätterte, laut vor sich hin lachte, später das Licht löschte, um dann, wie es schien, sofort einzuschlafen.

Es war sehr heiß, und Yucheng konnte nicht schlafen.

»Annie?«, flüsterte sie.

»Ja?«, kam die prompte Antwort.

»Ich dachte, du schläfst schon.«

»Es ist zu heiß. Keine Klimaanlage in diesem primitiven Kasten«, seufzte Annie.

»Die Hitze steigt nach oben. Lass uns runtergehen. Dort ist es sicher kühler.«

»Warte, bis alle im Bett sind.«

Spät in der Nacht schlüpften Yucheng und Annie aus ihren Betten und verließen leise ihr Zimmer. Sie schlichen die Treppe hinunter in den Empire-Salon, und jede von beiden legte sich vorsichtig auf eines der kostbaren Sofas vor dem offenen Kamin, die nackten Füße baumelten von der Lehne. Es war tatsächlich kühler. Der Vollmond schien durch ein offenes Fenster. Sie dösten ein. Nach einer Weile wachten sie auf, weil sie merkten, dass sie nicht länger allein waren.

Etwas war in die Tür zum Empire-Salon getreten und stand dort wie ein Monster in einem Horrorfilm. Der Mond warf ein silbriges Schlaglicht auf Gesicht und Rücken. Es war der Küchenhund. Er merkte nicht, dass jemand ihn beobachtete; denn sein Geruchssinn war abgestumpft, und er wähnte sich allein. Langsam und mit schimmernden Augen tappte er in den Raum und an den Mädchen vorbei, ohne sie zu bemerken. Der Küchenhund nahm sich Zeit. Er beschrieb einen Kreis im Raum, wobei er mehrfach innehielt. Indem er sein Bein hob, urinierte er gegen jedes einzelne Möbelstück. Dieser Ort war sein Territorium, hier war er der Herr. Die anderen Hunde wussten das natürlich und respektierten seine Duftmarken. Er verließ den Raum ruhig und leise.

Am Morgen waren die Mädchen schon früh auf. Sie packten ihre Koffer: ruhig, gelassen, mit fast grimmiger Entschlossenheit. Ein Klopfen an der Tür schreckte sie auf. Vor der Tür wartete Gabriel Untermeier. »Lasst mich euch mit den Koffern helfen, Mädchen«, bot er an, »und ihr geht runter und frühstückt rasch. Ich brauche noch ein paar Minuten, um mich um den Küchenhund zu kümmern.« In der Hand hielt er einen gefalteten Plastiksack.

Annie ging gehorsam hinaus, aber nicht, ohne Yucheng mitleidig anzublicken, was wiederum Untermeier verblüffte. Und zu seiner Verärgerung blieb Yucheng im Zimmer. »Ich mache nur ein wenig Ordnung und schaue, dass wir nichts vergessen haben, während Annie schon mit dem Frühstück anfängt. Hier sind unsere Koffer«, sagte sie. Aber Untermeier war an den Koffern nicht mehr interessiert. Durch ein chinesisches Mädchen würde er sich nicht stören lassen.

Mit einer schlackernden Bewegung öffnete er den Plastiksack und machte sich sofort an die Minibar. Die kleinen Fläschchen knallten gegeneinander, als er sie aus den Fächern in seinen Plastiksack räumte. Er durchstreifte das

Zimmer und sammelte alles ein: Streichholzbriefchen, Papierpantoffeln, ein kleines Nähzeug. Mit seiner Beute noch nicht zufrieden, ging er ins Bad und verschloss die Tür. Geräuschvoll sammelte er Seifenmuster und Shampooflaschen ein, ehe er den Wasserhahn aufdrehte. Dann benutzte er die Toilette, man hörte den Strahl ins Wasser spritzen. Dann kam er plötzlich wieder heraus.

Vielleicht wollte Yucheng nur die Benimmregeln lernen: Als Untermeier das Badezimmer verließ, drückte sie sich an ihm vorbei und schaute kurz hinein. Er hatte nicht abgezogen. »Was fällt Dir ein?«, knurrte er.

»Schi scheng ...«, sagte sie.

»Was soll das nun wieder heißen?« fragte Untermeier leicht entnervt.

»Es ist ein Wort für jemanden oder etwas Lächerliches«, antwortete Yucheng.

Sie trug beide Koffer. Unten konnte man die Köchin jammern hören. Ihr Hund war verschwunden und nirgends zu finden. Untermeier war wütend, dass ihm jemand bei dieser einfachen Aufgabe zuvorgekommen war. Er versuchte trotzdem, das Verdienst für sein Verschwinden zu beanspruchen, aber das wurde durch Annie vereitelt, die darauf hinwies, dass die Pillen immer noch in seiner Jackentasche waren. Dagegen konnte er nichts machen. Sie mussten jetzt frühstücken und sich beeilen, damit sie den Rückflug nach Zürich nicht verpassten.

Der Küchenhund und die Köchin waren wenige Stunden später wieder vereint.

Sonderbarerweise war er in Annies Kleiderschrank eingesperrt gewesen, und sein Fell hatte das ganze Parfüm aufgenommen. Als er wieder aus der Küche ausbrach und auf den Rasen lief, riefen mehrere Gäste, die ihn rochen: »Ach, wie niedlich«, und beugten sich sogar nieder, um ihn zu tätscheln. Seltsamerweise hielt sich dieser Geruch mehrere

Tage lang im Haus, sogar der Empire-Salon hatte einen angenehmen Geruch, der Signora Ginelli an ihre seltsamen Gäste aus der Schweiz erinnerte.

Moralische Erzählung

Hans hatte Susanne verlassen. Daran gab es nichts zu deuteln. Er war klug und kultiviert, aber eben auch ein unglaublicher Schuft. Allein schon, wie er es gemacht hatte! Einfach aus der hübschen Wohnung zu spazieren, die so viel von ihnen beiden hatte, ohne ein Manuskript oder eine Zahnbürste, geschweige denn einen Koffer. Eine Zeit lang konnte Susanne seine Bewegungen anhand ihrer gemeinsamen Kreditkarte verfolgen. Am ersten Tag, an dem er weggeblieben war, besorgte er sich den schwarzen Rollkragenpullover neu, den er immer trug, dazu die schwarzen Jeans und die schwarzen Socken und außerdem – Zeichen einer Veränderung – seidene Boxershorts mit einem nicht näher bezeichneten Muster, aber man konnte nicht ohne Schaudern versuchen, es sich auszumalen. Zwei Tage nach seinem Exodus kaufte er sich Joggingschuhe. Es folgten drei, vier Badetücher, Betttücher, eine Tischdecke, billiges Besteck und eine Woche später ein sehr teures, obwohl vielleicht doch nur für zwei bestimmtes Essen in einem Restaurant, das bekannt war für seine reiche Klientel, größtenteils Anwälte und Börsenleute, die einen Universitätsprofessor, auch einen namhaften, nicht erkennen würden. Schließlich ein paar einfache Mahlzeiten und noch ein Abendessen. Danach hörte die Kreditkarte auf zu sprechen. Er hatte sich offenbar eine neue besorgt.

Die gemeinsamen Freunde trösteten Susanne. Alle stellten sich vor, Hans sei mit einer jüngeren Frau weggelaufen, die vielleicht hübscher, frischer, neuer war als Susanne, und alle behaupteten, sie könnten gar nicht verstehen, was ihn dazu getrieben hatte, obwohl sie es sehr gut verstanden. Wer genau hinhörte, konnte in der verzückten Empörung über Hans auch Neid auf den umtriebigen Mann und Kummer über einen wirklichen Verlust erkennen: Hans und Susanne waren ein Paar wie aus dem Bilderbuch gewesen, sie hatten ein offenes Haus geführt, und nun zerstörte Hans eine Institution, die mindestens ein Mal in der Woche die richtigen Leute mit Essen und Gespräch versorgt hatte. In ihrer Lage konnte Susanne niemanden mehr einladen, und außerdem – wer wäre gekommen? Hans war eben doch immer die Hauptattraktion gewesen. Dieser kluge Mann. Verloren stand das Klavier in der Ecke. Die beiden Kinder ließen die Köpfe hängen – es war kein erfreulicher Anblick. Alle verabscheuten Hans wegen seines Egoismus. Für die verlassene Frau war es ein Trost, wie sie auf ihn schimpften.

Die Zeit verging, wie üblich. Niemand wusste, wo Hans steckte. In seinem Büro an der Uni zeigte er sich nicht, veröffentlichte jedoch weiter Aufsätze, arbeitete also und freute sich offenbar seines Lebens – auf Kosten aller anderen. Als Weihnachten näher rückte, wuchs die Empörung über Hans noch.

Dann fand ihn sein Assistent Sander zufällig. Sander war in einem billigeren Stadtteil auf Schnäppchenjagd gewesen und hatte ihn in der Delikatessenabteilung eines großen, hässlichen Kaufhauses entdeckt – an der Käsetheke. Hans hatte noch versucht, sich zu verdrücken, aber Sander war ihm gefolgt und hatte ihn schnell eingeholt. Mit seinen dreißig Jahren war er der Jüngere, während Hans trotz seiner Schlankheit etwas von einem Stubenhocker hatte. So erzählte es Sander später und verzierte seinen Bericht mit Meinungsäußerungen. Hans habe, nun ja, etwas verwirrt ausgesehen, obwohl andererseits, zugegeben, noch immer ungefähr wie früher, ganz in Schwarz. Alter und Abenteuer hätten in seinem Gesicht keine neuen Reifenspuren hinterlassen. Und er habe alles zugegeben, die ganze erbärmliche Wahrheit. Es war unglaublich jämmerlich. Hans hatte sich sogar noch einmal umgedreht und Sander die Wahrheit gezeigt. Sie war gerade dabei, mittelalten Gouda in Scheiben zu schneiden, und ihre runden Backen und die Stirn strahlten wie Neonleuchtkörper. Eine Verkäuferin in weißer Montur, breit wie die Theke, fettleibig, eine richtige Tonne. Hans hatte sich über Einzelheiten ausgelassen. Früher habe das Mädchen in der Kosmetikabteilung gearbeitet und ihm dort ein teures Deo verkauft. Er vertraute Sander auch an, dass er schon immer eine Vorliebe für sehr dicke, sehr junge, ungebildete Frauen gehabt habe. Er sei jetzt vierzig, das Mädchen dagegen erst siebzehn. Es war also nicht mal halb so alt wie er, aber doppelt so schwer. Anscheinend hatte er sich zuerst in seinem Arbeitszimmer an der Uni mit ihr getroffen. Dort stand auch eine schmale Liege. Er beschrieb, wie die Liege zu schmal gewesen sei, wie die Konturen seiner Freundin an den Rändern überflossen. Einmal habe Susanne ihn unerwartet in seinem Büro besucht, und er habe das Mädchen in einen eingebauten Aktenschrank zwängen müssen, bis er seine Frau mit einer Geschichte über einen dringenden Abgabetermin abwimmeln konnte. Dieser Besuch sei der Tropfen gewesen, der das Fass zum Überlaufen gebracht habe, hatte Hans gesagt. Lügen könne er nicht leiden, und dieses Mädchen gehe ihm über alles. Er finde es herrlich, dass sie, anders als Susanne, keine Ansichten über Kunst und Politik habe, dass sie ihn nur wegen seines Geldes und seiner guten Figur verehre und wegen seiner Erfahrenheit in der Liebe. Sie arbeite noch immer in dem Kaufhaus; auch das gefalle ihm. Er zeigte noch einmal auf sie: »Das ist meine neue Frau, ob es Ihnen passt oder nicht.« Er hatte sie nicht miteinander bekannt gemacht, was Sander nicht überraschte. Es wäre nur peinlich gewesen.

Die verlassene Ehefrau wurde informiert und mit ihr der ganze Freundes- und Bekanntenkreis. Sie hatte ein schmales, perfektes Gesicht, eine schmale, perfekte Figur, perfekte, dunkle Korkenzieherlocken, und ständig tröpfelten aus ihr Erkenntnisse über die Kunst in den reglosen See der sie umgebenden öffentlichen Meinung. Susanne und alle anderen verständigten sich schließlich darauf, dass sie einfach zu viel Frau für Hans gewesen sei.

Um Weihnachten herum kam sie sich nicht mehr verachtet vor. Schließlich war ihr Mann derjenige, der verrückt spielte. Sie entkrampfte sich. Wann immer Sander von seiner eigenen Frau loskam, bewies er Susanne, dass sie nicht zu viel Frau war, jedenfalls nicht für ihn.

Unterdessen ertrank die allgemeine Empörung über Hans in munter quirlendem Klatsch. Wie sollte man auf jemanden böse sein, der, von seiner abartigen Besessenheit getrieben, einen so haarsträubenden Fehler gemacht hatte? Beneidet wurde Hans nun von niemandem mehr. Stattdessen bemitleideten ihn alle aus vollem Herzen. Kurz, ihm wurde verziehen.

Die Zeit behielt ihr Tempo bei, und irgendwann nahm Hans seine Arbeit in der Universität wieder auf. Eines schönen Nachmittags im Frühling sah Sander ihn auf dem Campus herumradeln. Auf der Lenkstange vor ihm balancierte in verliebter Pose eine schlanke junge Frau. Hans bremste, half der Frau vom Lenker und stellte sie, ohne zu zögern, als »die Frau, mit der ich jetzt zusammen bin« vor. Sander glotzte, und die Frau sagte in selbstbewusstem Ton Hallo. Sie war Mitte dreißig – eine hübsche Römerin, wie sich herausstellte, die an der Universität italienische Literatur unterrichtete. Die Sache mit der dicken Verkäuferin – eine einzige riesengroße Lüge.

Bis sich das herumgesprochen hatte, war es Mai, und die Leute wunderten sich bloß noch. Sie waren enttäuscht über ein derart lahmes Ende, doch ihre Empörung kam nicht mehr in Gang, und so lebte der schlaue Hans von nun an munter und zufrieden.

Keine Frage des Geldes

Weil der Junge nie Geld hatte und seine Freundin deswegen sauer war, erzählte er ihr, jemand habe ihm einen Koffer mit zwei Millionen Dollar Falschgeld geschenkt – lauter 1000-Dollar-Scheine, für die er sich kaufen könnte, was er wollte, vorausgesetzt, er fände eine Methode, sie unter die Leute zu bringen, ohne geschnappt zu werden. Dem Mädchen fielen vor lauter neuer Liebe fast die Augen aus dem Kopf.

Den ganzen Nachmittag über machten sie Pläne. Sie war Koreanerin und praktischer veranlagt als er. Ihr fiel ein, sie könnte versuchen, das Geld nach und nach zusammen mit anderen, echten Scheinen auf ihr Bankkonto einzuzahlen oder es tröpfchenweise auszugeben. Aber dazu brauchte man auch einen Haufen echtes Geld, und deshalb funktionierte es nicht. Oder sie könnte das Geld nach Mexiko mitnehmen, wo eine Freundin von ihr lebte, und dort erst mal einen großen Wagen kaufen und dann vielleicht ein Haus. Oder in Brasilien, da hatten sie auch immer schon mal hingewollt.

Der Junge lag ganz still neben ihr, hörte sich an, wie sie

ständig neue Ideen vom Stapel ließ, und begrüßte jede einzelne mit ernster Miene, bevor sie selbst dann eine nach der anderen als nicht praktikabel oder zu gefährlich wieder versenkte. Allein der Flug nach Mexiko oder Brasilien kostete schon eine Stange Geld, und im Augenblick hatten sie fast nichts, weil ihre geschäftlichen Projekte alle geplatzt waren. Bis vor Kurzem hatten sie von der Erbschaft des Mädchens gelebt – von den paar Dollar, die sie ihrem Vater aus der Tasche zog, bevor die Haushälterin sie sich schnappte. Jeden Tag war sie zu ihm gefahren, eine ganze Stunde bis Queens, wo er wohnte. Das Geldholen machte also richtig Arbeit, aber selbst das wusste der Junge nicht zu würdigen. Ihr Vater hatte gern ein volles Portemonnaie in der Tasche. Deshalb marschierte er Tag für Tag zur Bank, hob 500 Dollar ab, den zulässigen Höchstbetrag, und steckte sie in sein Portemonnaie. Wenn dann entweder die Haushälterin oder seine Tochter die 500 Dollar herausgenommen hatte und er feststellte, dass sein Portemonnaie leer war, ging er wieder zur Bank. Alles komme auf das richtige Timing an, hatte sie dem Jungen immer wieder erklärt, damit er endlich kapierte, was seine Freundin alles für sie beide tat. Man durfte das Geld erst kurz vor Schalterschluss nehmen. Sonst hätte ihr Vater versucht, am selben Tag noch mehr abzuheben. Die Bankleute hätten ihm gesagt, dass er schon einmal da gewesen sei, und er hätte gemerkt, dass er langsam sein Gedächtnis verlor, hätte herumgeschimpft und wäre misstrauisch geworden. Ungefähr hundert Mal war die Tochter schneller gewesen als die Haushälterin und fünfundsiebzig Mal die Haushälterin schneller als die Tochter. Danach waren die Ersparnisse des alten Mannes dann weg. Er hatte sich die Wohnung und die Haushälterin nicht mehr leisten können und war bei der Wohlfahrt gelandet. Lange hätte es sowieso nicht mehr gereicht – nicht mal 100 000 Dollar. Zwei Millionen waren eine Menge Geld.

Das Mädchen hatte an diesem Nachmittag mit ihrem Freund Schluss machen wollen, weil er immer blank war, weil sie zusammen erst ihre Erbschaft und nachher das, was sie hier und da bei Teilzeitjobs verdiente, aufgebraucht hatten, ohne dass ihm jemals auch nur die geringsten Bedenken gekommen waren. Er lebte einfach drauflos. Aber eigentlich hatte sie ihn gerade deshalb so gern. Anders als die meisten Männer glühte er nicht vor Ehrgeiz, dachte nicht ständig ans Geld oder an seine Karriere. Er war immer für seine Freundin da, entspannt und munter, aß gern und schlief gern, und das andere tat er noch viel lieber – und Musik hören auch und ins Kino oder spazieren gehen. Er putzte sogar gern und kochte gern, und immer hatte er für sie ein originelles Kompliment auf Lager. Außerdem sah er gut aus, wie ein Cowboy, fand sie, groß, mit O-Beinen und schönem, vollem Haar unter seiner Baseballkappe. Er war immer so ungeheuer ausgeglichen. Trotzdem kam sie sich ausgenutzt vor, weil immer nur sie es war, die das Geld heranschaffte. Ständig hielt sie nach Projekten Ausschau, bei denen er aktiv werden könnte und die Geld bringen würden. Aber bei seiner völligen Teilnahmslosigkeit gingen ihr irgendwann die Ideen aus. Sie hatte zum Beispiel von einer Telefonkartenfirma geträumt. Sie dachte, Telefonkarten gestalten – das müsste er können. Und dass er sie nachher an die Angehörigen der verschiedenen Nationalitäten für ihre Gespräche in die Heimat würde verhökern können, das wusste sie. Aber wie bei vielen Projekten, mit denen er anfangs einverstanden war, machte er zuletzt einen Rückzieher, redete sich damit heraus, dass er von Telefonkarten nichts verstünde, dass er bloß ein Junge aus New Jersey sei und keinen internationalen Background habe wie sie. »Mach du das!«, sagte er strahlend.

Vor Kurzem hatte sie sich einen öden Job als Kassiererin in einem Supermarkt besorgt, sodass wenigstens das nötige

Geld für das normale Leben hereinkam. »Routine liegt dir, es wird dir Spaß machen«, hatte er ihr applaudiert. Doch an diesem Nachmittag hatte sie sich mit einem Hausbesitzer verabredet und wollte den Mietvertrag für eine andere Wohnung unterschreiben. Sie hatte sich geschworen, wenn sie den Job im Supermarkt bekäme und eine Woche durchgehalten hätte, dann könnte ihr Freund sehen, wo er bliebe. Nicht einen Cent wollte sie mehr für ihn ausgeben.

Ihr war allerdings klar, dass er sich, auch nachdem sie ihn verlassen hatte, nie und nimmer einen Job suchen würde. Er würde sich ein anderes Mädchen mit einer Erbschaft suchen und ihr im Bett Spaß machen. Er würde sich sogar breitschlagen lassen, dieses neue Mädchen zu heiraten, damit es nicht mehr von ihm loskäme. Sein derzeitiges Mädchen war sich auch sicher, dass er zwischen ihr und dem nächsten Mädchen bald keinen Unterschied mehr würde erkennen können, obwohl dieses nächste wahrscheinlich blond sein würde, mit einem großen weißen Hintern. Sie hatte vorgehabt, sich den Job zu besorgen, eine andere Wohnung zu mieten, ihre wichtigsten Sachen heimlich aus dem Haus zu schaffen und einfach aus seinem Leben zu verschwinden.

Es würde eine Unterbrechung in seinem Sexualleben geben. In Gedanken kehrte sie immer wieder zu diesem etwas heiklen Punkt zurück – dass er mit einer anderen Frau, die bestimmt blond wäre, diese gleichen Sachen machen würde wie mit ihr, auch essen und schlafen, wenn ihnen danach zumute war.

Die zwei Millionen Dollar machten nun mit einem Schlag einen anderen Mann aus ihm. Von jetzt an würde er das Geld beschaffen. Und in solchen Massen! Er hatte ihr nicht viel über seinen Glücksfall erzählt – nur, dass ein guter Freund von ihm, ein Geldfälscher, plötzlich an Herzversagen gestorben war und dass seine Frau, als er ihr einen

Beileidsbesuch machte, ihn mit Tränen in den Augen gebeten hatte, das Geld aus dem Haus zu schaffen. Sie wolle nichts mehr damit zu tun haben, er solle es wegwerfen, hatte sie ihm gesagt und sich überhaupt furchtbar aufgeregt. Sie habe eine gute Rente, von der sie leben könne. Widerstrebend hatte er den Koffer mit den Scheinen genommen, hatte ihn im Keller deponiert und seiner Freundin die Geschichte erzählt.

Sie hatte ihn stürmisch umarmt und lange geküsst. Freude und Leidenschaft wuchsen in ihr, während sie nach und nach begriff, was diese Neuigkeit bedeutete. Sie liebte ihn aus ganzem Herzen, mit Leib und Seele, wie damals, als sie noch keine Geldsorgen gehabt hatten. Und während sie ihn liebte, wurde ihr klar, dass sie ihn nicht verlieren wollte, und ganz bestimmt nicht deshalb, weil er nie einen Cent verdiente. Aber dieses Problem war ja nun auch ein für alle Mal gelöst. Nur, wie sollten sie das Geld ausgeben? Man konnte doch nicht einfach mit einem Koffer voll Falschgeld nach Mexiko fliegen. Aber zu Hause wurde man es auch nicht los. Ihr dämmerte, dass dieser Schatz nicht so ohne Weiteres zu heben sein würde.

Sie hatte eine Freundin, deren Mann gerade wegen bewaffneten Raubs im Gefängnis saß. Für einen kleinen Anteil an der Beute würde sie sich bestimmt etwas einfallen lassen, wie man das Geld in Umlauf bringen konnte. Es musste Leute geben, die jeden Tag mit solchen Problemen zu tun hatten. Sie gab dem Jungen einen Kuss und tänzelte zur Tür hinaus. Den Termin wegen des Mietvertrags sagte sie ab. Stattdessen besuchte sie ihre Freundin.

Die hörte dann zehn Minuten lang nicht mehr auf zu lachen. »Du blöde Kuh!!! Wenn man schon Geld fälscht, dann bestimmt keine 1000-Dollar-Scheine. Das tut man einfach nicht. Weil es 1000-Dollar-Scheine nämlich gar nicht mehr gibt.«

Sie ging wieder nach Hause zu ihrem frischgebackenen Millionär. Auf den Koffer kam sie nie wieder zu sprechen und er auch nicht. Sie arbeitete weiter in ihrem Supermarkt, und beide lebten weiter recht und schlecht von dem, was sie verdiente. Doch eigentlich fehlte es ihnen an nichts. Sie waren noch jung und hatten viel Zeit füreinander. Wenn sie von der Arbeit nach Hause kam, wickelte er sie in seine Wiedersehensfreude. Die war echt, und das genügte ihr.

Lokales: Mutterliebe

Ich kenne eine alte Dame, die hat früher mal gesagt: »Ich möchte entweder jung und schön sein oder ein Genie oder tot.« Die Liebe zu einem Sohn brachte sie dahin, sich mit einer anderen Möglichkeit anzufreunden: nichts von alledem.

Lawrence Herbert, der Sohn des Professors, besaß von Haus aus charmante Umgangsformen. Doch trotz des Vorbilds, das ihm seine Eltern gewesen waren, hatte er auch einige schlechte Angewohnheiten, darunter das Glücksspiel, das Verlieren beim Glücksspiel und das Anhäufen von Schulden aus dem Glücksspiel – sie gingen in die Tausende.

Als es dann eines Tages an der Haustür klopfte, war er zweiunddreißig, groß, blond, elegant und zuvorkommend. Was er anzog, hatte Stil, und über die franko-kanadische Literatur konnte er sich genauso gut unterhalten wie über eine neue Aufnahme von Schuberts »Winterreise« oder die letzte Premiere im Theater des Provinzstädtchens, in dem sie wohnten, Antigonish, bekannt für seinen Theatersommer. Auch verfolgte er die Missetaten Israels, und die Selbstsicherheit, mit der er sich darüber ereifern konnte, zeugte von seinem tiefen Verständnis für Politik. Wenn Freunde kamen, beneideten sie die Herberts um einen Sohn, der seine Eltern regelmäßig besuchte und so gute Manieren hatte. Diese Besucher merkten gar nicht, dass Lawrence sogar bei seinen Eltern wohnte, oben, in seinem alten Kinderzimmer, dass er arbeitslos war und dass sowohl er als auch seine Eltern fest daran glaubten, er stehe kurz vor einem Durchbruch in seiner Karriere – obwohl alles dagegen sprach.

Esther, seine ältere Schwester, wohnte eine Flugstunde oder einen Tag mit dem Auto entfernt, in Quebec, verheiratet, zwei Kinder, von Beruf Psychoanalytikerin. Sie war nicht hübsch und war es nie gewesen. Schon als Kind hatten sich ihre Eltern an ihren Knopfaugen und der winzigen Mopsnase gestört und hatten sich innerlich, ohne es zu wollen, von ihrer Tochter abgewandt. Lawrence dagegen, fünf Jahre später zur Welt gekommen, hatte große blaue Augen, eine gerade Nase und ein gewinnendes Lachen. Die Mutter liebte seinen Babyspeck über alles, sein niedliches Gesicht, seine freundliche, höfliche Art. Esther hatte die Intelligenz ihres Vaters geerbt, aber in den Augen ihrer Eltern war das kein Ausgleich für das Schweinchengesicht, den plumpen Körper und die scharfe Zunge, mit der sie nach ihnen stach. Esther war eine gute Schülerin gewesen. Aber Lawrence hatte man zu seiner »poetischen Veranlagung« und seiner klangvollen Stimme gratuliert. Wenn Besuch kam, sang er mit seiner Mutter Schubert-Lieder oder sagte Gedichte auf, und überall im Haus hingen seine Zeichnungen neben der düsteren Eskimokunst, die die Eltern sammelten. Esther wurde immer verbitterter. Ihre Abneigung richtete sich vor allem gegen ihre Mutter Bernadette, weil sie ihr Leben lang »nichts getan« hatte, außer Lawrence zu verwöhnen – das war jedenfalls Esthers Theorie. Und nach zehn Jahren Lehranalyse bei einem Guru in Quebec wusste sie auch, was ihrem Vater Gundolf vorzuwerfen war – seine Gleichgültigkeit.

Außer bei der kritischen Esther waren ihre Eltern überall beliebt. Gundolf Herbert war Professor für Politische Wissenschaften, ein nachdenklicher, nüchterner Intellektueller, dem Probleme keine Angst machten. Seine Frau Bernadette besaß eine künstlerische Ader. Sie sah sehr gut aus, war Schauspielerin gewesen und hatte in Halifax mittelgroße Rollen gespielt. Doch als sie sich in den jungen Professor verliebte, beschloss sie, ihm den Haushalt zu führen. Sie wurde zwar sehr dick, doch ihre Fülligkeit blieb attraktiv. Sie roch gut, und auch das Alter konnte dem nichts anhaben. Ihr Busen war wie ein bequemes Sofa, in dem man gern versank. Sie verlor ihre Stimme und konnte nicht mehr singen, aber sie spielte Klavier und gründete einen Kirchenchor, den sie dirigierte und so laut jubilieren ließ, dass Gott es hören musste. Ihr Mund war hübsch, und sie geizte nicht mit Küssen. Sie wusste auch immer sofort, ob jemand ein guter Liebhaber war oder nicht. »Ein schlechter Liebhaber«, ließ sie über einen Mann verlauten, der zwanzig Jahre jünger war als sie und homosexuell. Aber woran erkannte sie das?! »Daran, wie er meine Schultern gedrückt hat. Als wären sie ein Turngerät!« Die Leute waren pikiert und entzückt zugleich. Alter und Hässlichkeit machten ihr offenbar keine Angst. Sie trug bunte, zeltförmige Kleider, erklärte allen, wie wunderschön sie seien, und ihre Freunde vertrauten ihr mehr als den eigenen Augen. Wenn sie Probleme hatten, besprachen sie sie mit Bernadette. Sie war immer großzügig – mit gutem Rat und gutem Essen, stets frisch zubereitet. Selbst die Bettler im Ort hatten begriffen, dass sich regelmäßige Abstecher zu ihrem Haus lohnten, denn Bernadette schickte sie nie weg, sondern gab ihnen ein bisschen Geld und dazu eine Tasse Tee und ein Stück Kuchen. Einer von ihnen war ihr besonders treu.

»Bin Sie sehr verbunden«, sagte er immer. Und eines Tages vertraute er Bernadette an: »Wir sprechen oft über Ihnen.« Er hieß Herbert und war der Meinung, schon allein dadurch stehe er der Familie Herbert näher als andere.

Die Herberts waren stadtbekannt und lebten ein bisschen wie auf dem Präsentierteller – durch ihre Einladungen, durch die Essen und Hauskonzerte, die sie veranstalteten, und durch die Besuche, die sie ihrerseits bei Freunden und Bekannten machten. Lawrence hatte einige Zeit bei einer Freundin gewohnt. Aber nachdem sie ihn hinausgeworfen und er sich wieder bei seinen Eltern einquartiert hatte, fest entschlossen, ein paar ganz große Hits zu schreiben, hatten die Herberts alle Hände voll zu tun, den Schein zu wahren. Sie sprachen von der »kompositorischen Arbeit« ihres Sohnes. Und wenn Bernadette ihn während eines Cocktailempfangs im Haus von der Garderobe kommen sah, seufzte sie tief, nahm ihr Portemonnaie aus der Handtasche und ging von einem Mantel zum anderen und ließ Münzen in die Taschen gleiten, weil sie genau wusste, dass ihr Sohn gerade welche daraus entwendet hatte. Es war das absolut Letzte, was sie selbst getan hätte – aber sie verstand ihren Sohn und verzieh ihm. Sie liebte ihn noch immer, seine Haut, die jetzt nach Tabak und Alkohol roch, das liebe Gesicht, das dichte blonde Haar und seine nette, höfliche Art. Ihr Sohn. Niemanden liebte sie so sehr wie ihn.

So lebten sie denn wieder zu dritt im Haus, ein Jahr lang. Lawrence hatte sich in der Garage ein Studio eingerichtet, wo er mit einem Synthesizer, zu dessen Anschaffung er seine Eltern überredet hatte, seine künftigen Hits komponierte.

Eines Abends bekam Lawrence Besuch. Zur Unzeit, sehr spät. Bernadette saß in ihrem Nachthemd im Wohnzimmer und las. Ihr weißes Haar ergoss sich offen den Nacken hinab, so wie sie es abends getragen hatte, als es noch kastanienbraun gewesen war und Gundolf, der junge Professor, die Hände nicht davon hatte lassen können. Jetzt war Gundolf schon im Bett und schlief. Er hatte einen tiefen Schlaf und wachte auch nicht auf, als eine Faust an die Tür hämmerte. Bernadette dachte an nichts Böses. Es könnte Herbert, der Bettler sein. Sie würde sich um ihn kümmern.

Als Bernadette ihre Hand um den Türknauf legte, hörte sie Lawrence hinter sich rufen: »Mach die Tür nicht auf!« – aber es war zu spät. Ihre Hand drehte den Knopf schon, und von draußen stieß jemand die Tür mit ganzer Kraft auf. Bernadette hörte, wie sich Lawrence' Schritte hastig entfernten. Vor ihr stand ein junger Mann und blockierte die Tür, sodass sie sie nicht mehr schließen konnte. Er schien ein paar Jahre jünger zu sein als ihr Lawrence. Höflich sagte er, er würde gern mit Lawrence sprechen.

»Aber doch nicht um diese Zeit!«, protestierte Bernadette. »Kommen Sie morgen früh wieder, bitte. Um neun Uhr können Sie kommen.«

Der junge Mann blickte sie an, als hätte sie etwas Komisches geäußert. Er kicherte sogar ein bisschen, aber es klang eher wie ein Gurgeln. Er war schlaksig und hager, sein dunkles Haar zu Stacheln hochgekämmt, die ihm vom Kopf abstanden. Er war schlampig angezogen. Schlechte Haut, ungepflegter Bart. Unterschicht. Er kommt bestimmt vom Land, vielleicht sind seine Eltern Fischer, dachte Bernadette.

»Kommen Sie bitte morgen wieder. Im Haus schlafen alle. Mein Mann, Professor Herbert, regt sich sonst auf.«

»Maul halten, Schlampe!«, entgegnete der Besucher gleichmütig und schlenderte herein. »Sag deinem Sohn, er soll aus seinem Rattenloch kommen, sonst hol ich ihn mir.«

Bernadette versuchte es noch einmal. »Warten Sie, ich

werde euch in der Küche eine Tasse Tee machen, dann könnt ihr alles in Ruhe besprechen. Wie wäre das?«, fragte sie mit ihrer freundlichsten Stimme.

Aber der Eindringling packte sie am Arm und schob sie zur Seite. Er marschierte die Treppe hinauf in den ersten Stock, wo die Schlafzimmer lagen.

Sie folgte ihm so schnell, wie es ihr Leibesumfang zuließ.

Er verschwand in Lawrence' Zimmer, und dann redete er in scharfem Ton auf ihn ein. Bernadette stand im Flur und wartete ab, unsicher, ob sie die Polizei rufen sollte. Sie ahnte, dass der junge Mann Ungemach über Lawrence und die ganze Familie bringen würde. Aber sie zögerte, die Polizei einzuschalten. Sie glaubte noch immer, sie könne dieses Debakel mit ein bisschen gesundem Menschenverstand und einer Tasse Tee selbst lösen.

Als die Stimme nicht aufhörte, ihren Sohn zu beschimpfen, entschloss sich Bernadette, ihren Mann zu wecken. Er war immer so gelassen und vernünftig. Ihm würde es gelingen, den nächtlichen Besucher zu beruhigen.

Der alte Professor Herbert hatte einen gesunden Schlaf. Bernadette musste sich aufs Bett neben den Schlafenden setzen, musste an seiner Schulter rütteln und ihm einen Klaps auf die Wange geben, um ihn zu alarmieren. Er saß aufrecht im Bett, und sie versuchte ihm gerade zu erklären, was los war, als der Eindringling hinter Lawrence das Schlafzimmer betrat. Er hatte ein Messer in der Hand, das er Lawrence in den Rücken bohrte.

»Mommy, Daddy«, sagte Lawrence mit schwacher Stimme. »Ich schulde jemandem sehr viel Geld. Er braucht das Geld aber nicht. Er will es gar nicht. Er will sich amüsieren. Er will, dass mich dieser Mann hier zu Tode foltert.«

Glitzernde Tränen, so groß wie die Fünfundzwanzig-

Cent-Stücke, die er anfangs beim Glücksspiel gesetzt hatte, kullerten ihm über die runden Wangen. Der Tag der Abrechnung war gekommen. Lawrence stammelte: »Er wäre aber auch einverstanden, wenn einer von euch meinen Platz einnimmt.«

Als sich dieser wahrhaft ungewöhnliche Vorfall zutrug, war Gundolf Herbert gerade siebzig geworden. Er war jetzt Professor emeritus an seinem College, aber die Arbeit war deshalb nicht weniger geworden. Jeden Tag ging er in sein Büro. Er saß in unzähligen Ausschüssen. Man schätzte seine bedächtige Art, seine Fähigkeit, die hitzigsten Streitigkeiten beizulegen. Er wusste, dass seine Frau ganz anders veranlagt war als er. Sie regte sich leicht auf und sagte dann das Falsche. Deshalb hielt er es unter diesen Umständen für das Beste, wenn sie das Zimmer verließ. »Geh nach unten, Bernadette, Liebe«, sagte er. »Hörst du? Geh bitte nach unten. Und mach die Tür hinter dir zu.«

Sie blieb noch so lange draußen vor der Tür stehen, dass sie von dem Gespräch einiges mitbekam. Dann ging sie hinunter und nahm ihren Platz auf dem Sofa wieder ein. Doch jetzt bebte sie vor Angst.

»Ich kann Ihren Namen nicht erraten«, sagte Gundolf Herbert zu dem Eindringling und sah ihm in die Augen. »Aber da Sie am heutigen Abend eine Hauptrolle spielen, würde ich doch gern wissen, wie Sie heißen. Könnten Sie mir das bitte sagen?«

Mit dieser Strategie hatte er Erfolg. Der Eindringling gehorchte und murmelte: »Johnny.«

»Okay, Johnny«, fuhr Professor Herbert mit wachsendem Selbstvertrauen in freundlichem Ton fort. »Es gibt nur wenige Probleme, die sich nicht mit Geld lösen lassen. Also sagen Sie mir, wie viel mein Sohn Ihnen schuldet. Ich werde mich darum kümmern, und ich werde für Sie noch etwas obendrauf legen, und dann können wir uns in aller Freundschaft Gute Nacht sagen.«

»Für diesen Job hier bekomme ich mehr, als Sie mir zahlen können«, erwiderte Johnny ernst. »Mein Auftraggeber nennt es eine Investition. Er will Zeit sparen, er will, dass so was nie wieder vorkommt. Dafür leistet er einen Vorschuss, nämlich das Geld, was er von Ihrem Sohn zu kriegen hat, und das, was ich von ihm bekomme. Dem Drecksack hier muss eine solche Lektion erteilt werden, dass es auch alle anderen Drecksäcke in der Stadt mitbekommen. Ich mache meinen Job. Das Werkzeug habe ich dabei, und jetzt, wenn es Ihnen nichts ausmacht und wenn das alles ist, was Sie mir zu sagen haben, möchte ich Sie und Ihre Frau bitten, hier oben zu warten und die Ohren offen zu halten, während ich Ihren Sohn nach unten ins Wohnzimmer bringe und an die Arbeit gehe und ihn alle mache. Es sei denn, Sie wollen den Platz mit ihm tauschen. Dann kann er zuhören. Die Telefonleitung ist übrigens durchgeschnitten.«

»Dad!«, flehte Lawrence. Das Gesicht des Professors blieb ausdruckslos.

»Ich gebe Ihnen noch einen Augenblick, um die Sache zu klären«, sagte der Besucher und trat ans Fenster, das aufs Meer hinausging. Er wandte den beiden anderen den Rücken zu, zog den Kassettenrekorder, den er mitgebracht hatte, aus der Tasche und schaltete ihn ein. Sein Boss wollte eine Aufnahme des Gesprächs haben, das, wie er vorausgesehen hatte, nun folgen würde.

»Du bist siebzig Jahre alt, Dad«, wimmerte Lawrence. »Ich stehe noch ganz am Anfang meines Lebens. Du wirst so oder so bald sterben. Ich finde, da ist es eigentlich klar, dass du mir diesen letzten Gefallen erweisen solltest. Ich habe das ganze Leben noch vor mir ...«

»Niemand sollte einen anderen um das Licht seines Tages bitten«, entgegnete Professor Herbert. »Das Licht des Tages ist gleichermaßen kostbar für jedwedes Lebewesen, das sich dessen erfreut, und es leuchtet immer hell und ermattet nicht im Lauf der Zeit. Nein, ich werde weder dir noch sonst jemandem das Licht meines Tages schenken. Und dann auch noch unter solchen Umständen, nein.«

»Weißt du, was du bist?! Ein selbstsüchtiges Arschloch!«, rief der Sohn.

»Jawohl, schön gesagt, mein Sohn, wenn man bedenkt, was du verlangst«, antwortete der Vater voller Abscheu. »Es tut mir leid, dass ich dich verliere. Aber der letzte Eindruck, den du bei mir hinterlässt, ist auch nicht der allerbeste.«

Sein Gesicht indessen war nicht bleich wie sonst, sondern rosig, und er schwitzte leicht. So stand er in seinem geblümten Baumwollschlafanzug da. Ach, er sah wirklich alt aus, und die Schlafanzughose war vollkommen verschlissen. Der Schlitz stand ein wenig offen, und man sah ein verschrumpeltes Organ von der gleichen Farbe wie sein Gesicht. Lawrence starrte hasserfüllt vor sich hin. Der Professor wandte ihm den Rücken zu und ging ins Bad, schloss die Tür hinter sich ab und benutzte die Toilette. Er machte keinen Versuch, seinen Urin zu lenken, sodass er laut in die Schüssel prasselte, und dabei seufzte der Professor immer wieder. Als er fertig war und, ohne abzuziehen oder sich die Hände zu waschen, mit nackten Füßen, die auf den Fliesen platschten, ins Schlafzimmer zurückkam, drehte sich der Eindringling, der immer noch am Fenster stand, um und sagte lächelnd zu Lawrence: »Das Mitgefühl hält sich in Grenzen, wie man hört. Tut mir leid für dich.«

Lawrence flehte seinen Vater noch einmal an. »Bitte, Dad, spring du für mich ein. Ich werde dir ewig dankbar sein. Und wenn du es nicht tust, werde ich immer in deinem Kopf herumspuken. Du lässt den eigenen Sohn sterben.«

Aber sein Vater schnaubte nur: »Ich gebe dir nicht das Wertvollste, was ich habe. Nein. Hör auf, mich zu fragen.«

Er legte sich aufs Bett. Sein Gesicht war jetzt karminrot, und sein Atem ging in kurzen Stößen. Hätte sein Sohn genauer hingesehen, wäre ihm aufgefallen, dass der Vater krank war, sehr krank. Lawrence sah aber nur, dass er die Augen geschlossen hatte, wie um anzudeuten, dass die Angelegenheit für ihn erledigt sei und er nun einfach weiterschlafen wolle. Lawrence stürzte sich auf ihn, packte ihn bei den Schultern und schüttelte ihn heftig. »Ich kann einfach nicht glauben, dass du so ein Arschloch bist!«, schrie er. Johnny sah amüsiert zu und hielt den Rekorder noch mehr in Lawrence' Richtung, damit ihm nur ja kein Detail von diesem Familienzwist entging. Gleichzeitig spürte Lawrence, dass der Vater auf sein Gerüttel nicht reagierte. Speichelblasen traten dem alten Mann auf die Lippen, und diese Lippen nahmen eine seltsame Farbe an – blau. Es sah aus, als würden seine Augen von einem inneren Druck aufgerissen. Die Augäpfel drehten sich nach hinten, und das Weiße war jetzt gelb und rot. Lawrence fing an, laut zu schluchzen.

»Siehst du, was du angerichtet hast?«, schrie er seinen Kumpel Johnny an. »Du hast ihn umgebracht. Hast du etwa noch immer nicht genug? Geh jetzt, bitte. Du hast bekommen, was du wolltest.«

»Keineswegs«, entgegnete Johnny ruhig. »Du hast ihn umgebracht. Ich habe ihn nicht mal angerührt.«

Es war eine dieser finsteren Provinzstadtnächte, in denen kein Mondlicht erhellt, was vor sich geht.

Als es an der Tür klingelte, erhob sich Bernadette automatisch, ohne Johnnys Rufen zu beachten. Er stand oben an der Treppe, hielt mit der einen Hand den Hals ihres Sohnes gepackt und hatte ihm mit der anderen das Messer an die Kehle gesetzt. Bernadette riss die Haustür trotzdem auf. Es war Herbert, der Bettler. »Entschuldigen Sie die

Störung, Madam«, sagte er. Sie schüttelte den Kopf, verwirrt von all dem, was das Schicksal ihr an diesem Abend bescherte. »Ich habe Migräne«, fuhr Herbert, der Bettler, fort. »Hätten Sie vielleicht ein Aspirin? Bin den ganzen Weg vom Hafen rübergelaufen. Ich weiß doch, wie gut Sie immer zu mir sind.«

»Lieber Herbert«, sagte Bernadette. »Eben ist mein Mann gestorben.«

»Dann ist die Krankheit ja schon im Haus und das Aspirin bestimmt zur Hand.« Herbert ließ sich nicht entmutigen. Bernadette seufzte. Sie sah zu Johnny hinauf und zuckte verächtlich mit den Schultern. »Ich muss für Herbert ein Schmerzmittel holen.« Sie kramte im Küchenschrank, füllte ein Glas mit Leitungswasser und kehrte an die Tür zurück. »Hier, Herbert. Manchmal können Sie ziemlich lästig sein.«

Er schluckte die beiden Tabletten auf einmal und sagte: »Danke. Ich hab's den Jungs gesagt – meine Lady wird mir helfen.« Und schon war er wieder verschwunden. Sie schloss die Tür. Johnny kam mit ihrem Sohn die Treppe herunter, das Messer immer noch an seine Kehle gepresst. Sie sah die beiden an und murmelte vor sich hin: »Nehmen Sie mich statt meines Sohnes.«

»Wie bitte?«, fragte Johnny.

»Ich trete an die Stelle meines Sohnes.«

»Wunderbar. Habe mich also doch nicht verhört. Wollte mich nur vergewissern«, sagte Johnny. »Lawrence, ich vermute, du nimmst das Angebot deiner Mutter an.«

Lawrence starrte sie nur an. In seinen Augen schimmerte Dankbarkeit.

»Und jetzt ruf deine Schwester an. Frag sie, ob sie für dich einspringt.«

»Das tut sie bestimmt nicht. Außerdem hast du doch die Leitung durchgeschnitten.«

»Habe ich nicht. Du kannst telefonieren.«

Er lenkte sein Opfer mit der Spitze seines Messers bis nach unten ins Wohnzimmer, wo Bernadette wie versteinert auf dem Sofa saß.

Lawrence murmelte: »Ich rufe jetzt Esther an.« Seine Mutter rührte sich nicht.

Er wählte die Nummer.

Es war mitten in der Nacht. Nach einiger Zeit meldete sich eine verschlafene Stimme.

»Gib mir bitte mal Esther, ein Notfall. Ich bin's, Lawrence«, sagte Lawrence. Es dauerte einen Augenblick, dann war sie am Apparat.

»Dad ist gestorben«, sagte Lawrence in sachlichem Ton. »Und Mutter ist kurz davor.«

Am anderen Ende der Leitung hörte man einen überraschten Aufschrei.

»Kommst du?« Er lauschte. »Sobald du kannst? Aber du kannst das Flugzeug nehmen! Die Maschine morgen früh um sechs. Wir werden warten. Du kannst dich von ihr verabschieden.«

Er lauschte.

»Okay. Also, bis dann.« Er legte auf.

»Sie sagt, ein Flug sei zu teuer. Sie nimmt den Zug. Sie hofft, dass Mom so lange durchhält. Sie wird nicht vor dem Abend hier sein.«

In seinem Gesicht mischten sich Verlegenheit und Hoffnung.

»Du kannst doch so lange warten – mit alldem?!«

Jetzt erst nahm Johnny sein Messer und durchschnitt die Telefonleitung. »Natürlich nicht«, sagte er. »Sie soll nur wissen, was los ist. Und ich wollte wissen, wie sie reagiert. Je mehr ich weiß, desto besser. Das ist alles. Also, los jetzt. Verabschiede dich von deiner Mutter.«

Lawrence küsste sie zärtlich – auf die Augenlider, auf die Wangen, auf die alten Hände, die keinen Schmuck trugen.

»Danke, Mutter«, erklärte er feierlich.

»Für dich tue ich alles. Ich liebe dich«, erwiderte sie ohne Rührung in der Stimme. Es war eine Tatsache, und sie stellte sie fest.

Johnny wandte sich an Lawrence.

»Du musst selbstverständlich zuschauen. Du setzt dich hier auf das Sofa, und wenn du wegsiehst, tue ich ihr noch mehr weh.«

Lawrence erschrak. Gehorsam setzte er sich hin. Schweiß trat ihm auf die Stirn. Sein T-Shirt war durchnässt.

Johnny forderte Bernadette auf, in dem Sessel gegenüber ihrem Sohn Platz zu nehmen. Aber sie wollte vorher noch mal auf die Toilette gehen. Johnny ließ sie. So würde es sauberer vonstatten gehen.

In der Diele war ein Gästeklo. Sie ging hinein und kam nicht wieder heraus. Johnny rauchte eine Zigarette, um ihr mehr Zeit zu geben. Schließlich klopfte er und sagte, sie solle sich beeilen. Von drinnen antwortete sie, sie wünsche sich von ihrem Sohn noch einen Gefallen. Sie werde nur herauskommen, wenn er »Das Wandern ist des Müllers Lust« von Schubert für sie sänge. Johnny hatte keine Ahnung, was das war. Er ärgerte sich, blieb aber höflich. Er rief nach Lawrence und sagte ihm, er solle singen, was seine Mutter von ihm hören wolle. Der Junge erbleichte. Als Kind hatte er ihr dieses Lied oft vorgesungen, und sie hatte ihn auf dem Klavier begleitet. Nun stand er vor der Toilette, groß, aufrecht, zweiunddreißig Jahre alt, und gab seiner Mutter durch die Klotür ein Ständchen. Die Spülung rauschte, und wenig später kam Bernadette ins Wohnzimmer zurück.

Johnny wies der alten Dame den Lieblingssessel ihres Mannes zu. »Den wollten wir neu beziehen lassen«, sagte sie. »Ich habe den Stoff schon ausgesucht.« Sie setzte sich. Sie hatte keine Angst.

Er tat ihr Furchtbares an. Zuerst stöhnte sie nur und schrie bisweilen auf, aber sie litt für eine gute Sache, und anfangs, in der ersten Stunde, gab ihr das Gefühl, ihre Pflicht zu tun, die Kraft, alles zu ertragen. Doch als die Stunden immer länger und länger wurden, wusste sie irgendwann nicht mehr, warum sie sich opferte. Sie fing an, sich vor jedem neuen Schmerz zu fürchten, und wenn er dann kam, konnte sie ihn nicht mehr ertragen. Sie begann zu wimmern, und dann fing sie an zu weinen, und bald schrie sie und bettelte, es möge Schluss sein. Aber sie kämpfte nicht richtig, und Johnny ließ nicht von ihr ab. Ihr Sohn auf dem Sofa hatte sich in den Schlaf geflüchtet. Er lag auf der Seite, das Gesicht zwischen Sofakissen vergraben.

Auch Johnny machte das Ganze keinen Spaß. Er musste das Verlangen niederkämpfen, seinem Opfer den Garaus zu machen und auf diese Weise das Gejammer abzustellen. Als der Rekorder schließlich stoppte, hatte er drei Kassetten mit Bernadettes Geräuschen aufgezeichnet. Aber ein Mann hat Bedürfnisse.

Er ging auf die Toilette, um sich zu erleichtern, und dann in die Küche, wo er sich ein Glas Orangensaft eingoss. Er trank es langsam und genoss jeden Schluck. Die alte Bernadette in ihrem blutüberströmten Sessel war anscheinend bewusstlos.

Dann packte er seine Instrumente zusammen, zog den Mantel an und verließ das Haus. Bernadette würde überleben. Nach seiner Einschätzung hatte er ihr keine tödlichen Verletzungen zugefügt, nicht im Entferntesten. Sie würde Narben zurückbehalten, und das eine Auge war wahrscheinlich verloren. Ihre Zähne würden erneuert werden müssen. Ansonsten könnte sie ja eine Perücke tragen. Von nun an würde sie jedenfalls an sich selbst erkennen können, wie sehr sie ihren Sohn liebte. Und sie würde auch wissen, wie sehr ihr Sohn und seine Schwester sie wiederliebten.

Das alles ist jetzt ungefähr zwölf Jahre her. Lawrence hat es überlebt, zusammen mit seiner Mutter. Er veränderte sich. Etwas Böses in ihm wurde weggeätzt oder ausgebrannt. Schon als sein Vater unter Anteilnahme der ganzen Universität beigesetzt wurde, war ein anderer aus ihm geworden. Er wurde ein ehrbarer Mann, wie sein Vater einer gewesen war. Aber er besaß auch ein warmes Herz wie seine Mutter. Bernadette und ihr Sohn wohnen noch immer zusammen, aber nun hat er außerdem noch eine Frau und drei Kinder, die unter demselben Dach leben. Er ist ein liebevoller Vater, ein schwer arbeitender, inzwischen ergrauter Ehemann, und seiner Schwester begegnet er stets freundlich, egal wie garstig sie zu ihm ist, und selbstverständlich gibt es nichts, was er nicht für seine sehr alte Mutter täte. Sie kann sich immer noch ganz gut im Haus bewegen, aber wenn nicht, dann trägt er sie herum. Sie hat ihm sein Verhalten nie verziehen, weil sie ihm nie einen Vorwurf daraus gemacht hat. Sie liebte ihn als bösen Sohn, und jetzt liebt sie ihn als guten Sohn genauso, und er weiß es. Und ich weiß es auch. Ich bin sie, ich bin Bernadette.

Epilog

Rosa

Renate hasste Rosa. Allein schon die Vorstellung – Getue, Albernheit, Schleifchen, Gekräusel. Ihr Leben lang hat sie nie etwas Rosafarbenes getragen. Alles Zimperliche war ihr zuwider, und sie stopfte vieles in diese Kategorie, auch Ballett. Es machte ihr nichts aus, unfair zu sein. Sie zog dunkle Blau- und Grüntöne vor, trug allerdings manchmal auch Rot, in Form billiger Glasperlen. Das einzige Rosa, das sie mochte, war das Rosa von Organen, denn es bedeutete Gesundheit. Sie war Pathologin, ihr Spezialgebiet war die Kinderpathologie, und die meisten Kinder sind nun mal innen rosa. Neue Organe sind rosa. Es klingt vielleicht komisch, wenn eine Frau Kinder so gern hat, dass sie sich auf tote Kinder spezialisiert. Übrigens begab sie sich auf dieses Feld, als wir, ihre Kinder, noch klein waren. Sie verbrachte ihre Tage mit toten Kindern, und wenn sie abends nach Hause kam, erzählte sie uns von ihnen, wie sie gestorben waren und warum. Sie ging in die Einzelheiten. Wenn sich mein Vater schüttelte, lachte sie ihn aus und ärgerte sich, dass er nicht ertragen konnte, was für sie die Realität war. Er hasste Rot, weil es ihn an Blut erinnerte. Er konnte kein Blut sehen, vor allem nicht sein eigenes, wenn er sich beim Rasieren geschnitten hatte, und er zitterte, wenn sie ihm dicke Pflaster auf seine winzigen Wunden kleben musste. Sie war die zweitoberste Leichenbeschauerin von New York. Nichts konnte sie schockieren. Soweit ich mich erinnere, hat nur ein Mal etwas sie wirklich aus der Fassung gebracht. Das war, als ein Flugzeug im Hafen von New York abgestürzt war und sie eine Sonderschicht einlegen musste – Leichenteile sortieren. Ein siebenjähriger Junge war der einzige Überlebende des Absturzes, und für einen Tag war er der Held der ganzen Stadt. Dann musste sie ihn obduzieren. Sie kam tieftraurig nach Hause. Ein unvergessliches Erlebnis für uns. Mein Bruder war damals auch gerade sieben, und er und ich sprachen darüber und kamen zu dem Schluss, dass diese Trauer auch für ihn eine Ehre sei. Ihr Ernst hielt ein paar Stunden vor. Eigentlich lehnte sie jede Gemütslage außer Fröhlichkeit ab und ärgerte sich, wenn andere bedrückt waren. Für sie war das Gequengel. »Es ist lächerlich, Trübsal zu blasen, wenn man nur ein Leben hat.«

Das Leben versetzte ihr viele Tritte. Sie war das einzige Kind sehr strenger Eltern, die nicht rein arisch waren. Die meisten ihrer engsten Verwandten wurden in Deutschland ermordet, und sie überstand auch die demütigende Einwanderung in die Vereinigten Staaten. Als Teenager in Deutschland hatte sie Konzertpianistin werden wollen, aber ihr erstes öffentliches Konzert wurde von den örtlichen Behörden unterbunden. Sie war eine begabte Zeichnerin und dachte, sie könnte Kunst studieren, musste ihren Platz an der Kunsthochschule jedoch bald räumen. Im Jahre 1937 machten sie und ihre Freundin Eva in Breslau das Abitur mit den besten Noten der ganzen Stadt. Da war sie gerade siebzehn geworden, aber der Prüfer verlor ihretwegen seinen Posten, und an einer Universität studieren durfte sie sowieso nicht. Sie versuchte ihre Herkunft zu verleugnen, ohne Erfolg. Die Familie floh aus Deutschland und verlor dabei ihre gesellschaftliche Stellung. In Deutschland hatten sie zur Oberschicht gehört, in Amerika lebten sie von der Wohlfahrt. Ein kleines katholisches College in einer Kleinstadt im kleinsten Bundesstaat bot Renate ein Stipendium an. Sie konnte dort Hauswirtschaft studieren, wie es die meisten Studentinnen taten – lernen, wie man kocht und einen Haushalt führt. Die anderen Studentinnen hielten sie für eine deutsche Spionin. Es machte ihr nicht viel aus – nicht so viel, dass sie von den anderen schlecht gedacht hätte. An ihrem ersten Unabhängigkeitstag in Amerika, als sie achtzehn war, lächelte ihr ein junger Amerikaner zu. Sie freute sich. Sie saß auf einer Parkbank im Central Park, und er kam angeschlendert und sagte Hello. Während sie sein Lächeln erwiderte, schob er einen Feuerwerksböller unter die Bank und lief dann weg. Der Böller explodierte und riss ihr ein Loch ins Bein, sodass sie diesen Unabhängigkeitstag in der Notaufnahme eines Krankenhauses verbrachte, wo man sie wieder zusammenflickte. Entmutigen ließ sie sich aber nicht. Sie lernte Englisch, studierte Biologie, arbeitete als Putzfrau. Nach dem College schaffte sie es, in den Studiengang Biochemie für Graduierte an der Columbia University zu kommen. Nachdem sie den Doktor in Biochemie gemacht hatte, studierte sie Medizin. Nebenher studierte sie Musik bei dem einhändigen Pianisten Paul Wittgenstein. Sie bekam eine Professur an der Columbia University. Ihre Zeichnungen von Organen wurden in anatomischen Lehrbüchern gedruckt. Sie war nie eingebildet. Die Sekretärinnen, die niemand leiden konnte, die schludrigen und ständig schlecht gelaunten, waren ihre besten Freundinnen. Sie kannte ihre Familien und brachte ihnen Geschenke mit. Sie heiratete einen bedeutenden Naturwissenschaftler, hörte irgendwann wieder auf, ihn zu lieben, und heiratete einen anderen. Mit ihrem zweiten Mann war sie sehr glücklich, aber er starb bald. Nach seinem Tod legte sie eine solche Munterkeit an den Tag, dass ihre Freunde anfingen zu tuscheln. Sie aß nichts mehr und konnte nachts nicht schlafen, weil sie so viel weinen musste. Sie nahm zwanzig Pfund ab und kleidete sich neu ein. Aber die anderen sahen nur ihre neue Schlankheit, die hübschen Kleider, ihre Fröhlichkeit und regten sich auf. Sie aber weigerte sich, ihre Gemütsverfassung preiszugeben. Sie zeigte ein breites, unechtes Lächeln.

Das Gleiche erwartete sie von ihren Kindern – nicht jammern und vor nichts Angst haben. Aber wir Kinder waren von Natur aus Angsthasen, Hypochonder, Quengler. Das Leben war zu einfach und deshalb zu schwer für uns. Wir hassten es, im Haushalt zu helfen, und waren schlecht in der Schule. Wir machten uns Sorgen um unser Aussehen und unser Ansehen. »Lass dich nicht so gehen mit deiner schlechten Laune«, schimpfte sie mit mir, als mein erster Freund plötzlich nichts mehr von mir wissen wollte. »Bleib mir mit deinem Trübsinn vom Leib!« Traurig zu sein war für sie ein Eingeständnis furchtbarer Schwäche. Das Wort »unerträglich« entlockte ihr nur ein verächtliches Achselzucken. Selbst das Alter machte ihr nichts aus. Auch mit siebzig war sie wie ein junges Mädchen und sah gut aus. Make-up hatte sie nie benutzt, weil es ihr zu umständlich war, trotzdem sah sie um Jahrzehnte jünger aus, als sie war. Zu Hause vergaß sie, den Laborkittel auszuziehen. Wenn sie ausging, trug sie graue oder braune Hosen und Blusen in allen möglichen Farben, außer Rosa. 1939 hatte sie ihr Leben aufs Spiel gesetzt, um den wertvollen Schmuck ihrer Großmutter aus Nazideutschland zu schmuggeln, aber dann ließ sie ihn sich von einem New Yorker Betrüger stehlen. Sie wurde eine große Anhängerin von falschem Schmuck, je billiger, desto besser. Jeden Tag trug sie eine andere Kette und wechselte regelmäßig ihre Ringe. Als sie Mitte siebzig war, heiratete sie in einer stürmischen Affäre noch einmal und war sehr verliebt. Leider starb ihr Mann dann ganz plötzlich. Sie lebte weiter. »Ich weigere mich, unglücklich zu sein«, verkündete sie. »Glaubt ihr, irgendwas stimmt nicht mit mir?« Und dann lachte sie fröhlich. Ihr dritter Mann hatte ihr viel Geld hinterlassen, aber sie war es nicht gewohnt, viel Geld zu haben, also gab sie es nicht aus. Ein Mal im Monat hielt sie eine gut besuchte Vorlesung an der medizinischen Fakultät der Columbia University, morgens um sieben. Sie war eine Autorität in Fragen angeborener Herzschwäche. Als sie achtzig wurde, bat sie den Chef ihrer Fakultät, ihren Posten in eine Teilzeitstelle umzuwandeln. »Ich muss kürzertreten«, sagte sie. »Von nun an arbeite ich nur noch acht Stunden am Tag.« Ihr Telefon klingelte ständig, und viele der Anrufer wollten ihre Meinung zu komplizierten Diagnosen hören. Nebenher erledigte sie irgendwelche albernen Besorgungen, für die die anderen in ihrer Familie zu faul waren. Sie nahm nie ein Taxi, weil es zu teuer war. Ich habe sie nie klagen hören. Als ihre Männer starben, trug sie leuchtende Farben.

Als es Renate nicht mehr gut ging, gab ich ihr ein rosa Kissen. Für die Farbe konnte ich nichts. Es war ein kleines quadratisches, mit Kirschkernen gefülltes Kissen, und die gab es nur in Rosa. Aber Renate schlief immer darauf. Manchmal rutschte es weg, und sie suchte danach. Sie brauchte es, und es musste immer an seinem Platz sein. Das Bett wurde der Raum, in dem sie sich auskannte. Ihre Hände, die so unglaublich flink gewesen waren, verloren ihre Geschicklichkeit. Mit der Nüchternheit der Medizinerin sah sie zu, wie ihre Finger eine Tablette zu greifen versuchten. Sie schafften es nicht. »Du musst sie mir geben«, sagte sie ruhig. Sie machte ein Phase mit Schmerzen durch, die selbst sie nicht ertragen konnte, und zum ersten Mal hatte sie Angst. Sie rief: »Die Nazis sind in mir drin. Ich kann nicht weg. Sie verbrennen mich. Helft mir!« Wir gaben ihr zu viel Morphium. Sie konnte sich nicht mehr rühren. Mit einer Hand hielt sie das Kissen gepackt, als wäre es ein Rettungsring. Sie fragte: »Ist mein rosa Kissen da?« Dann sagte sie: »Mein rosa Kissen.« Und dann sagte sie: »Rosa Kissen«, um anzudeuten, dass sie noch immer wusste, was sie wollte. Und zuletzt sagte sie bloß noch: »Rosa.«

»Rosa.«

Es war eines ihrer letzten Worte.

Sie würde es missbilligen, aber ich kann das Wort »rosa« nicht hören, ohne unendlich traurig zu werden.

Übersetzernachweis

Anton wird erwachsen, Scarlattis Reinkarnation in Reno und *Die Geschichte von Herrn Metzner* wurden übersetzt von Michael Walter.

Zum Lügen ist es nie zu spät wurde übersetzt von Hans Magnus Enzensberger.

Die Tyrannei des Küchenhundes wurde übersetzt von Thomas R. Richers.

Alle anderen Erzählungen wurden von Reinhard Kaiser übersetzt.